I0782124

# *Ihre*
# GNADEN

LUCINDA BRANT BÜCHER

*— Die Roxtons – die frühen Jahre —*
DER EDLE SATYR
SEINE HERZOGIN
IHR HERZOG
IHRE GNADEN


*— Roxton-Familiensaga —*
HEIRAT UM MITTERNACHT
HERZOGIN DES HERBSTES
TEUFELSKERL DAIR
DIE STOLZE MARY
DER SOHN DES SATYRS
IN LIEBE
HERZLICHST


*— Salt Hendon-Serie —*
DIE BRAUT VON SALT HENDON
RÜCKKEHR NACH SALT HENDON


*— Alec-Halsey-Krimis —*
TÖDLICHE VERLOBUNG
TÖDLICHE AFFÄRE
TÖDLICHE GEFAHR
TÖDLICHE VERWANDTSCHAFT

# ÜBER DIE AUTORIN

WENN ICH NICHT in meiner Sänfte durch das London des 18. Jahrhunderts schaukele oder mit parfümierten Hofleuten mit Schönheitspflästerchen in den vergoldeten Salons von Versailles den neuesten Klatsch austausche, schreibe ich preisgekrönte historische Liebesgeschichten und Krimis (die auch ihre Liebesgeschichten enthalten) aus der georgianischen Zeit. Meine Bücher spielen im georgianischen England des 18. Jahrhunderts, mit gelegentlichen Ausflügen auf den europäischen Kontinent. Ich lege die Zügel bei der französischen Revolution, wo ich ein früheres Leben wegen meines unverzeihlichen hedonistischen Lebensstil als faule Aristokratin beendet habe, nieder.

| | |
|---|---|
| lucindabrant@gmail.com | lucindabrant.com |
| pinterest.com/lucindabrant | twitter.com/lucindabrant |
| facebook.com/lucindabrantbooks | youtube.com/lucindabrantauthor |

# ÜBER DIE ÜBERSETZERIN

## SUSANNE DÖRING

Bücher waren immer mein größtes Vergnügen; indem ich sie übersetze, kann ich sie auch mit denen teilen, die lieber auf Deutsch lesen. Ihre Meinung ist mir wichtig, Sie erreichen mich unter:

werrakind@gmail.com

# Ihre GNADEN

Sequel von *Ihr Herzog*

Viertes Buch der Reihe Die Roxtons – die frühen Jahre

# Lucinda Brant

ÜBERSETZT VON SUSANNE DÖRING

Ein Sprigleaf-Buch
Veröffentlicht von Sprigleaf Pty Ltd

*Ihre Gnaden*, Sequel von *Ihm Herzog*.
Viertes Buch der Reihe Die Roxtons – die frühen Jahre.
Copyright © 2023 Lucinda Brant.
www.lucindabrant.com
Deutsche Übersetzung: Susanne Döring.
Redaktion & Korrektur: Stef Mills.
Kunst, Design und Formatierung: Sprigleaf.
Originale Kunstwerk Referenz: *The Declaration of Love*
von Jean François de Troy.

*Die Pferdekutsche kommt zurück Fleuron* Entwurf von Sprigleaf.
Die Silhouette eines georgianischen Paares ist ein Markenzeichen von Lucinda Brant.
Sprigleaf Triple-Leaf Design ist ein Markenzeichen von Sprigleaf Pty Ltd.



Gesetzt in Adobe Garamond Pro.

Auch als E-book, Hörbuch und in anderen Sprachen.

ISBN 978-1-922985-17-0

10 9 8 7 6 5 4 3 2 1 (s) I   Bibliothekseinband   (s.i) I

*für*

*Cathie*

# DRAMATIS PERSONAE

## Die Familie Roxton und ihr Haushalt

- **Roxton** ...... *der Herzog von Roxton aka M'sieur le Duc*
- **Antonia** ...... *die Herzogin von Roxton aka Mme la Duchesse aka Comtesse du Roucy*
- **Vallentine** ...... *Lucian, Lord Vallentine—Roxtons bester Freund, verheiratet mit seiner Schwester*
- **Estée** ...... *Lady Vallentine aka Madame—Vallentines Frau und Roxtons Schwester*
- **Martin** ...... *Martin Ellicott—Roxtons ehemaliger Kammerdiener und Julians Pate* (mon parrain)
- **Julian** ...... *Roxton und Antonias kleiner Sohn aka JuJu*
- **Gabrielle** ...... *Antonias Zofe, jüngste Schwester von Yvette, Rose und Giselle*
- **Céleste** und **Cécile** ...... *Julians Ammen aka die Morvan* nourrices
- **George Geraghty** ...... *Roxtons Kammerdiener*
- **Jean-Luc Levron** ...... *illegitimer Sohn des Marquis von Alston and seiner Mätresse, einer* marionnettiste
- **Augusta Fitzstuart** ...... *die Gräfin von Strathsay aka* grand-mère. *Antonias Großmutter*

## Die Familie Salvan und ihr Haushalt

- ***Die alten Tanten*** ...... *die Schwestern von Philip, Comte de Salvan. Roxtons Tanten durch seine Mutter, Madeleine-Julie; Salvans Tanten durch seinen Vater Philip*
- ***Tante Philippe*** ...... *Marquise du Touraine-Brissac aka Mme Touraine-Brissac. Mother of Alphonse, Duc du Touraine. Grandmother of Elisabeth-Louise and Michelle Haudry.*
- ***Tante Victoire*** ...... *die Comtesse du Chavigny*
- ***Tante Sophie-Adelaide*** ...... *Victoires Zwillingsschwester. Eine Nonne*
- ***Madeleine-Julie Salvan Hesham*** ...... *jüngste der Salvan-Schwestern. Marquise of Alston, Roxtons and Estées Mutter, gest. 1734*
- ***Salvan*** ...... *Jean-Honoré Gabriel Salvan, Comte de Salvan. Sohn von Philip, Comte de Salvan, Roxtons Cousin ersten Grades. Neffe der alten Tanten*
- ***Chevalier Montbelliard*** ...... *aka Cousin Hugh. Der Erbe des Comte de Salvan*
- ***Michelle Haudry*** ...... *aka Mme Haudry, Schwiegertochter eines Steuerpächters, Tochter von Alphonse, Duc du Touraine, Enkelin von Philippe, Marquise du Touraine-Brissac*
- ***Alphonse*** ...... *Duc du Touraine, einziger Sohn von Mme Touraine-Brissac, Roxtons Cousin ersten Grades und guter Freund. Vater von Michelle Haudry und Elisabeth-Louise Salvan Gondi Touraine*
- ***Elisabeth-Louise*** ...... *Schwester von Michelle Haudry, Enkelin von Mme Touraine-Brissac*
- ***Thérèse*** ...... *Roxtons frühere Mätresse, Ehefrau des Baron Thesiger, Schwester des Marquis de Chesnay, Mutter des Säuglings Robert*
- ***Gustave*** ...... *Marquis de Chesnay, Roxton's friend, brother of Thérèse Duras-Valfons.*
- ***'Ricky'*** ...... *Marquis de Chesnay, Roxtons Freund, Bruder von Thérèse Duras-Valfons*
- ***Giselle*** ...... *Elizabeth-Louises Zofe, Schwester von Gabrielle*

## Auftretende oder erwähnte historische Personen

- ***Louis*** ...... *King von Frankreich. Louis XV (1710–1774), genannt Louis der Vielgeliebte, König vom 1. September 1715 bis zu seinem Tod im Jahr 1774. https://en.wikipedia.org/wiki/ Louis_XV*
- ***Mme de Pompadour*** ...... *die* maîtresse-en-titre *(offiziell die erste Mätresse) des Königs aka Marquise de Pompadour, geb. als Jeanne Antoinette Poisson (1721–1764) https://en.wikipedia.org/ wiki/Madame_de_Pompadour*
- ***Comte d'Hozier*** ...... *der Genealog des Königs, Hüter des* Armorial général de France *und* juge d'armes *de France. Louis Pierre d'Hozier (1685–1767) https://en.wikipedia.org/wiki/ Louis–Pierre_d%27Hozier*
- ***Marquis de Dreux-Brézé*** ...... Zeremonienmeister von Frankreich. *Joachim, Marquis of Dreux-Brézé (1710–1781) https://fr.wikipedia.org/wiki/Joachim_de_Dreux– Br%C3%A9z%C3%A9*
- ***Joachim*** ...... *Marquis of Dreux-Brézé (1710-1781) https://fr. wikipedia.org/wiki/Joachim_de_Dreux-Br%C3%A9z%C3%A9*
- ***Duc de Bouillon*** ...... Großkämmerer von Frankreich. *Hier aufgeführt: https://en.wikipedia.org/wiki/ Grand_Chamberlain_of_France*
- ***Duc de Richelieu*** ...... *aka Armand, Duc de Richelieu, Erster Kammerherr. Louis François Armand de Vignerot du Plessis (1696–1788) https://en.wikipedia.org/wiki/ Armand_de_Vignerot_du_Plessis*
- ***Marie Leszczyńska*** ...... *Königin von Frankreich (1703– 1768), Ehefrau Louis XV https://en.wikipedia.org/wiki/ Marie_Leszczy%C5%84ska*
- ***Marquis de Maurepas*** ...... *Minister Haushalts des Königs. Jean-Frédéric Phélypeaux, Comte de Maurepas (1701–1781) Französischer Staatsmann. https://en.wikipedia.org/wiki/Jean– Fr%C3%A9d%C3%A9ric_Ph%C3%A9lypeaux.*
- *_Count_of_Maurepas*
- ***M'sieur de Marville*** ...... *Generalleutnant der Polizei von Paris https://catalogue.nla.gov.au/Record/2654940*

# EINS

## VILLA ROXTON, RUE DES RÉSERVOIRS, PETIT PARC, VERSAILLES, NOVEMBER 1746

Als Estée Vallentine in der Villa ihres Bruders ankam, war kein Familienmitglied im Foyer, um sie zu begrüßen. Und das, obwohl sie einen der Vorreiter vorausgeschickt hatte, um ihre Ankunft anzukündigen.

Es hatte den ganzen Weg von Paris geregnet, was die Reise für jemand in ihrem empfindlichen Zustand belastend machte. Sie tat ihr Bestes, um es zu ertragen und hielt ihre Stimmung mit dem Wissen hoch, dass sie bald wieder mit ihrem Mann, ihrem Bruder und ihrer Schwägerin vereint sein würde. Sie konnte es kaum erwarten zu sehen, wie sehr ihr kleiner Neffe in den Wochen gewachsen war, seit die Familie das *hôtel* verlassen hatte, um nach Versailles zu ziehen.

Unter der *porte-cochère* half ein livrierter Diener ihr aus der großen Kutsche, ihre Damen folgten ihr, als sie das Haus betrat, um vom Pförtner und einer Handvoll livrierter Diener begrüßt zu werden. Obwohl sie ihr Bestes taten, großes Aufhebens zu machen, war es nicht dasselbe, wie wenn ihre Familie anwesend gewesen wäre.

Ihre Laune verschlechterte sich und sie wurde missmutig.

Sie warf einen flüchtigen Blick über das Eingangsfoyer mit seinen schwarz-weißen Marmorfliesen, dem Kronleuchter und der gewölbten Marmortreppe, und ihr Mund war zu einem schmalen Strich zusammengepresst. Dies war ihr erster Besuch in der Villa, die einst das Zuhause ihrer Eltern gewesen war, bevor sie geboren wurde. Und obwohl sie gewarnt worden war, dass es ein bescheidenes Stadthaus für jemanden ihrer adligen Geburt war, spiegelten sich ihre Gedanken doch sichtbar im säuerlichen Gesichtsausdruck ihrer Damen. Nach einem Leben umringt von Opulenz im großen Stil war dieses Foyer deprimierend zurückhaltend in Dekor und Größe. Es verhieß nichts Gutes für den Rest des Anwesens und verstärkte ihren Glauben, dass der Herzog, indem er sich hier niederließ, wieder einmal den Launen seiner viel jüngeren Frau nachgegeben hatte. Dass das Haus überraschend warm war, war eine kleine Entschädigung.

„Gibt es einen familiären Notfall?", wollte sie vom Portier wissen.

„Verzeihung, Madame? Einen Notfall?"

„Gibt es einen?"

Der Pförtner schüttelte energisch den Kopf. „Nein. Nein, Madame. Ich versichere Euch, es ..."

„Ist meine Familie anwesend?"

„Ja, Madame. Das heißt ..."

„Ihr müsst mir nichts erklären. Bringt mich zu M'sieur le duc."

„Leider kann ich das nicht tun, Madame", entschuldigte sich der Portier.

„Dann such mir jemanden, der es kann!"

„Das soll nicht heißen, dass ich nicht jeden Eurer Wünsche erfüllen möchte, Madame. Aber mir wurde befohlen, M'sieur le Duc unter keinen Umständen zu stören, während er eine sehr wichtige Persönlichkeit zu Gast hat."

Estée hob die Augenbrauen. „Persönlichkeit?"

„Eine sehr wichtige Persönlichkeit, Madame."

„Sie muss überaus wichtig sein, um M'sieur le Duc daran zu hindern, seine eigene Schwester in seiner Villa willkommen zu heißen!"

„Ja, Madame."

„Wer ist bei M'sieur le Duc?"

Der Pförtner trat einen Schritt näher und sagte mit ehrfürchtige Unterton: „Ich darf es Euch nicht sagen, Madame. Alles, was ich sagen kann, ist, dass es niemand Wichtigeren gibt als diejenigen, die im Namen von *Sa Majesté* herkommen."

Estées blaue Augen weiteten sich, und mit einer behandschuhten Hand auf ihrem bestickten Samtmieder senkte sie ihre Stimme zu einem Flüstern. „Ein Vertreter des Königs ist hier in diesem Haus?"

„Ja, Madame."

Wie Verschwörer sprachen sie flüsternd.

Estée trat einen Schritt näher an den rundlichen kleinen Mann heran. „Wer? Du musst den Namen kennen."

„Leider, Madame, darf ich ihn Euch nicht sagen."

„Du willst ihn nicht sagen", zischte sie.

Der Pförtner schob seine Unterlippe vor und wirkte zerknirscht. „Es ist, wie Ihr sagt, Madame. Ich würde es tun, wenn ich dürfte, aber ich möchte nicht den Unmut von M'sieur le Duc auf mich ziehen. Aber ..." Er lächelte verhalten und zuckte mit den Schultern. „Was ich Euch sagen kann, ist, dass mir *nicht* befohlen wurde, die Position dieses Adligen im Haushalt des Königs geheim zu halten ..."

„Ja?"

„*Monsieur le visiteur* ist des Königs *juge d'armes de France.*"

Estée lächelte wissend. Jeder Adlige, der sein Wappen wert war, wusste, dass der *juge d'armes de France* – Wappenrichter für Frankreich – der Genealoge des Königs war, und gegenwärtig hatte der Comte d'Hozier diese Stellung inne.

Dieser Adelige war verantwortlich für die Überprüfung der Ansprüche des Adels und die Entscheidung über Fragen im Zusammenhang mit der Nutzung von Wappen durch Adlige. Und als der Genealoge des Königs war d'Hozier auch Hüter des *Armorial général de France,* des kostbaren Registers, in dem sich die Namen jeder adligen Familie, ihr Wappen und eine Abstammung befanden, die mindestens bis ins 15. Jahrhundert zurückreichen musste, wenn man in seine Seiten aufgenommen werden wollte. Wenn jemandes Name nicht in diesem Register eingetragen war, dann war er nicht adlig, und damit hatte es sich.

Estée war überaus stolz darauf, dass sie als Enkelin Philips, Comte de Salvan, ebenso wie ihr Bruder im Register stand. Aber sie hatte eine Ahnung, dass der Genealoge des Königs nicht ihretwegen hier war, und vermutete, dass der Besuch etwas mit Antonias Vorstellung bei Hofe zu tun haben musste. Sie hoffte, dass es keine Hindernisse in letzter Minute für dieses Vorhaben gab, wies aber schnell jede Sorge von sich, da sie wusste, dass ihr Bruder die Dinge bald wieder in Ordnung bringen würde.

Sie trat einen Schritt vom Portier weg, ihre Hochnäsigkeit wieder fest an ihrem Platz.

„Wir dürfen M'sieur le Duc nicht stören, solange er M'sieur le Comte d'Hozier zu Gast hat, also kannst du mich zu meinem Mann bringen."

Der Pförtner warf die Arme hoch.

„Leider kann ich das auch nicht tun, Madame."

„M'sieur Vallentine ist bei M'sieur le Duc?"

„Nein, Madame. M'sieur Vallentine verließ das Haus im Morgengrauen, um zur *Grande Écurie* zu gehen. Er sagte nicht, wann er zurückkehren würde."

Estée Vallentines Schultern sackten herab. Sie fühlte sich verlassen. Sie wollte gerade fragen, wo sich Madame la Duchesse aufhielt, als eine Reihe von hallenden Schlägen sie erschreckte. Sie taumelte nach hinten in die Arme einer ihrer Damen, deren Blick erschrocken an die Decke geschossen war, und erwartete, dass kunstvoller Stuck auf sie niederregnen würde.

Die Diener waren unbewegt und erwarteten ihre Anweisungen.

„Hast du das gehört – diesen *Lärm*?", wollte Estée wissen und deutete mit einem im Handschuh steckenden Finger nach oben.

Bevor der Pförtner antworten konnte, gab es noch mehr Schläge und Geräusche, die wie hundert laufende Füße klangen. Dies und gedämpfte Schreie der Aufregung ließ die Frauen weiter himmelwärts blicken. Estée Vallentine senkte den Kopf und starrte den Portier an.

„Du kannst nicht taub sein für diese Kakophonie!"

„Ja, Madame. Doch. Wie wir alle."

Estée runzelte verständnislos die Stirn.

Der Portier versuchte es mit einer bescheidenen Erklärung.

„Ihr werdet mir verzeihen, wenn ich das so sage, aber wir sind auch blind, solange uns nichts anderes gesagt wird. *Madame comprend, oui?*" Er verbeugte sich und zeigte zur Treppe, wo einer der Lakaien auf der untersten Stufe wartete. „Bitte folgt nun Simon in die Galerie des Kinderzimmers. Madame la Duchesse bittet Euch, sich ihr anzuschließen." Er verbeugte sich wieder und trat aus dem Weg. „Willkommen in der Villa, Madame."

ESTÉE BETRAT DEN LANGGESTRECKTEN RAUM, und traf auf den erstaunlichen Anblick von zwei Tragstühlen, die in rasendem Tempo über seiner Länge getragen wurden, angefeuert von allen Anwesenden.

Hochgehoben auf Stangen und zwischen zwei kräftigen Trägern getragen, wurden die Tragstühle so schnell den Raum hinunter befördert, wie die beiden Männer laufen konnten, ihre Passagiere wurden unterwegs herumgeschleudert und würdigten begeistert die Zuschauer durch die Seitenfenster mit heftigen Ausbrüchen von Lachen und Gequietsche.

Estée war sich nicht sicher, was sie mehr erschreckte – dass in der Villa Tragstühle herumgetragen wurden oder dass diese speziellen Tragstühle von der Art waren, die von den Massen benutzt wurden. Die leuchtenden blauen Röcke der Träger und ihre blau bemalten Sänften ließen erkennen, dass sie als öffentliches Beförderungsmittel für die Bewohner der Stadt gedacht waren, die sich gegen Geld darin tragen lassen konnten. Sie bezweifelte sehr, dass diese Männer jemals das Innere des Hauses eines Adligen gesehen hatten, und nie eines, das M'sieur le Duc de Roxton gehörte. Was die Zahl und die Art der Personen betrug, die die Bank in einem solch gewöhnlichen Transportmittel besetzt haben mochten, schauderte sie bei dem Gedanken daran.

Einer der Stühle wurde am anderen Ende der Kindergalerie abgesetzt, wo ein paar Dienstmädchen heranstürzten, um die Tür zu öffnen, das Kind darin herauszuheben und an seiner Stelle ein anderes hineinzusetzen, das an der Reihe war, diese spannende Reise zu erleben. Wenn das Kind zu jung oder zu klein war, um aus dem Fenster schauen zu können, kletterte ein größeres Kind hinein, setzte sich auf die Bank und das kleinere wurde auf seinen Schoß gesetzt und dort während der ganzen Fahrt sicher festgehalten.

Wenn die Insassen richtig saßen und die Türen geschlossen waren, wurden beide Tragstühle auf ihre Balken gehoben. Dann warteten die Träger auf das Signal für den Start des Rennens. Dies war ein Stück blaues Band, das auf halbem Weg entlang der Reihe der Zuschauer – Kindermädchen mit Babys auf dem Arm oder kleinen Kindern auf einer Hüfte, während die anderen Kinder an ihren Röcken hingen oder sich an der Hand eines älteren Bruders oder einer älteren Schwester oder eines Dieners festhielten – geschwenkt wurde.

Und kaum war das Signal gegeben, rannten die Träger los, vorbei an der Versammlung lachender Dienstboten und aufgeregter Kinder, die alle winkten und ihnen Küsse zuwarfen. Wenn die Träger die andere Wand erreichten, wandten sie sich um, ohne die Tragstühle abzusetzen, und rannten den Raum entlang wieder zurück, um das Ganze dann zu wiederholen.

Estée war gleichermaßen fasziniert und entsetzt, sie fragte sich, ob es so in einem Irrenhaus zugehen mochte, wenn die Insassen die Kontrolle an sich rissen.

Niemand nahm die geringste Notiz von ihr, nicht einmal, als sie schon mehrere Schritte in den Raum hineingegangen war. Und als der Lakai, der die Tür für sie geöffnet hatte, sich umdrehte, um zu gehen, war

ihr erster Instinkt, hinter ihm den Gang entlangzulaufen. Sie bedauerte es
nun, ihre Damen entlassen zu haben, damit diese ihre Räume vorbereiten
und ihr Gepäck auspacken konnten.

Doch sie war nicht so unsichtbar, wie sie annahm. Ein junges Dienstmädchen eilte mit einem Korbstuhl zu ihr herüber, stellte ihn ab, knickste
und entfloh. Estée setzte sich, sie tat ihr Bestes, um ihre Gesichtszüge
neutral zu halten, während ihre Sinne sich an die überwältigende Atmo-
sphäre gewöhnten; einer ihre Arme lag über den Falten ihrer Röcke in
ihrem Schoß unter ihrem wachsenden Bauch, der andere darüber, als ob
ihr Baby dort drinnen Schutz bräuchte.

Sie spähte über die Reihe der Dienstboten hinweg und musterte den
Rest der Kindergalerie. Am anderen Ende waren Wandschirme zusam-
mengefaltet und an eine Wand gelehnt worden, was eine Reihe leerer
Kinderbetten mit Decken und mehrere Korbwiegen auf Sockeln sehen
ließ. Eine Sitzwanne voller schaumigem Wasser vor dem Kamin war
besetzt. Zwei Dienstmädchen beugten sich über ein Kind, das sie von
hinter den Ohren bis zwischen seinen Zehen sauberschrubbten. Ein
Haufen schmutziger Kleider auf einer Seite der Sitzwanne ließ darauf
schließen, dass es beim Spielen draußen im Schlamm und strömenden
Regen erwischt worden war. Ein junges Hausmädchen – das, das Estée
den Sessel gebracht hatte – hob seine schmutzige Wäsche auf und
verschwand durch eine Dienstbotentür.

Sie fragte sich, wo die Herzogin und ihr kleiner Sohn sein mochten.
Ihr kam es nicht in den Sinn, den Insassen der Tragstühle mehr als einen
flüchtigen Blick zu schenken. Ihre Aufmerksamkeit wanderte zurück zu
den lärmenden Zuschauern, wie es kam, dass diese Diener ohne die
Anwesenheit ihrer Herrin so disziplinlos waren und sich benahmen, als
hätten sie einen freien Tag und befänden sich auf einem Fest zu Ehren
eines Heiligen. Sie hätten sich nie so schlecht benommen, als sie noch den
Haushalt des Herzogs leitete. Hier war schon wieder ein Beispiel dafür,
dass ihr Bruder zu weich war, wenn es um Antonia ging. Sie hatte
versucht, ihn zu warnen, doch er hatte sich geweigert, ihren Rat anzunehmen, und dies war das Resultat!

Und dann bemerkte sie unter den Dienern einen Mann, der bis vor
kurzem einer von ihnen gewesen war.

Der frühere Kammerdiener des Herzogs stand mitten in diesem
Wahnsinn, sah äußerst zufrieden mit sich selbst aus und jubelte ebenso
begeistert wie alle anderen, er wedelte mit dem blauen Band, als wäre er
der Zeremonienmeister in einem Zirkus. Warum überraschte es sie nicht,

dass er Antonias Launen unterstützte? Auch ihre Voraussage über ihn war also wahr geworden! Gab man einem Diener einen Zoll von Freiraum, so wurde er ein unlenkbarer, selbstgefälliger Tyrann.

Sie würde das nicht dulden.

Sie erhob sich, schüttelte ihre Röcke aus und wollte schon auf die andere Seite der Galerie gehen, um eine Erklärung von ihm zu verlangen. Und dann wich einer der Tragstühle von seinem Kurs ab, seine Träger stellten ihn vor ihr ab und blockierten ihren Weg.

ZWEI

„MADAME! Endlich bist du hier!"
Es war die Herzogin.

Estée hatte sie gehört, konnte sie aber nicht sehen. Und dann wurde ihr klar, dass die Begrüßung aus dem Inneren des vor ihr abgestellten Tragstuhls gekommen war. Ein Dienstmädchen hatte die Tür aufgerissen, und dort auf der Bank saß Antonia, mit hellen Augen und einem Lächeln, die Porzellanwangen zart gerötet und das honigblonde Haar zerzaust. Auf ihrem Schoß, zwischen den Lagen ihrer bestickten und gesteppten blassblauen Röcke, lag ihr kleiner Sohn, der vor Entzücken gurgelte und mit den Armen wedelte.

„Ach, mein liebes Mädchen! Da bist du ja!", rief Estée voller Erleichterung aus.

Antonia küsste die rosige Wange ihres Sohnes und sprach mit ihm. „JuJu", gurrte sie. „Deine Tante Estée ist endlich hier! Jetzt ist die Familie wieder zusammen, und das freut deine *maman* sehr."

Sie hielt ihren Sohn hoch, damit ein Mädchen ihn ihr abnehmen konnte, und dann half Gabrielle ihr beim Aussteigen. Wieder auf festem Boden, nachdem sie von dem Tragsessel weggetreten war, half ein anderes von Antonias Dienstmädchen, die seidenen Unterröcke und das samtene Oberkleid ihrer Herrin von Falten freizuschütteln, während eine dritte ihre Gazeschürze richtete und frisch um ihre Taille festband. Dann nahm Antonia ihren Sohn erneut entgegen und kam zu Estée herüber.

Die beiden Frauen begrüßten sich, so gut sie es mit einem zappelnden Säugling zwischen sich vermochten, und küssten einander leicht auf die Wangen.

„Wir hatten einen so lustigen Morgen!", verkündete Antonia. „Ich hatte keine Ahnung, dass diese Stühle in solcher Geschwindigkeit getragen werden könnten!" Sie lächelte fröhlich. „Und jetzt schreit Julian nicht mehr, wenn er mit mir in einem Stuhl sitzt. Gestern versuchte ich, ihn nur für die kurze Strecke auf einem Besuch zu unseren Nachbarn auf dem Schoß zu halten, aber nein! Er wollte nichts davon wissen, daher musste Celeste ihn hinübertragen, während ich allein in meinem Stuhl saß." Sie drückte ihren kleinen Sohn entzückt an sich. „Aber nach unseren Rennen an einem Regentag macht es ihm jetzt überhaupt nichts mehr aus, in einem Tragsessel zu sein. Doch genug von unserem Morgen. Wie war deine Fahrt? Hat es den ganzen Weg hierher geregnet? Fühlst du dich in diesen Tagen nicht mehr so krank? Du siehst gut aus. Die Schwangerschaft scheint dir zu bekommen, Madame! Wir haben dir so viel zu erzählen! Aber zuerst Kaffee – oh!" Sie beugte sich vor, eine Falte zwischen ihren Augenbrauen. „Ich hoffe, das sind Freudentränen?"

Estée betupfte ihre Augen und drückte ihre Nase leicht mit ihrem spitzengeränderten Taschentuch.

„Ja. Freudentränen. *Bien sûr*! Immer." Sie schniefte und lächelte. „Ich habe euch alle so sehr vermisst."

Als Antonia sich auf den Korbstuhl setzte, den ein Diener für sie brachte, ihren kleinen Sohn auf dem Schoß, nahm Estée auch wieder Platz und ergriff die kleine geballte Faust ihres Neffen.

„Er ist so gewachsen, *ma très chère belle-sœur*. Ist es möglich, dass er zweimal so groß ist wie beim letzten Mal, als ich ihn sah?"

Antonia lachte hinter ihrer Hand.

„Er ist ein so dickes, fröhliches Baby und das alles, weil er nicht genug von der Brust bekommen kann. Es ist nur gut, dass er zwei *nourices* hat, die jederzeit für ihn verfügbar sind. Und seit er herausgefunden hat, dass er eine Stimme hat, macht er mehr Lärm als ein Papagei in einem Käfig!" Ihre grünen Augen funkelten, als sie vertraulich bemerkte: „Du kommst gerade zurecht, denn er hatte genug Aufregung für heute und muss umgekleidet werden, bevor er wieder in zivilisierte Gesellschaft gehen kann."

Sie schaute sich nach einer der Ammen oder einem Kindermädchen um, doch diese waren alle damit beschäftigt, die Kinder zum anderen Ende des Raums zu scheuchen oder Nachzügler hochzunehmen. Dann kam Martin Ellicott zu ihr herüber, nachdem er die Sesselträger in den Händen der Lakaien gelassen hatte.

„Sie haben die Erfrischungen angenommen?", fragte Antonia ihn.

„Ja, Mme la Duchesse. Sie waren überaus dankbar für Euer Angebot, in der Küche zu Mittag zu essen, um so mehr, nachdem ich ihre Entlohnung ..."

„... nach der Anzahl der Läufe hin und her berechnet hattest, ja?"

„Wie Ihr angewiesen habt. Ich habe ihnen eine Nachricht mitgegeben, damit sie beim Weggehen bezahlt werden."

Estée setzte sich auf. Sie konnte eine Bemerkung nicht unterdrücken.

„Warum bezahlst du sie, wenn sie doch gefüttert werden? Sie haben den ganzen Morgen fern der Kälte und der Nässe verbracht, sie sollten für das Privileg der Erlaubnis, das Heim von M'sieur le Duc der Roxton zu betreten, dankbar sein! Und wenn sie sich erst vor ihren Kameraden ihres großen Glückes brüsten, dass sie M'sieur le Ducs Duchesse als Passagier hatten, werden sie genug zahlende Passagiere haben, die die Avenue hinab Schlange stehen! Nur für das Privileg, den Stuhl zu benutzen, in dem du getragen wurdest! Nein. Spare deine *deniers*, meine Liebste. Roxtons Verwalter wird es dir danken."

Antonia und Martin tauschten einen Blick, doch keiner sagte etwas, dann verbeugte sich Martin vor Estée Vallentine zum Zeichen, dass er sie gehört hätte. Wenn Antonia gewahr wurde, dass Estée steifer dasaß und den Paten ihres Sohnes schnitt, indem sie das Gesicht abwandte, tat sie so, als bemerkte sie es nicht, denn sie wollte ihre Schwägerin nicht in deren erster Stunde in der Villa verärgern.

Sie küsste ihren kleinen Sohn und sagte zu ihm: „Dein sehr geduldiger und verständnisvoller *parrain* wird dich zu Celeste bringen." Sie hielt ihn Martin hin und sagte vertraulich mit leiser Stimme zu ihm: „Bitte, sei stark genug, deinen Geruchssinn zu unterdrücken, Martin. *Merci*."

Estée beobachtete, wie Martin Ellicott die Galerie hinaufschritt, dabei mit seinem Patensohn sprach, während eine Schar Kinder ihn umringte und fröhlich neben ihm her hüpfte und in äußerst vertraulicher Weise plapperte. Und als mehr als ein Kind den Finger hob, um die pummelige Faust des Babys zu berühren, presste sie ihre Lippen zusammen und zwang sich wegzusehen.

Antonia sah den Blick und sagte sanft: „Sie sind aufgeregt, wie Kinder es immer bei etwas Neuem und Spannenden sind. Sie hatten nicht nur

Gelegenheit, in einem Tragstuhl zu sitzen, sondern darin um die Wette getragen zu werden. Sie werden sich bald beruhigen. Es ist fast Mittag, und nachdem sie gegessen haben, werden sie ein Schläfchen halten und es wird Ruhe einkehren ..." Sie seufzte glücklich und lachte dann leise. „... wenn auch nur für ein paar Stunden! Und dann müssen wir sehen, was getan werden kann, um ihre Lebhaftigkeit zu zügeln, solange es weiter regnet, und sie nicht nach draußen gehen können."

„Meine Liebe, ich gebe dir diesen Rat als jemand, der dich wie eine Schwester liebt", sagte Estée mit diesem gezwungenen, hochnäsigen Lächeln, das Antonia so gut kennengelernt hatte, dass sie gleich die Schultern hängen ließ. „Du würdest gut daran tun, kein derart übertriebenes Interesse an den Kindern derer, die uns dienen, zu nehmen. Es ist besser, Abstand zu halten. Noch besser, beschränke die Zeit, die du im Kinderzimmer verbringst. Die Leute, die sich um deinen Sohn kümmern, sollten zu dir kommen, nicht andersherum."

„M'sieur le Duc lässt sich entschuldigen, dass er nicht in der Lage ist, dich zu begrüßen ...", begann Antonia im Versuch, das Thema zu wechseln, da sie sich nicht reizen lassen wollte.

„Das ist unnötig", erwiderte Estée und wischte die Entschuldigung beiseite. „Man lässt den Genealogen Seiner Majestät nicht warten." Und weil sie sich immer noch über die Führung der Kinderstube ihres Neffen ärgerte, kehrte sie zu diesem Thema zurück. „Hast du darüber nachgedacht, dass Kinder in der Kinderstube deines Sohnes die Kindermädchen ablenken und ihre Zeit in Anspruch nehmen?"

„Es sind die Kinder unserer Diener und von Julians *nourrices*. Diese Frauen sind weit entfernt von ihrer Heimat ..."

„... und ihre Kinder nun auch. Wäre es nicht besser für sie, wenn sie bei ihresgleichen blieben, wo sie nützlich sein könnten, zu Hause und auf den Feldern ..."

„Pardon, Madame, Kinder sollten nie von ihren Müttern getrennt werden, bis sie alt genug für eine solche Trennung sind."

„Was für eine einzigartig neue Vorstellung, meine Liebe, wenn man bedenkt, dass jede Edeldame am Hof ihre Babys von der Geburt an in die Obhut von Ammen gibt ..."

„Deine Mutter hat das nicht getan."

Estées Lächeln wurde starr. „Das tat sie aus dem einfachen Grund nicht, weil ihr Bruder ihr verboten hatte, am Hof zu erscheinen."

„Oh? Monseigneur erzählte mir, sie hätte euch beide nicht in die

Obhut anderer gegeben, weil es ihr und eures Vaters Wunsch war, dass ihr bei ihnen bleiben solltet. Und das wünschen wir uns für unsere Kinder auch. Und die anderen Kinder hierzuhaben", fügte sie mit einem gezwungen fröhlichen Lächeln hinzu, in der Hoffnung, die Diskussion zu beenden, „gewährt Julian die Gesellschaft von Spielkameraden."

Estée schnaubte ungläubig. „Meine Liebe, wenn er alt genug sein wird, um die Unterschiede schätzen zu lernen, wird er wählen, mit wem er seine Zeit verbringen will, und glaube mir, es werden nicht die Söhne von Ammen sein!"

Antonia legte den Kopf zur Seite und täuschte einen Augenblick der Verständnislosigkeit vor. „Unterschiede?"

„Là, mein liebes Mädchen", sagte Estée mit einem hellen, ungläubigen Lachen. „Ich muss dich nicht daran erinnern, dass unsere Kinder etwas Besonderes sind, und als solche müssen sie unter ihresgleichen aufwachsen. Das erfordert, dass man sie den Unterschied lehrt zwischen denen, denen gedient wird und denen, die uns dienen. Auf diese Weise lernen alle Kinder, hochgeborene wie niedere, ihren Platz in der Welt kennen."

Antonia rang die Hände in ihrem Schoß. „Madame, Julian ist ein Säugling. Seine Bedürfnisse sind schlicht: gut gefüttert zu werden, warm und trocken zu sein, und vor allem, geliebt zu werden. Alles andere ist unwichtig."

„Wer kann dich für solche naiven Aussagen tadeln, *ma très chère belle-sœur*", erwiderte Estée mit einem herablassenden Seufzer. „Deine ungewöhnliche Erziehung führt zu absolut ungewöhnlichen Einfällen. Ich wollte nicht kritisieren – und zweifellos bist du dir auch darüber völlig im Klaren – dass Julians Erziehung als der Sohn und Erbe von M'sieur le Duc de Roxton völlig anders als die deine sein muss und wird."

„Ich bin mir dessen nicht nur bewusst, aber ich bin auch entschlossen, dass er von diesem Bewusstsein bewahrt werden soll, solange er noch im Kinderzimmer ist. Hier ist er ein Säugling, nicht anders als jedes andere kleine Kind." Antonia lächelte wissend, das Grübchen in ihrer Wange vertiefte sich. „Aber du irrst dich, wenn du denkst, dass seine Erziehung so viel anders sein wird als meine eigene. Ebenso wie mein Vater mich mit Liebe und Verständnis überschüttete, werden Monseigneur und ich dasselbe mit Julian ..."

„Natürlich werdet ihr das, aber ..."

„Madame", fuhr Antonia fort und unterbrach ihre Schwägerin, weil sie zum letzten Mal ihre Haltung klarstellen wollte. „Ich bin mir sehr wohl bewusst, dass Julian, wenn er das Kinderzimmer einmal verlässt, sein gesamtes Leben lang daran erinnert werden wird, dass er nicht nur von Adel ist, sondern vor allem auch der Sohn von M'sieur le Duc de Roxton. Er wird im Schatten seines Vaters leben, und daran lässt sich nichts ändern. Ich möchte, dass er stolz auf seine Abstammung ist, und darauf, wer er ist, aber er soll auch zufrieden sein, und ein Leben haben in der Gewissheit, dass er vor allem geliebt wird, weil er unser Sohn ist. Nur auf diese Weise wird er den Mut finden, ins Licht hinauszutreten und zu sein, wer er wirklich sein soll, ja? *C'est tout ce qu'il y a à faire!*"

„Natürlich, Liebes", stimmte Estée zu, ohne es völlig zu verstehen, daher konnte sie sich nicht davon abhalten, einem nörgelnden Unverständnis Ausdruck zu geben. „Deshalb frage ich mich ja, ob es nicht am besten wäre, diese Lektionen und dieses Bewusstsein von der Wiege an beginnen zu lassen, ihn mit Menschen zu umgeben, die verstehen, welchen Schatten sein Vater wirft, statt mit Leuten, die seine Fortschritte hemmen könnten. So wäre er besser auf seine Zukunft vorbereitet. Eines Tages wird er M'sieur le Duc de Roxton sein und ein immenses Vermögen und Macht erben, und alle werden sich ihm unterordnen. Eine solche Zukunft ist unabänderlich."

„Eines Tages. Aber weder heute noch morgen", stellte Antonia bestimmt fest. Und frustriert darüber, dass sie ihrer Schwägerin nicht verständlich machen konnte, dass Liebe und geliebt zu werden ihr am meisten am Herzen lag, gewannen ihre Gefühle die Oberhand und sie platzte unter aufwallenden Tränen heraus: „Aber ich, ich will mein Bestes tun, um nicht an die weit entfernte Zukunft zu denken, und an die Zeit, wenn Julian als M'sieur le Duc angesprochen wird! Denn diese Zukunft ist eine ohne Monseigneur, und ich werde mir nicht erlauben, an diese Eventualität überhaupt zu denken – *absolut nicht.*"

Estée streckte die Hände aus und drückte sanft Antonias zusammengepresste Hände. „Es ist nicht nötig, dass du heute darüber nachdenkst. Bitte. Mach dir deshalb keinen Kummer. Aber eines Tages wirst du das tun müssen, um deiner Kinder willen. Denn wenn Roxton etwas zustoßen würde und du zurückbleibst ..."

„Nein!" Antonia schoss von ihrem Stuhl hoch. „Nein! Es tut mir leid, Madame. Aber nein! Wir wollen nie wieder von einer solchen Eventualität sprechen. Ich verstehe, warum du solch triste Gedanken hast, wegen dem, was mit deinem Vater passiert ist. Das war eine Tragödie. Deine Mutter lebte den Rest ihrer Tage in Trauer mit Augen, die so viele Tränen geweint hatten, dass sie nicht mehr weinen konnte. Aber Monseigneur wird nicht von seinem Pferd fallen. Und seine Kinder werden ihren Vater kennen, und wenn ich jemals weine, wird es nur aus Freude sein. Jetzt lass uns unseren Kaffee trinken. Aber im Frühstücksraum, dort habe ich etwas, das ich dir zeigen kann und wovon ich denke, dass es dir gefallen wird."

Estée erwischte Antonia am Handgelenk, bevor sie sich abwenden konnte. Sie blieb sitzen und sah mit einem traurigen Lächeln zur Herzogin auf und sagte zerknirscht: „Vergib mir, dass ich deine morgendliche Freude verdorben habe."

„Du hast nicht ..."

„Oh doch. Und du hast recht. Ich grübele zu oft über die unglückliche Vergangenheit. Mehr noch, wenn das möglich ist, seit dieses neue Leben jetzt in mir wächst. Das ist seltsam, meinst du nicht – dass meine Gedanken beschäftigt sind mit dem, was gewesen ist, anstatt mit dem, was sein wird?"

„Das ist nur natürlich! Die Zukunft, sie ist das Unbekannte. Jede Frau, von dem Zeitpunkt an, wenn sie entdeckt, dass sie Mutter werden soll, sorgt sich um jede Kleinigkeit, die mit dem Baby zu tun hat. Aber vor allem sorgen wir uns um die Geburt. Meine Mutter starb im Kindbett. Also wanderten meine Gedanken während der Schwangerschaft oft zu diesem unglücklichen Umstand." Antonia drückte Estées Finger und lächelte. „Aber alles wird gut gehen, mit dir und mit deinem Kleinen. Ich weiß es."

Estée nickte und küsste Antonias Handrücken. Und als sie aufgestanden war, hakte sie sich bei Antonia ein und sie spazierten ein Stück weit den Raum hinauf zu den Kinderbetten und Wiegen, die wieder hinter Gobelinwandschirmen versteckt waren. Hinter einem dieser Wandschirme trat Martin Ellicott hervor, seinen Patensohn auf dem Arm. Das Baby lag in seine Halsbeuge gekuschelt und schlief fest. Er wartete darauf, dass sie zu ihm hinüberkamen.

Als Estée ihn mit ihrem Neffen erblickte, kehrte ihr säuerlicher Gesichtsausdruck zurück. Sie blieb in der Mitte des Raumes stehen und sagte leise: „Er ist ziemlich eifrig bei seinen Pflichten als *parrain*."

„Wie Vallentine es auch sein wird, wenn Julian alt genug ist, um gelehrt zu werden, wie man seinen *épée* benutzt."

„Im Kinderzimmer wird nicht gefochten, meine Liebe, und dort ist kein Platz für einen Mann. Und Lucian ist ein Adliger und ein Meisterfechter *und* der älteste Freund meines Bruders. Wohingegen dieser Mann ..."

„– ebenfalls Monseigneurs sehr guter Freund ist, und auch Julians

Patenonkel", unterbrach Antonia fest, aber sanft. „Diese beiden Tatsachen sind – was war das Wort, das du benutzt hast, das mir so gefiel – ach! Ich erinnere mich! – *unabänderlich*. Komm!", fuhr sie mit einem strahlenden Lächeln fort, „Kaffee und Kuchen erwarten uns." Und sie eilte los, um sich Martin anzuschließen.

Estée folgte, sie hielt ihren Mund fest geschlossen, um keinen weiteren Rat zu erteilen, wissend, dass jedes weitere Wort sinnlos war. Ihre Schwägerin war zu freundlich, zu gütig, zu sehr darauf bedacht, um jeden Preis einen glücklichen Haushalt zu haben, und ihre Jugend leitete sie fehl. Die Herzogin hatte keine Ahnung, wann sie ausgenutzt wurde, besonders vom ehemaligen Diener des Herzogs.

Als sie ihrem Bruder ihre Besorgnis über die Führung des Kinderzimmers ihres Neffen und ihre ernsten Bedenken über Antonias Vertrautheit mit wohlmeinenden Dienern und den Schmeicheleien ehemaliger Lakaien vorgebracht hatte, hatte er ihre Bedenken als unbedeutend abgetan. Aber jetzt, da sie hier in der Villa war und mit ihren eigenen Augen sah, wie die Dinge standen, war sie entschlossen, den Herzog zur Besinnung zu bringen und ihn erkennen zu lassen, dass sein Haushalt unter der laxen Kontrolle der Herzogin unregierbar wurde.

Sie würde die Dinge in die Hand nehmen, die Exzesse und die Vertraulichkeiten in diesem Haushalt eindämmen und ihn in seinen natürlichen Zustand zurückversetzen, wie er unter ihrer Leitung geführt worden war. Und sie würde mit der einzigen Person beginnen, von der sie überzeugt war, dass sie unzulässigen Einfluss auf die Herzogin hatte. Wenn jemand einen Schatten über das Kinderzimmer ihres Neffen warf und ihre Schwägerin manipulierte, war es der ehemalige Diener ihres Bruders. Und sie *wollte* dafür sorgen, dass der unverschämte Kriecher an seinen Platz verwiesen würde, und auch dort blieb.

EINE HALBE STUNDE bevor Estée zum Abendessen der Familie gerufen wurde, ließ eine ihrer Damen einen Besucher in ihr kleines Wohnzimmer neben dem Boudoir ein. Estée, die mitten auf einer mit gestreifter Seide bezogenen Chaiselongue saß, die gesteppten Röcke sorgfältig arrangiert, einen Gouache-Fächer in der Hand, mit dem sie wedelte, bedeutete dem Besucher durch das Heben ihres Kinns, vorzutreten.

Martin Ellicott trat in den Raum, und die Zofe verschwand hinter einer Gobelin *portiere*, in Hörweite, damit sie sofort reagieren konnte, wenn sie gerufen wurde.

Allein mit der Schwester des Herzogs konnte Martin sich nicht vorstellen, worüber sie mit ihm sprechen wollte. Doch da er sie gut kannte, bereitete er sich innerlich auf alle möglichen Vorwürfe vor, die sie ihm machen könnte.

DREI

WANN IMMER DER seltene Umstand eintrat, dass er zu der Schwester des Herzogs gerufen wurde, achtete Martin darauf, seine Gefühle und Gedanken für sich zu behalten. Er setzte ein undurchdringliches Gesicht auf und wappnete sich fest gegen den Angriff auf seine Sinne.

Der erste davon, der angegriffen wurde, war sein Geruchssinn. Die Luft war erfüllt vom Geruch ihres übertrieben süßen Parfüms, das zu großzügig über ihre Person gesprüht wurde. Seine Augen blinzelten trocken beim dem Anblick ihrer schweren Schminke, die, wenn sie leicht aufgetragen worden wären, besser zu ihrem Teint gepasst und ihre Schönheit eher ergänzt als davon abgelenkt hätte. Der metallische Geschmack auf seiner Zunge entsprang der Notwendigkeit, seinen Mund trotz jeder Beleidigung, die sie ihm an den Kopf warf, geschlossen zu halten. Was die Berührung anging, so blieb ihm diese erspart, weil er nie in ihrer Gegenwart saß und seine Hände vor sich gefaltet hielt. Und schließlich wurden seine Ohren angegriffen, dröhnten von ihren launischen Tiraden, vernichtenden verbalen Angriffen und Drohungen. Und wenn sie sich nicht durchsetzen konnte, gab es schreiende Tränen der Frustration, die sich an den Herzog richteten, ihn aber als Boten ihres Bruders trafen.

Er wusste nicht, was er nach der Änderung seiner Stellung im Haushalt des Herzogs zu erwarten hatte. Aber er vermutete, dass sie die Nach-

richt nicht gut aufgenommen hatte und dass er in ihren Augen immer ein
Diener bleiben würde. Schließlich hatte sie keine Erfahrung mit der Welt
jenseits der parfümierten Boudoirs ihrer aristokratischen Freunde und
Bekannten; selbst die Bourgeois galten französischen Adligen als ein
fremdes Land. Daher wurden ihre Ansichten durch ihre Vorurteile einge-
schränkt. Für ihre Art gab es keine Brücke, die die enorme Leere zwischen
Herrschenden und Beherrschten überspannen könnte.

Und als er sich der Chaiselongue näherte, sich verbeugte und darauf
wartete, angesprochen zu werden – was ihr Vorrecht war –, wünschte er
sich von ganzem Herzen, um des Herzogs und der Herzogin und der
inneren Harmonie ihres Hauses willen, sie würde ihn überraschen und
ihn eines Besseren belehren.

Estée musterte ihn von oben bis unten, klappte ihren Fächer mit
Schwung zu und warf ihn beiseite auf das Polster. Als er auf den Teppich
rutschte, hob Martin ihn auf und hielt ihn ihr entgegen. Doch sie nahm
ihn nicht, bedeutete Martin nur mit einem Ruck ihres Kopfes, ihn wieder
auf das Kissen zu legen. Er tat dies, langsam und vorsichtig, trat dann
zurück, um vor ihr zu stehen. Und während sein Gesichtsausdruck seine
Gedanken nicht verriet, war die Tatsache, dass er seinen Blick nicht
respektvoll senkte, sondern ihr direkt in die Augen schaute, Hinweis
genug auf seinen Mangel an Unterwürfigkeit – dass er sich nicht länger als
Diener betrachtete.

„Wisst Ihr, wer bei M'sieur le Duc ist?", fragte sie in ihrem herablas-
sendsten Ton.

„Ja, Madame." Als sie eine ungeduldige Geste machte, fügte er hinzu:
„M'sieur le Comte d' Hozier, Genealoge Seiner Majestät."

„Genealoge und Hüter des *Armorial général de France*. Wisst Ihr, was
*das* ist?"

„Ja, Madame."

Als sie erneut ihren Unmut deutlich machte, schwieg er weiter, zwang
sie damit, zu fauchen: „Nun? Sagt mir, was das ist!"

„Ein von Ludwig XIV. geschaffenes Register, das auf seinen Seiten die
Namen und das Wappen jeder französischen Adelsfamilie verzeichnet, die
ihre Abstammung bis auf die Herrschaft von, ich glaube, König Charles
des Sechsten zurückverfolgen kann."

Sie hatte keine Ahnung, ob er den richtigen König genannt hatte oder nicht, weil sie es selbst nicht wusste, aber sie glaubte ihm. Außerdem war alles, was für sie wichtig war, dass er das bewusste Register kannte, damit sie ihren Standpunkt darlegen und ihn auf seinen Platz verweisen konnte.

„Die Salvans sind im *Armorial général de France* eingetragen, und M'sieur le Duc und ich, wir sind die Enkelkinder des Comte de Salvan. Unsere Mutter war eine Salvan ...“

Als es ein langes Schweigen entstand, fragte sich Martin, ob er antworten sollte. Er war zu langsam für sie und zwang sie erneut, das Offensichtliche auszusprechen.

„Wusstet Ihr das?“

„Ich bin mir dieser Tatsache sehr wohl bewusst, Madame.“

„Gut. Ebenso, wie Ihr Euch bewusst sein müsst, dass...“ Sie konnte ein Lächeln der Überlegenheit nicht unterdrücken. „... keiner Eurer Vorfahren auf den Seiten dieses Registers zu finden ist.“

„Ja, Madame“, bestätigte er und hielt ihrem Blick stand. „Auch das ist mir bekannt.“

Sie wagte es, seinen Blick zu erwidern, und wenn sie verunsichert war, versuchte sie, es zu verbergen. Doch Martin wusste, dass sie, wann immer sie nervös war, an ihrer Kleidung zupfte, wie jetzt an einer der Seidenschleifen an der *échelle* ihres Oberteils. Fünf Sekunden des Schweigens gingen zwischen ihnen vorüber, dann verdrehte sie die Augen und hob eine Hand.

„Und doch seid Ihr hier! Lebt unter uns, nicht mehr als Diener, sondern, als gehörtet Ihr hierher. Als ob Ihr einer von *uns* wäret.“

„Verzeihung, Madame, aber ich würde mir nie anmaßen wollen, einer von *Euch* zu sein, worunter Ihr, wie ich annehme, Menschen von adliger Geburt versteht.“

„Natürlich ist es das, was ich meine! Was sollte ich sonst meinen?“

„Dann verstehe ich in der Tat, was Ihr meint.“

„Warum seid Ihr kein Kammerdiener mehr?“

„Sicherlich hat M'sieur le Duc Euch über meine veränderte Stellung informiert.“

„Natürlich! Ich bin seine Schwester. Aber das heißt nicht, dass ich verstehe, warum *Ihr* M'sieur le Ducs absolut ungewöhnliches Angebot angenommen habt. Tatsächlich bin ich schockiert darüber.“

„Um offen zu sein, bin ich selbst immer noch in einem Zustand des Unglaubens.“

„Dann gebt Ihr zu, dass Ihr kein Recht habt, als einer von uns zu leben?"

„Madame, ich erkenne an, dass, so wie die Mehrheit der Bevölkerung mit Sicherheit weiß, dass sie am Ort ihrer Geburt leben, arbeiten und sterben wird, ich immer der Sohn eines Butlers und einer Haushälterin sein werde; dass meine Vorfahren, soweit wir etwas über sie wissen, ihr Leben im Dienst ihrer Herren verbracht haben."

„Dann hättet Ihr das Angebot meines Bruders ablehnen und dort bleiben sollen, wo Ihr am passendsten und nützlichsten wäret, wozu Ihr geboren wurdet und was Ihr noch tun solltet."

„Wenn das Leben nur so einfach wäre, Madame. Ich mag die meiste Zeit meines Lebens ein Diener gewesen sein, aber meine Tätigkeit sagt sehr wenig über mich aus."

„Über Euch?" Estée blinzelte ihn verständnislos an. „Was gibt es da zu wissen?"

Um Martins Lippen zuckte ein unwillkürliches Lächeln, er war nicht überrascht, dass sie ihn nicht verstand. Er versuchte, es zu erklären.

„Genauso verhält es sich mit denen, die das Glück haben, im *Armorial général de France* verzeichnet zu sein. Es listet alle Namen der französischen Adelshäuser auf, sicher, aber das sagt uns nichts über jeden Einzelnen, der in einer bestimmten großen Familie geboren wurde – ob er ein guter oder ein schlechter Mensch ist; ob er ein Mann von Ehre oder ein Lügner ist; ein Verschwender oder ein Geizhals –"

„*L'Armorial général de France* hat nichts damit zu tun, dass Ihr Eure Stellung aufgebt und Euch als unabhängiger Gentleman geriert!"

Martin wollte frustriert seufzen; stattdessen sagte er ruhig: „Madame, ich wollte nur darauf hinweisen, dass die äußeren Umstände eines Mannes – wo er geboren wurde und in welche Familie – keine Hinweise auf seinen Charakter geben und ob er gut oder böse ist. Ein Kerzenzieher kann ein ehrenvolles Leben führen, und ein Adliger kann ein Schurke sein. Es ist nur das Glück der Geburt, das es einem ermöglicht, die Herrschaft über den anderen zu beanspruchen."

„Glück? Ihr glaubt, es ist Glück und nicht der Wille Gottes, der bestimmt, in welche Familie wir geboren werden? Wird uns nicht gelehrt, dass Er alle Dinge ordnet? Glaubt Ihr an Gott?"

„Ja, Madame, natürlich tue ich das. Vielleicht wäre eine bessere Wortwahl eher *Schicksal* als *Glück* ..."

„Glück oder Schicksal, es ist das gleiche. Der Zufall hat in den Lehren der Kirche keinen Platz. Ein Kerzenzieher ist ein Kerzenzieher, weil Gott es so gewollt hat. Und Ihr räumt selbst ein, dass Ihr aus einer Familie von Dienenden kommt, also ist es das, was Ihr tun solltet – dienen."

„Das ist es, was ich auch weiterhin zu tun beabsichtige, Madame, aber auf eine andere Weise."

Estée lehnte sich verblüfft zurück. Sie bedeutete ihm mit einer Handbewegung, sich zu erklären.

„Wenn, wie Ihr sagt, so etwas wie Glück nicht existiert und alle Dinge durch Seinen Willen bestimmt sind, dann muss auch mein Glück, aus dem Dienst erhoben zu werden, von Ihm bestimmt worden sein."

„Dreht mir nicht das Wort im Munde um!"

„... durch die Liebe und Großzügigkeit von M'sieur le Duc und Mme la Duchesse."

„Hübsch ausgedrückt. Aber ob es nun Ehrgeiz oder Beförderung ist, Ihr seid keiner von uns und werdet es auch niemals sein, weil Ihr nicht dazu geboren wurdet. Welches der Grund ist, aus dem ich nicht verstehe, warum Ihr überhaupt versucht, etwas anderes zu sein!"

„Ich kann es nachfühlen, Madame. Und ich verstehe, dass es für jemanden Eurer Geburt wirklich schwierig sein muss zu verstehen, was Euer Bruder für mich getan hat. Aber ich versichere Euch, mein einziger Ehrgeiz ist es, Monsieur le Duc und Mme la Duchesse zu dienen, in welcher Eigenschaft auch immer sie mich haben wollen." Er machte eine Verbeugung vor ihr und sagte mit der Hand auf seinem Herzen sanft: „Ich bin und werde immer ein treuer und ergebener Diener des Hauses und der Familie Eures Bruders sein."

Seine Worte und sein Auftreten beruhigten sie etwas. Sie bewegte sich auf der Chaiselongue, griff nach ihrem Fächer, klappte ihn auf und ließ ihn flattern. Ihr schmollender Blick begegnete seinem, und als er ihn offen und mit einem kleinen Lächeln erwiderte, konnte sie nicht anders, als ihn wieder an seinen rechtmäßigen Platz zu verweisen.

„Ihr hattet immer eine Silberzunge", schmollte sie. „Mein Bruder hat Euch gut gelehrt. Ich hoffe nur, dass Ihr wisst, wie Ihr sie fest hinter Euren Zähnen halten könnt, nachdem Ihr jetzt nicht mehr der Kammerdiener von M'sieur le Duc seid, denn er ist nicht mehr für Euer Verhalten verantwortlich – sondern Ihr selbst. Was bedeutet, dass Ihr nicht mehr unter seinem Schutz steht. Versteht Ihr, was das für Euch bedeutet?"

„Ja, Madame. Ihr könnt Euch meiner Umsicht zu jeder Zeit gewiss sein. Ich neige nicht dazu, mich in den Vordergrund zu spielen ..."

„Ein wenig zu spät dafür! Eure Erhöhung ist bereits Gegenstand von Klatsch unter unseren Freunden und Verwandten. Nehmt Euch in Acht!

Wenn Ihr meinem Bruder und seiner Frau dienen wollt, würdet Ihr gut daran tun, nicht in ihrer Gesellschaft gesehen zu werden, wenn sie sich außerhalb des Hauses befinden. Und wenn wir Gäste haben, solltet Ihr Euch aus den Räumen der Familie zurückziehen und unsichtbar bleiben. Eure Anwesenheit wird nur dazu führen, dass sich alle unwohl fühlen. Wie soll jemand von unseren Freunden oder unserer Familie wissen, wie er Euch ansprechen und behandeln oder was er zu Euch sagen soll? Solche Unannehmlichkeiten müssen um ihretwillen vermieden werden. Ich bin sicher, dass Ihr mich in über diesen Punkt beruhigen möchtet und mir daher zustimmen werdet ...“

„Madame, ich verstehe, dass Ihr Vorbehalte habt“, unterbrach Martin. „Meine Erhebung ist ein höchst ungewöhnlicher Umstand. Und ich bitte um Verzeihung, wenn meine Anwesenheit Euch in irgendeiner Weise kränkt, aber um ehrlich zu sein, wie ich mich verhalte und wie ich meine Zeit verbringe und mit wem ist nicht Eure Angelegenheit.“ Er verbeugte sich. „Jetzt müsst Ihr mich entschuldigen. Ich möchte nicht zu spät zum Abendessen der Familie kommen.“

„Nein! Halt! Wie könnt Ihr es wagen!“, verlangte sie, als er sich auf dem Absatz umdrehte, ohne von ihr entlassen worden zu sein. „Ich habe Euch nicht erlaubt, zu gehen, und ich bin noch nicht fertig ...“

Martin verbeugte sich erneut und sah sie mit einem Gesichtsausdruck an, der ihr nur allzu vertraut war – ihr Bruder hatte denselben unangenehmen Ausdruck, wenn er gereizt war. Er ließ Tränen der Frustration in ihren blauen Augen aufsteigen.

„Madame, es ist nur der Respekt, den ich für Euch als M'sieur le Ducs Schwester habe, der mich dazu veranlasst hat, mich umzudrehen. Lasst mich höflich direkt sein: Ich bin Euch nicht verpflichtet, noch benötige ich Eure Erlaubnis dazu, wie ich mein Leben führe.“ Er neigte den Kopf. „Ich wünsche Euch nur Gutes und hoffe aufrichtig, dass wir um der Harmonie in der Familie willen auf freundschaftlichem Fuße stehen können.“

Estée wurde scharlachrot, und trotz ihrer Schwangerschaft sprang sie schnell von der Chaiselongue auf, gerade, als die Tür aufgestoßen wurde. Herein spazierte ihr Ehemann. Sofort brach sie in Tränen aus.

„Hallo, Schätzchen, ich freue mich auch, dich zu sehen!“, verkündete Vallentine, unbeeindruckt von ihnen Tränen. Er zog sie in die Arme, musste sich aber damit begnügen, ihre hochgesteckten Zöpfe zu küssen, weil sie ihr Gesicht an seiner Brust vergraben hatte. „Du hast jedes Recht, dich über meine Verspätung zu ärgern. Ich hatte gehofft, hier zu sein, als du ankamst, aber etwas kam dazwischen, und wer sagt schon *nein* zu deinem Bruder?" Er versuchte, zurückzutreten, damit er ihr Kinn anheben konnte, um sie besser zu sehen, aber sie klammerte sich an ihn. „Ich werde diesen Rock wechseln müssen, wenn du ihn noch länger durchnässt! Komm, setzen wir uns einen Augenblick. Ich möchte wissen, wie es dir und dem Kleinen geht – he! Warum stehst du noch da und starrt uns an?", knurrte er über seine Schulter hinweg, als er die Anwesenheit eines anderen spürte. „Verschwinde und mach dich nützlich!"

„Ich bitte um Verzeihung, Mylord. Ich war gerade dabei, mich zu verabschieden ..."

„W-was?" Vallentine fuhr erschrocken herum und zog Estée mit sich. „Himmel! Ihr seid es!" Er wurde rot. „Ich dachte, Ihr wäret ein Lakai."

„Es ist unwichtig, Mylord. Diener sehen alle gleich aus."

„Nein. Nein! So habe ich das nicht gemeint! Bitte um Entschuldigung. Ich erwartete nur nicht, Euch hier zu finden ..."

„Warum entschuldigst du dich bei *ihm*?", wollte Estée wütend wissen. Sie riss sich aus der Umarmung ihres Mannes los, um sich auf die Chaiselongue zu werfen. „Es ist deine schwangere Frau, die eine Entschuldigung erwarten darf! Nicht dieser Barbar ..."

Vallentine ging ihr nach. „Jetzt warte mal, Estée! Du darfst Ellicott nicht beschimpfen. Er ist kein Diener mehr."

„Ha! Mein abwesender Ehemann kehrt zu dieser – dieser *Hütte* zurück, und seine Hauptsorge gilt einem Diener, nicht seiner schwangeren Frau. Ich werde wirklich übel behandelt!"

„Langsam! Sei nicht ungerecht!", jammerte seine Lordschaft und warf sich neben sie auf die Chaiselongue. Er ergriff ihre Hand und machte sich daran, jeden ihrer Finger zu küssen, und zwischen den Küssen mit besänftigender Stimme zu sagen: „Du bist meine einzige Sorge – du und das Kleine. Wirklich."

Etwas besänftigt drehte sich Estée um, um ihn anzusehen. „Wirklich?"

„Aber ja. Aber lass deinen Bruder nicht hören, dass du seine hübsche kleine Villa eine Hütte nennst. Es mag beengt und laut sein, aber wir müssen uns damit abfinden, denn Antonia hat sich hier ein Zuhause geschaffen, und ..."

„Ich habe mich gefragt, wie lange es dauern würde, bis du dich auf *ihre* Seite schlägst ..."

„Nun aber, Estée. Fang nicht an ..."

Martin verdrückte sich in den Gang und schloss die Tür des streitenden Paares hinter sich.

Es war keine Überraschung für ihn, dass sie zu spät zum Diner kamen. Auf ihren jeweiligen Stühlen sitzend war Vallentine ungewöhnlich grimmig, während Madames fleckiges Gesicht sorgfältig durch eine Schicht Schminke verdeckt war. Allerdings wurden alle anhaltenden Ressentiments unterdrückt, und ganz beiseitegelegt, als der Herzog und die Herzogin beim Kaffee eine überraschende Ankündigung machten.

# VIER

Wenn die Speisenden sich der Spannung zwischen den Vallentines bewusst waren, zeigten sie es nicht und fuhren mit ihrem Gespräch fort, als ob alles in Ordnung wäre. Zeit, der Verzehr von mehreren Gängen von Fleisch, Fisch und Gemüse in einer Vielzahl von zarten Saucen, und Tischgespräche über die allgemeinsten Themen, verschafften Ruhe für eine angenehme Mahlzeit. Schließlich schlossen sich die Vallentines der Diskussion an, als wäre nichts Unangenehmes zwischen ihnen geschehen, und die Normalität wurde wiederhergestellt – die Herzogin plauderte und scherzte fröhlich mit Seiner Lordschaft, Martin Ellicott leistete höflich einen Beitrag, Estée agierte als Schiedsrichter und der Herzog blieb sein gewohntes stillschweigendes Selbst.

Erst nachdem die Reste des süßen Gebäcks, der Torten und Puddingwaren entfernt worden waren und die Anwesenden sich im gemütlichen Salon mit Kaffee, verschiedenen Likören und Süßspeisen niederließen, übernahm der Herzog schließlich die Führung des Gesprächs.

Antonia kuschelte sich auf einer Chaiselongue an ihn, während die Vallentines ihnen gegenüber saßen. Estée hatte ein Kissen an ihrem Rücken, um es ihr bei ihrer Schwangerschaft bequemer zu machen, ihre bestrumpften Füße ruhten auf einem gepolsterten Hocker. Und in einem Ohrensessel, zwischen beiden Chaiselongues und mit Blick auf den Kamin, saß Martin Ellicott. Alle tranken Kaffee und nippten an den Likören, während der Butler und einige der Lakaien sie bedienten.

Bevor er ihnen den Grund für den Besuch des königlichen Genealogen mitteilte, erkundigte sich der Herzog bei Vallentine nach dem Erfolg des Vorhabens, zu dem er ihn im ersten Licht des Tages ausgeschickt hatte.

„Es ist alles arrangiert", bestätigte Seine Lordschaft zuversichtlich. „Die Zeremonie ist auf das Ende der Woche festgelegt, abhängig von der rechtzeitigen schriftlichen Ankunft der Zustimmung von Touraine. Aber du siehst von ihm keine Einwände gegen die Heirat voraus, oder?"

„Sobald er meinen Brief und das Angebot von M'sieur Haudry gelesen hat, bin ich zuversichtlich, dass Alphonse seine Zustimmung mit seinem schnellsten Kurier senden wird."

Estée spitzte die Ohren bei der Erwähnung ihres Cousins, des Duc du Touraine, und bei den Worten „Zeremonie" und „Heirat" konnte sie nur eine Schlussfolgerung ziehen. Sie schnappte nach Luft und lächelte strahlend.

„Sag es mir nicht! Cousin Alphonse hat sich endlich entschlossen, wieder zu heiraten!"

Der Herzog hob seinen Blick von dem in seinem Kristallglas wirbelnden Brandy. „Was für ein fantasievoller Einfall. Nein. Seine jüngste Tochter soll heiraten."

„Wurde auch Zeit!", rief Estée. „Elisabeth-Louise muss zwanzig sein, wenn nicht älter."

„Was für ein hohes Alter", murmelte Antonia und lächelte Vallentine und Martin heimlich an.

„Ich wage zu behaupten, dass zwanzig für einen Witwer nicht so alt ist", konterte Madame. „Maurice de Chesnay hat Glück, dass Touraine sein Angebot angenommen hat."

Lord Vallentine schnaubte empört über die Annahme seiner Frau. „Nichts für ungut, Roxton. Ich weiß, dass de Chesnay ein enger Freund von dir ist, aber dieses Mädchen kann der Ausrichtung der himmlischen Sterne danken, dass sie nicht zu einer Ehe mit ihm gezwungen wird!"

„Warum sagst du das?", fragte seine Frau. „De Chesnay wird sie zu einer Marquise machen und sie wird einen Platz am Hof haben."

„Das ist nur ein weiterer Grund, ihn nicht zu heiraten!"

„Touraines Jüngste wird den Chevalier Montbelliard heiraten", warf der Herzog ein, bevor seine Schwester ein Argument gegen weitere Einwände ihres Mannes bezüglich des Marquis de Chesnay formulieren konnte. „Eine Heirat, die nicht nur von ihrem Vater, sondern auch von ihrer Großmutter gebilligt wird."

„In der Tat? Nun, das ist eine Überraschung", sagte Estée. „Tante Philippe hat ihre Karten sehr gut verdeckt gehalten. Sie hat keine Andeutung gemacht, dass sie erwägt, ihre Enkelin mit dem Chevalier zu verheiraten."

„Sie haben sich verliebt, Madame", sagte Antonia zu ihr. „Und so werden sie unendlich glücklicher sein, als wenn einer von ihnen zu einer arrangierten Ehe gezwungen worden wäre."

Vallentine hob sein Brandyglas. „Darauf trinke ich! Stellt euch ein zwanzigjähriges Mädchen vor, das mit einer aufgeblähten Kröte verheiratet wird, die zweimal so alt ist wie sie!"

„Was willst du damit andeuten, Lucian?", wollte Estée wissen. „De Chesnay mag ein Fass sein, und ich gebe zu, dass er die Lippen eines dicken Frosches hat, aber jedes Mädchen von zwanzig, das in einem Kloster verrotten muss, würde ihn gerne nehmen. Das besorgte Flüstern in der Familie war, ob Elisabeth-Louise jemals einen Ehemann finden würde – dass etwas mit ihr nicht stimmte. Vergiss den dicken Frosch, hätte ein achtzigjähriger Herzog um ihre Hand gebeten, hätte Tante Philippe sie ihm gewährt, ohne mit der Wimper zu zucken!"

Der Herzog warf Antonia einen Seitenblick zu und goss die letzten Tropfen seines Brandys herunter. „Dank den himmlischen Sternen bin ich weder aufgebläht noch ein fetter Frosch", fügte er mit einem Grinsen hinzu, „noch ein – äh – Achtzigjähriger. Obwohl ich mit Sicherheit ein Herzog bin."

Vallentine verfehlte den Köder nie, den der Herzog vor seiner Nase baumeln ließ.

„Hey!", rief Seine Lordschaft errötend. „Wir meinten nicht – du kannst nicht glauben, dass wir von *dir* sprachen?"

„Warum sollte Roxton das denken?", erwiderte Estée hitzig. „De Chesnay und mein Bruder stehen sich zwar im Alter nahe, aber sie sind sich nicht ähnlich. Du kannst genauso gut eine Kröte mit einer römischen Statue vergleichen!"

Vallentine wandte sich hilfesuchend an seinen Nachbarn. „Helft mir da heraus, Ellicott. Ihr wisst doch, was ich meinte, nicht wahr?"

Martin Ellicott wurde davor bewahrt, antworten zu müssen, weil er gerade einen Schluck Kaffee schluckte und weil die Herzogin intervenierte.

Sie sagte mit einem Augenzwinkern, während ihr Grübchen sich vertiefte: „Zwinge Martin nicht, dich zu retten, Lucian. Außerdem", fügte sie hinzu und wandte sich auf Italienisch an den Herzog, „brauchst du nicht den himmlischen Sternen zu danken. Aber ich danke dir, dass du sie mit mir geteilt hast."

Roxton lächelte in ihr zu ihm erhobenes Gesicht und hob fragend eine Augenbraue. „Wirklich?", murmelte er und folgte ihrem Beispiel. „*Perché?*"

Sie lächelte kess und flüsterte: „Jedes Mal."

Roxton starrte sie an. „*E' così?*"

Antonia kicherte über seine Verwirrung und nickte und sagte verschmitzt: „Der dritte Himmel soll unter den Sternen existieren, *sì?*"

Da er wusste, dass der dritte Himmel ein anderer Name für das Paradies war, erkannte er plötzlich, dass ihre Erwähnung der himmlischen Sterne ein schräger Hinweis auf ihren gegenseitigen Genuss bei der Liebe war. Er lachte leise, kniff sie ins Kinn und küsste sie sanft. Das überraschte alle, nicht, weil sie verstanden, wovon das herzogliche Paar sprach, sondern nur, weil der Herzog sich selten in Gesellschaft, auch nur der Familie, ungezwungen benahm. Antonia, die mit seiner Antwort sehr zufrieden war, schlürfte wieder ihren Kaffee.

„Ich werde nach Paris schicken müssen, um ein anderes meiner Kleider holen zu lassen", verkündete Estée mit einem Seufzer und brachte das Gespräch zu Dingen zurück, die sie verstand und die für sie von Interesse waren. „Was ich mitgebracht habe, ist einfach ungeeignet für eine Salvan-Hochzeit."

„Es besteht keine Notwendigkeit ..."

„Aber – Roxton! Du verstehst das nicht. Mein Hofkleid nahm den größten Teil des Platzes in meinem Gepäck ein. Alles andere, was meine Frauen einpacken konnten, ist Hauskleidung, da ich die Notwendigkeit nicht vorausgesehen habe oder dass wir mehr als ein paar Tage hier sein würden."

„Du hast richtig gepackt. Es besteht keine Notwendigkeit."

„Wie kannst du das sagen, wenn ich jetzt erfahre, dass meine Cousine am Ende der Woche heiratet und ich bei der Zeremonie nichts anzuziehen habe?"

„Du wirst nicht dabei sein, Liebes", sagte Vallentine leise.

Estée konnte es nicht glauben. „Sei nicht absurd, Lucian! Natürlich muss ich auf der Hochzeit unserer Cousine anwesend sein. Die Hochzeit von Tante Philippes Enkelin, der Tochter des Duc du Touraine, mit dem Erben des Comte de Salvan, ist ein Fest, an dem die ganze Familie teilnehmen muss. Und es ist eine so wichtige Heirat, dass ich erwarte, dass auch der Hof anwesend ist. Die Kirchenstühle werden unter unseren Freunden und Verwandten bersten!"

„Es soll eine kleine Zeremonie werden", stellte der Herzog fest und reichte sein Glas einem herumstehenden Lakaien. „In der Tat wird sie so klein und privat sein, dass das Paar abgereist sein wird, um sein neues Leben zu beginnen, bevor die ganze Welt davon erfährt."

„Aber ...! Elizabeth-Louise kann unmöglich so schäbig verheiratet werden. Sie hat Salvan-Blut und heiratet Salvans Erben ..."

„Ich hätte diese Gründe als ausreichend für unsere Abwesenheit gehalten", sagte der Herzog in einem Ton, der klarstellte, dass es nichts mehr zu besprechen gäbe.

„Wenn es deine Enttäuschung mindert, Madame, ich kann die Gästeliste an den Fingern einer Hand abzählen", sagte Antonia besänftigend.

Estée schaute von ihrem Bruder zu ihrem Mann und dann zu ihrer Schwägerin, immer noch ratlos. „Wie klein? Wer wird dort sein?"

Antonia sagte es ihr. „Elisabeth-Louises Schwester Michelle Haudry als ihre Ehrendame, Mme Haudrys Schwiegervater M'sieur Haudry, um die Braut zu übergeben und Martin. Er wird als Monseigneurs Beobachter teilnehmen."

„Montbelliard hat mich gebeten, sein Trauzeuge zu sein", gestand Vallentine dem Herzog und errötete verlegen. „Aber wenn es dir lieber ist, dass ich nicht ..."

„Du kannst ihm diese Ehre mit meinem Segen erweisen, Lucian", antwortete der Herzog. „Ein zweites Paar Augen wird nicht – äh – überflüssig sein." Er warf Martin Ellicott einen Blick zu. „Und ihr könnt einander unterstützen. Eine päpstliche Hochzeitsmesse braucht Ausdauer."

„Du gibst meinem Mann die Erlaubnis, teilzunehmen, und – und *ihm*, an deiner Stelle zu gehen!" Estée machte eine ruckartige Kopfbewegung in Martin Ellicotts Richtung. „Aber du verweigerst sie mir, *deiner Schwester*, die nicht nur die Cousine des Mädchens ist, sondern auch Katholikin! Ich sollte die Familie vertreten. Ich sollte ..."

„Nein", sagte der Herzog. Er nahm einen Atemzug und sagte mit Nachsicht: „Erlaube mir, es detailliert zu erklären, bevor sich die Wunde in deinem Stolz weiter vertieft. Im Gegensatz zu uns haben Vallentine und Ellicott keinen Tropfen Salvan-Blut in ihren Adern. Ich werde den Comte de Salvan nicht beachten und werde es auch nie wieder tun, oder dass er einen Erben hat, und du auch nicht. Und wenn du Gesellschaft in deinem Kummer haben willst, dann sollst du wissen, dass auch keine deiner Tanten an der Messe teilnehmen wird.“

„Nur, weil du es auch ihnen verboten hast!“, warf ihm Estée mürrisch vor und schniefte. „Elisabeth-Louise tut mir leid. Eine so armselige Hochzeit zu haben!“

„Ich glaube nicht, dass es ihr etwas ausmachen wird, Madame“, versicherte Antonia ihr. „Ihr ist nur wichtig, den Chevalier zu heiraten. Nicht einmal der Gedanke, dass er eines Tages einen Titel erben wird, ist im Moment von großer Bedeutung für sie.“

Estée hatte einen plötzlichen Gedanken und warf ihm ihren Bruder an den Kopf. „Du mangst in der Lage sein, sie dazu zu zwingen, eine stille Hochzeit zu haben, aber wie willst du verhindern, dass die Gesellschaft großes Aufhebens macht, sobald bekannt wird, dass die Tochter des Duc du Touraine und der Erbe des Comte de Salvan verheiratet sind? Jeder bei Hof wird sie mit ihren guten Wünschen besuchen wollen.“

„Das können sie gern tun, wenn sie sich die Mühe machen, nach Arles zu reisen, wo sich das Paar für die absehbare Zukunft niederlassen soll.“

„*Arles*! Aber ...!“

„Sie werden sich auf einem nicht unwesentlichen Landgut niederlassen“, fuhr der Herzog fort. „Ihr Schloss schaut auf die Rhône und wurde zu Beginn dieses Jahrhunderts für den Erzbischof von Arles erbaut. Der Erwerb des Grundstücks für das frisch verheiratete Paar wird, wie mir gesagt wurde, die finanzielle Belastung der Familie des Geistlichen verringern. So ist jeder zufrieden.“

„Arles war einst Teil der römischen Provinz *Gallia Narbonensis*“, erklärte Antonia ihnen. „M'sieur le Duc hat versprochen, mich eines Tages dorthin zu bringen, damit wir gemeinsam die Überreste der römischen Stadt erkunden können. Nicht wahr, Monseigneur?“

„Ganz genau, *ma fée.*“

Estée blickte verblüfft von ihrem Bruder zu ihrer Schwägerin. „Warum sollten sich das jung verheiratete Paar für einen Haufen Ruinen interessieren, wenn sie tausende von Meilen von ihrer Familie entfernt sind!“

„Sicher nicht – äh – Tausende“, murmelte der Herzog.

„Madame, es ist nicht respektvoll, die Überreste des größten Reiches einen Haufen Ruinen zu nennen, genauso wie es nicht respektvoll ist, wenn Vallentine das Pariser Haus von M'sieur le Duc einen Haufen alter Ziegelsteine nennt.“

„Ich habe mich gefragt, wann du die Gelegenheit finden würdest, mir das wieder vorzuwerfen", witzelte Vallentine ohne Groll.

„Nicht jeder hat dein übermäßiges Interesse an alten Trümmern, Liebste", stellte Estée vorsichtig fest. „Tatsächlich kenne ich keine andere Frau, bei der das der Fall ist. Du bist wirklich einzigartig. Das ist nichts Schlechtes, aber es ist etwas, was man berücksichtigen sollte, wenn man mit anderen spricht. Sie sind nicht wie du ..."

„Eine unnötige Beobachtung und eine, die zu wiederholen nicht nötig ist", erklärte der Herzog trocken.

„– und daher bezweifle ich sehr, dass Elisabeth-Louise oder Montbelliard, wie die große Mehrheit der Gesellschaft, sich für das Römische Reich interessieren oder das Geringste darüber wissen", fuhr Estée fort und holte kaum Luft.

„Das ist eine große Schande, Madame", sagte Antonia mit einem großen Seufzer, warf einen Blick zuerst auf den Herzog und dann auf Martin, bevor sie mit einem verschmitzten Lächeln hinzufügte: „Von so viel Geschichte umgeben zu sein und es nicht zu wissen, dass muss so sein, als würde man bei einem Bankett sitzen und essen, ohne zu schmecken, ja?"

„Vielleicht, Mme la Duchesse, wird das junge Paar einen – ähm – *Geschmack* für Geschichte entwickeln, wenn sie sich eingelebt haben?", warf Martin Ellicott ein.

„Haha! Geschmack! Klug! Ich verstehe, wie Ihr das meint!", verkündete Vallentine mit einem schiefen, wissenden Lächeln und drohte Martin Ellicott mit dem Finger. „Und wenn sie sich nicht mit der Geschichte beschäftigen, könnten sie immer einen Geschmack für Wein und Lavendel entwickeln."

„Wein? Lavendel? *Ruinen?* Was soll das alles?" Estée hob frustriert die Hände. „*Ecoutez–moi!* Ich sage euch, was in Trümmern liegen wird – ihre Ehe, wenn sie nicht in der Nähe ihrer Familien leben können. Meiner Schätzung nach muss Arles mindestens hundertdreißig Meilen oder mehr von Paris entfernt sein. Es könnte genauso gut in Schweden liegen!"

„Einhundertvierzig, um genau zu sein", näselte der Herzog. „Noch einmal, deine Begabung für Mathematik beeindruckt mich immer wieder, obwohl deine Geographie viel zu wünschen übriglässt. Aber rege dich nicht weiter auf. Sie werden in der Tat in der Nähe der Familie sein. Montbelliards Schwester und ihr Mann wohnen am Stadtrand von Arles. Ah!", fügte er hinzu und seufzte innerlich vor Erleichterung, als er sich bei einem vertrauten Geräusch zur Tür wandte, das ihn immer wieder veranlasste, seine Mundwinkel zu heben. „Hier ist mein Erbe, bereit zum Schlafengehen, und er hat seiner Mutter viel zu sagen."

# FÜNF

ANTONIA WAR VON der Chaiselongue aufgestanden und zur Tür gelaufen, sobald das Erste Kindermädchen mit seiner kleinen Lordschaft im Arm den Raum betrat, auf den Fersen gefolgt von zwei weiteren Kindermädchen. Er war für das Bett angezogen und in einen weichen Wollschal gehüllt, mit großen Augen und hellwach. Er sah alles andere als schläfrig aus. Als er seine Mutter sah, verzog sich sein Gesicht zu einem zahnlosen Grinsen und er quietschte vor Freude. Der freudige Klang ließ alle sofort fröhlich werden und lächeln. Antonia nahm ihn auf den Arm, begrüßte ihn mit Küssen und ununterbrochenem Geplapper und setzte sich wieder auf die Chaiselongue, Julian auf ihrem Schoß. Sie lächelte den Herzog an und fragte aufgeregt:

„Jetzt haben wir die ganze Familie versammelt, sollen wir ihnen unsere Neuigkeiten erzählen?“

„*Mon Dieu!*“, platzte Estée entsetzt heraus. „Du bist wieder schwanger!“

„Nein, Madame. Zumindest glaube ich das nicht. Warum denkst du das?“, fragte Antonia verwirrt.

Es folgte eine unangenehme Stille, bis Estée mit leiser Stimme antwortete: „Es war das Erste, woran ich dachte, weswegen die ganze Familie zusammen sein musste. Verzeih mir.“ Sie winkte verlegen mit der Hand. „Nehmt keine Notiz von dem, was ich sage. Ich habe *bébés* im Kopf. Lucian wird es euch bestätigen.“

„Es ist wahr", stimmte Seine Lordschaft zu. Er drückte die Hand seiner Frau liebevoll, lehnte sich an sie und sagte beruhigend: „Aber nichts, worüber du dir Sorgen machen musst, Liebes. Alles vollkommen vernünftig in deinem Zustand. Und da ist schon ein Kleines unter uns, nicht wahr. Ha!" Er richtete sein leeres Glas auf den Herzog. „Dein Finger muss mächtig lecker sein, eh, Roxton!"

Das Baby war in den Armen seiner Mutter nach vorne gekippt, als der Herzog sanft seine rosige Wange streichelte, hatte nach dem Finger seines Vaters gegriffen und prompt seinen Mund um den Fingerknöchel geschlossen.

„Cecile sagt, Julian *zahnt* schon", verriet Antonia stolz.

„Ich erwarte nichts anderes von meinem Erben", antwortete Roxton und löste sanft seinen Fingerknöchel. Er trocknete das Kinn seines Sohnes mit seinem mit Spitze umrandeten Taschentuch und sah zu seiner Schwester hinüber. „Ich hatte gerade eine lebhafte Erinnerung daran, wie du dasselbe mit mir gemacht hast, als du auf dem Schoß unserer Mutter warst. Ich – äh – stupste dich, und du hast meinen Finger gepackt und wolltest nicht loslassen."

Antonia blickte auf, während sie zwischen den Falten des Babyschals nach dem Korallen-Beißring ihres Sohnes suchte, der an einer kleinen Goldkette befestigt war, und sagte mit einem Schmunzeln: „Ich kann mir vorstellen, dass du *damals* überhaupt nicht glücklich warst, vollgesabbert zu werden."

„Nein, wirklich nicht", gab der Herzog zu, als er aufstand und die Schöße seines seidenen schwarzen Rocks ausschüttelte. „Ich habe mich bitterlich bei unserer Mutter beschwert. Zur Antwort lachte sie nur ... Entschuldigt mich bitte, während ich die Dokumente hole ..."

Antonia fand den Korallenbeißring, und mit einem Lächeln und großen Augen steckte sie ihn in die Faust ihres Sohnes und führte ihn an seinen Mund und sagte ihm, wofür er war.

„Glaubst du, er versteht, was du sagst?", fragte Vallentine ernst.

„Natürlich verstehen alle Babys ihre Mütter", antwortete Antonia hochmütig und fügte mit einem Augenzwinkern hinzu: „Und da Julian so klug ist, versteht er auch, was sein Papa ihm in englischer Sprache sagt." Sie drehte sich mit einem strahlenden Lächeln zu Martin um. „Bitte halte deinen Patensohn, damit ich Monseigneur bei unserer Ankündigung helfen kann."

„Sehr gerne, Mme la Duchesse", antwortete Martin und legte ein Kissen auf seinen Schoß, um seinen Patensohn zu empfangen.

Nachdem ihr Sohn sicher in Martins Armen und der Korallen-Beiß-ring in seiner Faust war, ging Antonia zu Vallentine hinüber, wo sie ihre Pantöffelchen wegschleuderte und ihre Hand ausstreckte: „Ich möchte, dass du mir hilfst, auf den Schemel zu steigen."

Seine Lordschaft zögerte nicht zu gehorchen. Doch nicht überzeugt, dass sie ruhig stehenbleiben würde, obwohl der Hocker weniger als sechs Zoll vom Teppich entfernt war, blieb er an ihrer Seite, bis der Herzog von seinem Schreibtisch zurückkehrte, dann nahm er seinen Platz wieder ein und wartete wie die anderen, erwartungsvoll und ohne jede Ahnung, worum es bei der Ankündigung gehen könnte. Nicht einmal das zusammengerollte Pergament, das der Herzog mit seinem erbrochenen, aber unverwechselbaren *sceau du roi* mitbrachte, lieferte einen Hinweis darauf.

Aber bevor er sich an die Familie wandte, wandte sich der Herzog mit einem unwillkürlichen Lächeln an Antonia – obwohl sie an Höhe gewann, indem sie in ihren Strümpfen auf dem Hocker stand, war sie immer noch einen guten Kopf kleiner als er. „Du möchtest, dass unsere Ankündigung von einem – äh – erhobenen Standort aus erfolgt, *ma vie?*"

„Es ist nur angemessen, Monseigneur, dass ich *la mère de mon père* auf diese Weise ehre. Es ist dank meiner Großmutter, dass ich jetzt in jeder Hinsicht erhöht bin, ja?"

„Sie würde zustimmen – und dir Respekt zollen."

Antonia zupfte an einem der silbernen Knöpfe seiner bestickten Weste mit Silberfäden und gestand mit untypischer Feierlichkeit: „Renard, ich hoffe wirklich, dass ich ihrem Andenken morgen gerecht werde."

„Daran habe ich keinen Zweifel", versicherte ihr der Herzog und beugte sich über ihre Hand. Immer noch ihre Hand haltend, wandte er sich an die Familie, die alle versuchten, ihre Neugier und ihre Ungeduld zu zügeln. „Wie ihr zweifellos alle wisst, wurde ich heute Morgen vom Genealogen des Königs besucht. Was ihr nicht wisst und was wir jetzt enthüllen können, ist, dass M'sieur Hozier die Nachricht mitbrachte, dass dieses Dokument ..." Er hielt das Pergament hoch. „... den französischen Adel von Mme la Duchesse bestätigt, der die erforderliche Anzahl von Generationen zurückreicht, damit sie Ihren Majestäten offiziell vorgestellt werden kann. Ich bin sicher, dass ihr euch gefragt habt, wie eine englische Herzogin offiziell am französischen Hof vorgestellt werden konnte, ohne eine diplomatische Delegation vom Hof von St. James's ..."

„Der Gedanke kam uns nie in den Sinn!", unterbrach Vallentine ihn. „Oder, Estée?" Als seine Frau die Augen verdrehte, gab er schnell murmelnd zu: „Nun, mir jedenfalls nicht ..."

„Das liegt daran, dass du dir nie die Mühe gemacht hast, das zu lernen, was ich dir hundertmal über die höfische Etikette zu erklären versucht habe", erwiderte Estée mit einem schnaubenden Lachen. „Deine Augen werden immer glasig, und dann gähnst du. Aber wer kann es dir verübeln?", fügte sie mit einem Schulterzucken der Resignation hinzu. „Du wurdest nicht dazu geboren. Diejenigen von uns, die es sind, wissen fast von der Wiege an, was von uns erwartet wird."

Vallentine setzte sich auf und hob sein Kinn. „Ich muss dir sagen, dass ich mehr darüber gelernt habe, als ich jemals wissen wollte, seit ich hier bin. Ellicott und ich wurden dazu benutzt, unsere Rollen zu spielen, damit Mme la Duchesse ihre Vorstellung bei Hofe üben konnte."

„Das stimmt, Madame", versicherte Antonia ihr. „Sie haben mir sehr geholfen und sich als Ihre Majestäten abgewechselt. Beide waren großartig als Louis –"

„Was habe ich dir gesagt!" Vallentine unterbrach sie mit einem energischen Nicken.

„Aber ich muss mich noch entscheiden, wer die bessere Königin von Frankreich war."

„Mme la Duchesse, ich gebe gern zu, dass Seine Lordschaft den besseren Knicks macht", verkündete Martin.

„Danke, Ellicott", antwortete Seine Lordschaft, das Kinn etwas höher.

Estée stieß einen Ellbogen in die Rippen ihres Mannes und zischte: „Lucian! Bist du taub? Er sagt, du warst die bessere Königin!"

„Ich weiß! Ich weiß!", zischte Vallentine zurück. Trotz seines Errötens, das sein Bewusstsein Lügen strafte, fügte er hörbar hinzu: „Ich mag den besseren Knicks machen, aber Ellicott hier kann seine Hände besser führen. Er weiß, wie man mit einem Fächer umgeht!"

„Danke, Mylord."

„Ich freue mich, dass ihr euch beide einig seid", murmelte der Herzog zurückhaltend. „Sonst hätten wir vielleicht eine Vorführung eurer – äh – beträchtlichen Fähigkeiten benötigt, um die Angelegenheit zu regeln."

Antonia kicherte. „Es gäbe keinen Wettbewerb, M'sieur le Duc! Martin würde gewinnen …"

„He! Das ist unfair!", beklagte sich Seine Lordschaft hitzig. „Ich kann jederzeit Ellicotts überlegene Fähigkeit zum Fächeln mit meinen erstklassigen Knicksen übertreffen!" Als alle lachten, knurrte er: „Ich weiß nicht, was daran amüsant sein soll …"

„Ich verzweifle an deiner Art, in allem einen Wettkampf zu sehen, lieber Ehemann", sagte seine Frau mit einem verzweifelten Seufzer. „Jetzt schweigt, damit mein Bruder seine Ankündigung mit der Würde machen kann, die von Antonia verlangt, auf einem Fußschemel zu stehen."

„Monseigneur, Vallentine soll nicht noch einmal unterbrechen …"

„Hey!" Seine Lordschaft erkannte sofort seinen Fehler in einer weiteren Unterbrechung und bot schnell eine Entschuldigung an, bevor er seine Lippen zusammenpresste.

„Ich werde mein Bestes tun, um dem Anlass die Bedeutung zu verleihen, die er verdient", sagte der Herzog. „Aber da unser Sohn begonnen hat, unruhig zu werden — möglicherweise, weil er so ungeduldig ist wie sein Vater, seine Mutter ihren Verwandten unter ihrem französischen Titel bekannt zu machen — werde ich — äh — mich beeilen." Immer noch Antonias Hand haltend, trat er ein wenig von ihr weg, so dass sie genügend Platz hatte, um zu knicksen, was sie bei seinen nächsten Worten tat. „Es ist mir eine große Freude, euch die Comtesse de Roucy vorzustellen, die an diesem Tag von *Sa Majesté* offiziell anerkannt wurde, wobei M'sieur Hozier ihren Namen dem *Armorial général de France* hinzugefügt …"

„*Oh là là! Étonnant!* Was für wunderbare Neuigkeiten!", rief Estée aufgeregt und klatschte.

„Mme la Comtesse erbt ihren Titel selbst durch ihre Großmutter väterlicherseits, *Adélaïde-Mathilde,* Comtesse de Roucy", erklärte der Herzog, als hätte es keine weitere Unterbrechung gegeben. „Und wie ihre Großmutter vor ihr, wurde sie offiziell als direkte Nachfahrin von *Aelis de Roucy*, Ehefrau von Renaud de Vermandois, Comte de Roucy, anerkannt, eine Linie, die bis vor der Schlacht von Hastings zurückreicht …"

„1066?", platzte Vallentine heraus und blies die Wangen auf. „Himmel! Das ist ein mächtig beeindruckender Stammbaum!"

„Ich wünschte, ich könnte aufspringen und dich umarmen und angesichts deiner Anerkennung einen Knicks machen!" fügte Estée hinzu und warf Antonia mehrere Küsse zu, bevor sie ihren Bruder mit leuchtenden Augen fragte: „Du planst, dass Antonia am Hof nicht als Mme la Duchesse de Roxton, sondern als Mme la Comtesse de Roucy vorgestellt wird?" Als der Herzog mit einem wissenden Lächeln den Kopf neigte, wackelte sie mit dem Finger vor ihm. „Oh là *là!* Du bist sehr klug, lieber Bruder."

„Aber natürlich, Madame", stimmte Antonia mit Stolz zu. „Und ich möchte euch allen versichern — obwohl ich weiß, dass ihr das wisst —, dass ich in erster Linie immer Madame la Duchesse de Roxton sein werde."

„Gut. Freut mich zu hören", verkündete Vallentine. „Auch wenn ein französischer Titel nicht zu verachten ist und es deine Großmutter ehrt, sollte man nicht vergessen, dass du Roxtons Herzogin bist. Und eine Herzogin hat auf jeden Fall Vorrang vor einer Comtesse."

„Ich würde dir zustimmen, Lucian, wenn wir auf englischem Boden wären. Aber hier in Frankreich und vor allem am Hofe ist eine französische Comtesse *auf jeden Fall* einer englischen Herzogin überlegen", sagte Estée mit einem Zungenschnalzen. „Deshalb hat mein Bruder große Anstrengungen unternommen, um sicherzustellen, dass Antonias alte französische Abstammung und ihr Titel offiziell anerkannt wurden, *bevor* sie bei Hofe erscheint, so dass, wenn sie dem König und der Königin vorgestellt wird, es aus ihrem eigenen Recht sein wird. Niemand kann es wagen, ihren Rang in Frage zu stellen. Nicht wahr, Roxton?" Als ihr Bruder wieder den Kopf neigte, warf sie dem herzogliche Paar eine weitere Kusshand zu. „Bravo, Roxton! Bravo, meine Liebe!"

„Danke, Madame. Es freut uns, dass ich meine Großmutter und meine Familie auf diese Weise ehren kann."

„Aber habe ich dich richtig verstanden, Roxton – dass Antonia den de Roucy-Titel von ihrer Großmutter geerbt hat?", fragte Estée mit einem Stirnrunzeln. „Wenn ja, ist das wirklich eine Überraschung."

„Es ist sicherlich ungewöhnlich", antwortete der Herzog. „Aber erbliche Titel durch die mütterliche Linie sind nicht – äh – *außerordentlich*."

„Wie passend, dass Madame la Duchesse den Titel ihrer Großmutter auf diese Weise erbt", fügte Martin Ellicott hinzu, der sich traute, zum Gespräch beizutragen, und mit einem sanften Lächeln seinen Kopf vor Antonia senkte. „Denn auch sie ist außerordentlich."

„*Außerordentlich* sind auch unnötige Unterbrechungen!", fauchte Estée und fächelte sich aufgeregt.

„*Merci*, Martin. Monseigneur sagt das auch", antwortete Antonia mit einem freundlichen Lächeln und ignorierte den scharfen Einwurf ihrer Schwägerin. Mit atemloser Aufregung fügte sie, an alle im Raum gewandt, hinzu: „Aber das ist nicht das Überraschendste daran, eine französische Comtesse zu sein. Euch wird bestimmt der Mund offen stehen bleiben."

# SECHS

DIE VALLENTINES BEUGTEN sich unbewusst auf Antonias Ankündigung vorn, und sie enttäuschte nicht von oben auf ihrem Fußhocker Podest.

„Zu dem Titel der Comtesse de Roucy gehört ein Hofamt. Es stimmt. M'sieur Hozier hat es Monseigneur bestätigt."

„Mon Dieu! *C'est incroyable!*", platzte Estée heraus. Und während sie augenblicklich das volle Ausmaß dieser Offenbarung begriff, glaubte sie es nicht ganz und blickte ihren Bruder um Bestätigung suchend an. „Roxton? Die Comtesse de Roucy hat eine offizielle Stellung am Hof?"

„Das wollte ich dir gerade sagen, ja."

„Aha. Es tut mir leid, M'sieur le Duc", entschuldigte sich Antonia mit einem Seufzer der Enttäuschung und erkannte, was sie unbeabsichtigt getan hatte. Sie küsste ihm den Handrücken. „Du solltest die Ankündigung machen und stattdessen habe ich unsere ach so große Überraschung verdorben."

„Überhaupt nicht, *ma vie.* Aber vielleicht möchtest du, dass ich der Familie den vollen Umfang deines Erbes erkläre, wie von Monsieur Hozier bestätigt?"

„*Merci,* M'sieur le Duc", sagte Antonia und vertraute den anderen an, „M'sieur Hozier bestand darauf, sich ohne mich mit Monseigneur zu treffen, weil er nicht glaubt, dass Frauen über die Trivialitäten hinaus fähig sind, etwas zu begreifen. *Incroyable!*"

„Er kennt dich offensichtlich nicht", sagte Vallentine völlig ernst. „Ein Blick über die Schulter auf den Text, in den du deine Nase steckst, würde ihn vom Gegenteil überzeugen."

„Das denke ich auch", antwortete Antonia mit demselben Ernst. „M'sieur le Duc war bereit, auf meiner Anwesenheit zu bestehen, aber ich sagte ihm, dass es nicht nötig sei, da ich einen wichtigen Termin im Kinderzimmer hatte und niemanden enttäuschen wollte."

„Wichtig? La! *C'est absurd, ça!*", unterbrach Estée sie mit einem spöttischen Schnauben und fügte, augenzwinkernd, hinzu: „M'sieur Hozier würde zustimmen, dass ein Wettrennen von Tragstühlen zum Vergnügen von Dienern *viel* wichtiger ist als eine Besprechung mit dem Genealogen Seiner Majestät!"

„Ja, Madame, das ist es", sagte Antonia beleidigt. „Das war nicht nur zum Vergnügen, wie ich dir gesagt habe. Julian hatte Angst, mit mir in meinem Tragsessel zu sitzen. Und jetzt, nach den Rennen, mit der Ermutigung seiner *maman* und ja, unserer Diener, hat er keine Angst mehr. Das Problem ist gelöst, und jetzt wird er mit mir in meinem Geburtstags–Tragstuhl mitkommen, ohne sich zu beschweren. *Ca y est.*"

„Himmel! Ich wünschte, ich wäre da gewesen, um den Spaß mitzuerleben!", sagte Vallentine fröhlich, sich der Spannung, die ihn jetzt umgab, nicht bewusst. Er sah Martin Ellicott an. „Ich wette, Ihr wart bei diesem Tragsesselrennen dabei!"

„Das war ich, Mylord. Ich ..."

„Aber natürlich!", schnaubte Estée. „*Er* ermutigt *ihre* Launen bei jeder Gelegenheit! Wie ihr *alle!*"

„He! Du kannst doch nicht ...", begann Seine Lordschaft und wurde zu seiner großen Erleichterung unterbrochen.

„Ich mag jetzt sowohl eine französische Comtesse als auch eine englische Herzogin sein", verkündete Antonia würdig und ignorierte den Spott ihrer Schwägerin, „aber es gibt einen, für den ich immer nur *la mère* sein werde, und das bedeutet mir am meisten. Entschuldigt mich."

Der Herzog legte seine Hände um ihre Taille, hob sie hoch und von dem Schemel herunter auf festen Boden, damit sie sich um ihr Kind kümmern konnte.

Das Baby jammerte und wand sich auf dem Kissen auf dem Schoß seines Paten, so sehr, dass das Kindermädchen aus dem Schatten getreten war und nun hinter Martin Ellicotts Stuhl stand. Antonia nahm ihren Sohn mit einem breiten Lächeln hoch, drehte sich dann zu ihrer Familie um und wünschte allen in seinem Namen eine gute Nacht. Dann verschwand sie in den Schatten, um ihn für die Nacht an seine Kindermädchen zu übergeben.

Roxton blieb bei dem Schemel stehen und starrte nachdenklich hinter ihr her, während er dem Klagen seines Sohnes lauschte, das im Schatten im Handumdrehen in lautes Geschrei übergegangen war.

„M'sieur le Duc, seine kleine Lordschaft muss die Trennung von seiner Mutter sehr spüren, wenn er Schmerzen beim Zahnen hat", erklärte Martin ihm. „Und das führt zweifellos zu Madame la Duchesses Schwierigkeit, ihn dazu zu bringen, sich zu beruhigen ..."

„Schwierigkeit? Wenn es nicht die eine ist, wird es die andere sein", bemerkte Estée lässig. „Kein Wunder, dass er so schreit, wie er es tut, nachdem sie sich entschied, ihn zu säugen, so dass er jetzt nichts als ihre Brust fordert, was zu einer unerwünschten und unnatürlichen Bindung geführt hat ..."

„Und das weißt du *woher*?", lautete die scharfe Antwort des Herzogs, als er sich auf dem Absatz seiner Schwester zuwandte. „Wenn du dein Kind geboren hast, kannst du bei der Pflege und Ernährung von Säuglingen mitreden, vorher nicht. Martin! Mein Sohn hat sein Umschlagtuch nicht. Sei so gut, es seiner Mutter zurückzugeben ..."

Mit zusammengebissenen Zähnen wartete er, bis Martin das Tuch an sich genommen hatte und in der Dunkelheit verschwunden war, bevor er sich wieder auf die Chaiselongue setzte. Allein mit seiner Schwester und seinem Schwager und zuversichtlich, dass niemand es hören würde, machte er Estée unbarmherzig seine Meinung klar.

„Du hast Antonia der Eigensinnigkeit bezichtigt – sie ist nichts dergleichen. Sie ist standhaft. Erkenne den Unterschied. Was deine scharfen Seitenhiebe auf Martin angeht – es passt nicht zu deiner Erziehung, den zu verspotten, der Mme la Duchesse immer ermutigt, und das mit Freundlichkeit und Intelligenz." Er ließ seinen Blick auf sein Knie fallen, wo er einen imaginären Fussel wegbürstete; nur, um seiner Schwester einen Augenblick zu gewähren, ihre Fassung wiederzuerlangen, denn ihre Unterlippe hatte zu zittern begonnen. Er erhob seine dunklen Augen wieder zu ihren, sagte weniger scharf, aber nicht weniger deutlich: „Die Bedürfnisse und Wünsche meines Sohnes werden immer Vorrang haben – ungeachtet dessen, wer unsere Zeit und Aufmerksamkeit fordert, nicht ausgenommen Monsieur Hozier und *Sa Majesté*. Oh! Und bei der nächsten Gelegenheit – obwohl ich vollstes Vertrauen habe, dass es keine geben wird – wenn du Mme la Duchesse unnötigerweise verspottest, oder eine kleinliche Bemerkung an Martin richtest, werde ich nicht zögern, dich öffentlich an deinen Platz zu verweisen. Und ich werde dies nicht nur vor deinem Mann tun, wie ich es jetzt tue, sondern ich werde auch dafür sorgen, dass die Gelegenheit ein Publikum unserer Verwandten und Diener rechtfertigt, wie es zufällig in Hörweite ist. Ich habe dich in Paris gewarnt, Estée. Dies ist das letzte Mal. Nein! Entschuldige dich nicht bei mir. Aber ich erwarte, dass du dich bei Antonia und bei Martin entschuldigst." Er lächelte schief. „Nicht heute Abend. Bis zum Ende der Woche – Ah! Ich höre ihn nicht, *mignonne*", sagte er in einem ganz anderen Ton, als Antonia aus den Schatten wieder auftauchte. „Hat er sich endlich beruhigt?"

Sie seufzte schwer und breitete ihre gesteppten Unterröcke aus, um ihren Platz neben ihm auf der Chaiselongue wieder einzunehmen. Als er seine Hand ausstreckte, legte sie ihre in seinen warmen Griff und fühlte sich durch seine Berührung besser.

„Renard, es ist sehr schwierig. Er will sich abends nie von mir trennen. Er denkt, dass er in unser Zimmer kommt, und wenn er merkt, dass es nicht dorthin geht, wird er sehr unangenehm. Mein Herz bricht, wenn sein kleines Kinn zittert, und ich muss mich auch abwenden, bevor meine Augen sich mit Tränen füllen." Sie seufzte wieder. „Aber ich weiß, dass es sein muss, und deshalb tue ich es. Aber ich sage dir, es wird nicht einfacher!"

„Das ist verständlich", antwortete der Herzog und drückte ihre Finger sanft. „Warum sollte er dich verlassen wollen? Aber wenn du dir ausreichende Nachtruhe wünschst, dann müssen wir mit unserem Plan fortfahren. Wenn nicht ..."

„Natürlich hast du recht, und das werden wir." Sie nahm sich zusammen und fügte fröhlich hinzu, indem sie die anderen in ihr Gespräch mit einbezog: „Außerdem weiß ich, dass er nicht eine Minute, nachdem er mich verlassen hat, wieder ein glückliches *bébé* ist, und ich, seine arme Mutter, bin es, die Kummer hat. Und daher ist es nicht so schlimm, wie ich es empfinde."

Neugierig fragte Estée sanftmütig: „Woher weißt du das, *ma chérie*?"

„Ich schicke Gabrielle ins Kinderzimmer, nachdem er mich verlassen hat", gestand Antonia. Ihre Augen weiteten sich, und sie beugte sich vor und sagte vertraulich: „Und wisst ihr, was Gabrielle mir erzählt? Julian hört *immédiatement* auf zu schreien, in dem Moment, in dem er mich nicht mehr sieht! Dann ist er bei den Kindermädchen wieder zufrieden. *Incroyable*."

„Was für ein kleiner Charmeur! Ich sage voraus, dass er so manchem Mädchen das Herz brechen wird, wenn er älter ist."

„Aber natürlich, Madame", stellte Antonia sachlich fest. „Er ist der Sohn von M'sieur le Duc."

Vallentine hustete in seine Faust. „So sehr ich auch nichts lieber täte, als die Fähigkeiten meines Neffen zu erläutern, die Damen zu bezaubern – selbst in seinem zarten Alter – die Stunde ist spät, und dieser Charmeur hat eine Frage wegen der morgigen Vorstellung –"

Antonia kicherte und Estée schnaubte hinter ihrem Fächer.

„Wir lieben dich, Lucian", erklärte seine Frau, die sich durch die naive Anmaßung ihres Mannes nach der Schelte ihres Bruders so viel mehr wie sie selbst fühlen ließ, dass sie ihr Lachen kaum zurückhalten konnte. „Charmeur? Bitte stelle doch keine solch lächerlichen Behauptungen auf! Außerdem gibt es ein ungeschriebenes Gesetz unter Verwandten, dass es nur einen Charmeur pro Familie geben kann, und dieser Titel wurde von meinem Neffen beansprucht – auf Lebenszeit."

„Mme la Comtesse und Mme la Duchesse stimmen dir von ganzem Herzen zu, Madame", sagte Antonia mit einem bedeutungsvollen verschmitzten Blick auf Seine Lordschaft, der alle anderen zum Schmunzeln brachte.

„Oi! Jetzt mache es dir nicht zur Gewohnheit, mir deine *beiden* Titel an den Kopf zu werfen, sonst bricht meine Verteidigung völlig zusammen!"

„Deine Frage, Lucian?" fragte der Herzog mit einem dünnen Lächeln und einer hochgezogenen Augenbraue, dankbar, dass sein bester Freund sich bewusst daran gemacht hatte, die Stimmung mit seiner hohlen Prahlerei aufzuhellen.

„Aha. Ja. Meine Frage ... Keiner von uns hätte vor zwölf Monaten, als du Madame la Duchesse aus dem Palast gerettet hast, vorausgesagt, dass wir morgen wieder dort sein und zusehen würden, wie sie vor Louis als Comtesse de Roucy ihren Knicks macht", sagte Seine Lordschaft mit einem Kopfschütteln. „Aber was mich ratlos macht – und wenn ich ehrlich bin, dröhnt mir der Kopf, wenn ich darüber nachdenke – ist, dass du immer sagst, Versailles sei ein Nest von Vipern. Du hast Estée nie erlaubt, auch nur in die Nähe dieses Ortes zu gehen. Doch – und ich will deinen neuen Titel nicht geringschätzen, Mädel –", sagte er nebenher zu Antonia, bevor er sich wieder an den Herzog wandte. „– Morgen gehen wir, um Antonia beim Betreten dieser Schlangengrube zuzusehen, und na ja – Verdammt! Sag du es mir!"

„Dir was sagen, Lucian?", näselte Roxton, um seinen besten Freund zu necken. „Das war keine Frage, sondern eine Rede mit einer Forderung." Als Vallentine frustriert die Hände hochwarf und gegen die Kissen zurückfiel, gab er nach. „Ich will nicht, dass dein Kopf – äh – noch mehr dröhnt, als er es ohnehin schon tut. Aber da Martin wieder zu uns gekommen ist, gerade als die frische Kaffeekanne serviert wird, beabsichtige ich, mich darum zu kümmern, und so kannst du deine Frage jemandem stellen, der genauso fähig ist wie ich, dir die Antwort zu geben, die du suchst. In der Tat wirst du möglicherweise eine zufriedenstellendere Antwort erhalten." Er sah zu Antonia. „Mit der Erlaubnis von Mme la Duchesse."

Trotz der kryptischen Natur seiner Antwort brauchte sich der Herzog ihr gegenüber nicht zu erklären. Antonia verstand sofort. Beide blickten hinüber zum Kaffeewagen, wo Martin höflich auf eine Gesprächspause wartete, um wieder Platz nehmen zu können. Er starrte das herzogliche Paar an und schluckte schwer. Auch er verstand es. Lord und Lady Vallentine blieben verwirrt. Sie wurden bald aufgeklärt.

# SIEBEN

„MYLORD, DARF ICH Euch zuerst eine Erklärung für die Notwendigkeit der morgigen Zeremonie geben", sagte Martin Ellicott in die Stille, die dem Einschenken, Rühren und Genießen von frisch gebrühtem Kaffee folgte. „Was Euch hoffentlich der Notwendigkeit entheben wird, Eure Frage zu stellen."

„Klingt fair", antwortete Vallentine und knabberte an einer ganzen Makrone. „Fragen bereiten mir höllische Kopfschmerzen. Antworten gefallen mir viel besser."

Da das Bedürfnis aller nach Kaffee erfüllt und der Teller mit den Makronen und kleinen zarten Backwaren ein zweites Mal herumgereicht worden war, gab es für Martin keine weiteren Ausreden, um zu zögern. Er nahm einen weiteren Schluck, um seine Kehle freizubekommen, und stellte dann seinen Teller beiseite. Die Ellbogen auf die gepolsterten Arme des Ohrensessels gestützt, die Finger ineinander verschlungen, und mit geradem Rücken wirkte er so gefasst wie immer.

In Wahrheit hatte er das Gefühl, als tanzten tausend Motten in seinem Magen, so groß war seine Furcht. Er, der immer im Hintergrund war, immer außer Sichtweite, wurde in den Mittelpunkt gedrängt. Doch er wusste, warum der Herzog ihn auf diese Weise hervorhob. Es war in dem Bemühen, seinen Platz in der Familie zu festigen, und vor allem, damit er Estée Vallentines zumindest widerwillige Akzeptanz gewinnen würde. Und obwohl er dankbar für die Gelegenheit war und das herzogliche Paar nicht enttäuschen wollte, sah er seine Aussichten, von der Schwester des Herzogs akzeptiert zu werden, wenn auch nur widerwillig, eher philosophisch. Aber wenn der Prophet Jeremia einem Leoparden glaubte, dass dieser in der Lage wäre, seine Flecken zu wechseln, gab es vielleicht noch Hoffnung bei ihr ...

Dann warf er einen Blick auf die Herzogin und fand sie über den goldenen Rand ihrer Tasse lächelnd. Anstatt seine Nervosität zu steigern, war er überrascht zu entdecken, dass mit ihrer stillen Ermutigung die Motten aufhörten zu flattern. Nicht in tausend Leben würde er sie jemals enttäuschen. Er holte tief Luft und betete, dass er die Erwartungen erfüllen könne.

„Verzeiht mir, dass ich das Offensichtliche feststelle, aber jeder weiß, dass man formell bei Hofe vorgestellt werden muss, um zu *Sa Majestés* kleinen intimen Abendessen eingeladen zu werden", sagte Martin, nachdem er sich leise in die Faust geräuspert hatte. „Doch mit dem König zu speisen, ist nicht die Hauptmotivation von M'sieur le Duc. Dass Mme le Duchesse vor der ganzen Welt mit ihrem französischen Titel präsentiert wird, wird das letzte Kapitel sein und das Buch über den Comte de Salvan und diejenigen seiner engsten Verwandten schließen, die sich verschworen hatten, um Mme la Duchesse zu einer unerwünschten Verbindung mit ihm zu zwingen ..."

„Es gibt keinen Grund, zurückhaltend zu sein", warf der Herzog leise ein. „Die Verwandten, auf die sich Martin bezieht, sind unsere alten Tanten", sagte er zu den Vallentines. „Insbesondere Tante Philippe. Bitte fahre fort. Ich werde nicht wieder unterbrechen."

Martin neigte den Kopf. „Der lange gehegte Glaube war, dass der Comte durch die Heirat mit Mme la Duchesse Zugang zu der beträchtlichen Mitgift erhalten würde, die ihr ihr Großvater hinterlassen hatte. Dies hätte dann die dringendsten finanziellen Probleme der Familie Salvan gelindert. Es besteht kein Zweifel, dass dies eines ihrer Ziele war, aber was sie tatsächlich im Auge hatten, war ein viel glänzenderer Preis. Es gibt etwas, wonach sich die Salvans mehr sehnen als Geld, etwas, das sie verloren haben, als sie als Strafe für die Flucht von M'sieur le Ducs Mutter mit Lord Alston, ihrer Hofämter enthoben wurden – und das ist das Prestige, das mit Macht einhergeht. Der einzige Weg, dies zu erreichen, besteht darin, ein offizielles Amt am Hof zu bekleiden."

„Er wusste es!", platzte Vallentine heraus und blickte von Martin zum Herzog und dann zu Antonia. Es war keine Frage, sondern eine Feststellung. Wütend deutete er mit einem Finger in Martins Richtung, um seinen Standpunkt zu verdeutlichen. „Diese verdammte Kröte von Salvan! Er wusste, dass Mme la Duchesse nicht nur das Geld ihres Großvaters, sondern auch den Titel ihrer Großmutter erben würde, und er wusste, dass zu diesem eine Stellung am Hof gehörte! So eine Unverschämtheit!"

„Ja, Mylord. Das scheint der Fall zu sein", antwortete Martin gelassen. „M'sieur le Duc ist der Auffassung, dass der Chevalier Moran das Wissen über den Titel seiner Mutter dem Earl of Strathsay anvertraute, der wiederum dem Comte de Salvan davon erzählte. Diese Offenbarung veranlasste den Comte dazu, statt seines Sohnes in den Ehevertrag mit dem Großvater von Madame la Duchesse einzutreten."

„Der Chevalier Moran war der Vater von Mme la Duchesse", stellte Estée unnötig fest.

„Ich wette, Salvan hat diese interessante Kleinigkeit aus dem alten Mann auf seinem Sterbebett herausgeholt", unterbrach Seiner Lordschaft knurrend. „Verdammtes – verdammtes – *Wiesel*!"

„Du hättest ihm den Degen durch den Leib stoßen sollen, als du die Gelegenheit dazu hattest, Roxton", warf Estée dem Herzog vor, tupfte ihre feuchten Augen ab und schnüffelte. „Wenn ich an diese schreckliche Zeit zurückdenke, macht mich das krank. Ich weiß nicht, warum wir es noch einmal durchleben müssen …"

„Bitte rege dich nicht auf, Madame", unterbrach Antonia. „Wir werden nach heute Abend nie wieder über diese Zeit sprechen müssen. Aber wir – M'sieur le Duc und ich – halten es für wichtig, dass unsere Familie sich der Gründe bewusst ist, warum ich *Sa Majesté* vorgestellt werde."

„Antonia hat recht, Liebes. Kein Grund, dich aufzuregen", fügte Vallentine beruhigend hinzu. „Lass Ellicott mit dem Erklären weitermachen, und dann können wir dich ins Bett bringen, ja?"

Martin zögerte, beunruhigt über diese Unterbrechung, und fragte sich, ob es ein absichtlicher Versuch der Schwester des Herzogs war, seinen Gedankengang zu stören. Nicht ein einziges Mal hatte sie in seine Richtung geschaut, während er sprach, sondern hinunter auf ihren flatternden Fächer oder durch den Raum, um ihm einen Blick auf ihr schönes Profil zu geben. Aber er hatte keine Zeit, sich mit ihren Vorurteilen zu beschäftigen, er musste mit dem Erzählen fortfahren; M'sieur le Duc verließ sich auf ihn. Doch gerade als er es schaffte, seine Gedanken wieder zu sammeln, geschah das Wunder – zumindest war es für ihn so, denn es war eine neuartige Erfahrung.

Madame drehte den Kopf, um seinem Blick offen zu begegnen, und ohne ihre übliche Theatralik oder einen Hauch von Spott. „Wir haben Euch unterbrochen, M'sieur … El-*Ellicott*", sagte sie förmlich. „Tatsächlich glaube ich, dass ich das heute Abend mehrmals getan habe; wofür ich – ich – mich *entschuldige*. Bitte fahrt fort. Eure Darstellung der abscheulichen Machenschaften meines Cousins ist überaus – überaus – *erhellend*."

Wenn es bei dieser Entschuldigung keinen hörbaren Seufzer der Erleichterung gab, gab es sicherlich einen innerlichen, und die Anspannung in den Schultern aller ließ nach.

„Vielen Dank, Madame", antwortete Martin respektvoll und unterdrückte das Lächeln, das über sein Gesicht huschen wollte. Er hustete wieder in seine Faust und fuhr fort, als wäre er nie unterbrochen worden. „Das Hofamt, das mit dem Titel Comtesse de Roucy einhergeht, gehört zum Haushalt der Königin. Und hätte der Comte Mlle Moran geheiratet, wie sie damals hieß, hätten die Salvans ihr Ziel erreicht und wären in den inneren Kreis des Königs zurückgekehrt. Dies hätte es ihnen ermöglicht, ihre Ambitionen zu fördern und ihren Einfluss zu stärken, indem sie der Königin und ihren Beratern ins Ohr flüsterten, Platz für ihre Nachkommen in der Hofverwaltung fanden und ihre Taschen mit Bestechungsgeldern füllten."

„Verzeiht eine erneute Unterbrechung", sagte Madame, „aber was Ihr beschreibt, ist nichts Außergewöhnliches. Das ist es, was alle guten Höflinge in solchen Positionen tun – Posten für ihre Familie und Freunde finden, und es wird nicht als Bestechung angesehen, sondern als akzeptable Bezahlung, wenn man sich für andere einsetzt."

„Das ist wahr, Madame", stimmte Martin zu. „Aber was auch wahr ist, ist, dass ein Ehemann nicht nur die Verfügung über die Mitgift seiner Frau hat, sondern über ihr ganzes Leben, einschließlich ihrer Stellung bei Hof. M'sieur le Duc hat Informationen, die darauf hindeuten, dass der Comte de Salvan nach seiner Heirat beabsichtigte, seine Frau nach Limoges zu verbannen. Mme la Marquise du Touraine-Brissac hätte dann die Aufgaben des Amtes der Comtesse de Roucy übernommen …"

„Empörend!", erklärte Vallentine. „Ich nehme zurück, was ich gesagt habe. Salvan ist kein Wiesel – er ist ein Wurm!"

„Genau, Lucian", sagte der Herzog und ließ Martin mit einem Nicken wissen, dass er nun den Rest der Erzählung aufgreifen würde. Als Martin kurz die Augen schloss und erleichtert in den gepolsterten Ohrensessel zurücksank, lächelte der Herzog vor sich hin, bevor er zu den Vallentines sagte, Antonias Hand fest im Griff auf seinem übergeschlagenen Knie. „Es genügt, dass die morgige Präsentation bei Hofe dazu dient, den letzten Nagel in den Sarg der Ambitionen der Salvans zu schlagen. Wenn die Comtesse de Roucy die königliche Anerkennung vor dem gesamten Hof erhält, wird die ganze Gesellschaft wissen, wem sie ihre Treue schuldet."

„Dir!", erklärte Vallentine mit einem festen Nicken.

„Ja – äh – mir. Es ist wichtig, dass der Hof, aber vor allem unsere Salvan-Verwandten, darauf aufmerksam gemacht werden, dass sie mich nicht überlisten, mich zu etwas zwingen oder sich gegen mich verschwören können, ohne Konsequenzen befürchten zu müssen. Und es wird auch als Erinnerung für diejenigen dienen, die denken, dass sie meine Frau manipulieren können, dass dies unmöglich ist. Sie …" Er hielt inne, blinzelte und sah Antonia an, als wäre ihm gerade ein Gedanke gekommen. Er war selbstlos. „Und hier lege ich dir Worte in den Mund, *ma belle*. Verzeih mir. Es steht dir zu, das zu sagen."

Antonia zuckte mit den Schultern. „Aber es macht mir nichts aus, dass *du* das tust. Deine Worte sind meine Worte, Monseigneur. Ich weiß das, weil du immer zuerst mit mir über Dinge sprichst, bevor wir mit anderen sprechen." Sie lächelte verschmitzt und lehnte sich an ihn. „Aber keine Sorge. Wenn ich nicht mit dir einverstanden wäre, würde ich dir das *immédiatement* sagen."

Roxton lachte leise und beugte sich zu ihr. „Das", murmelte er und sein Blick flog über ihr schönes Gesicht, „ist sehr wahr."

„Ich unterbreche nur ungern noch einmal", erklärte Vallentine mit einem bedächtigen Husten in die Faust, um das herzogliche Paar aus seiner Versunkenheit zu reißen. „Aber ich habe noch ein Dutzend Fragen zu Mme la Comtesses neuer Stellung bei Hof. Hat sie einen offiziellen Titel? Wie nahe ist sie der Königin? Wird von ihr erwartet, dass sie ihr wie ein Lakai aufwartet …"

„Lakai?" Estée reagierte sofort hitzig. „Diejenigen, die Ihren Majestäten aufwarten, sind keine Lakaien, Lucian. Sie sind Adlige, denen die Ehre zuteil wird, …"

„Ehre? Ha! Unterwürfigkeit ist keine Ehre! Es ist …", begann Vallentine, wurde aber unterbrochen.

„Das reicht für heute Abend", befahl der Herzog. „Estée braucht Ruhe. Wie wir alle. Morgen ist ein bedeutsamer Tag. Lucian, vielleicht bekommst du die Antworten auf deine Fragen nach unserer Rückkehr vom Hof. Zweifellos wirst du bis dann eine ganze Liste zusammengestellt haben."

„Kapitale Idee!", erklärte seine Lordschaft, entfaltete seine langen

Beine und stand von der Chaiselongue auf, als alle Anstalten machten, sich zu erheben. Martin Ellicotts nächste Worte ließen ihn zurücktaumeln, und er musste eine Hand ausstrecken, um nicht zu fallen. „Hä? Was? Was meint Ihr?", fragte er laut, als wäre er taub. „Sagt das noch einmal!"

„Ich bitte um Verzeihung, Mylord. Ich sagte, dass ich mich nach Eurer Rückkehr auf Eure einzigartige Perspektive auf die Ereignisse des Tages freue."

„Aber Ihr werdet Eure eigene einzigartige ... *was auch immer* ... denn Ihr werdet dort sein", erwiderte Vallentine. Er sah das herzogliche Paar verblüfft an und zeigte mit der Faust in Martins Richtung. „Er kommt doch morgen mit uns, nicht wahr?"

Antonia legte ihre Fingerspitzen auf Martins Ärmel und sah zu ihm auf. „*Je ne comprends pas*? Du musst morgen dort sein. Ich kann das nicht ohne dich durchstehen."

Martins Kehle war plötzlich trocken. „Mme la Duchesse, ich dachte – ich dachte, es wäre vielleicht das Beste, wenn ich hierbleibe." Er lächelte. „Ich kann Zeit mit seiner kleinen Lordschaft verbringen und ..."

„Habt Ihr heute Abend einen Schluck zu viel gehabt, Ellicott, dass Ihr solchen Unsinn redet?", fragte Vallentine. Er schaute Martin aus leicht zusammengekniffenen Augen an. „Ihr und ich – wir haben nicht all die Stunden damit verbracht, König und Königin von Frankreich zu spielen, damit Ihr dann nicht Teil dieses Theaterspektakels seid, zu dem wir alle mitgeschleppt werden – nichts für Ungut", entschuldigte er sich beim Herzog. „Aber den Tag damit zu verbringen, mir in den vergoldeten Gängen von Versailles die Beine in den Bauch zu stehen, ist eine ebenso nette Aussicht wie die, einen Zahn gezogen zu bekommen ..."

„Lucian!" Seine Frau war beleidigt. „Du bist Antonias Schwager und mein Mann. Also musst du mitkommen." Sie hob eine Schulter und versuchte, desinteressiert zu wirken. „Aber ich verstehe nicht, warum Ellicott dort sein muss. Wenn er lieber zu Hause bleibt, ist das seine Angelegenheit. Außerdem", fügte sie hochnäsig hinzu, „werden alle unsere Damen und einige der Hausangestellten benötigt, um Antonia und mir mit unseren Hofkleidern zu helfen, so dass ich nicht weiß, wie sie alle in die Kutschen passen sollen ..."

„Verdammt! Ein Hinterteil mehr, dass auf eine Bank gequetscht wird oder nicht, das spielt doch kaum eine Rolle!", unterbrach Seine Lordschaft hitzig. „Sag es ihm, Roxton! Sag Ellicott, dass er auch da sein muss!"

„Ich fühle mich geschmeichelt von Eurer Unterstützung, Mylord“, antwortete Martin mit leicht geröteten Wangen. „Aber Madame hat recht. Ich sollte meinen Platz aufgeben, um Raum für ...“

„Nichts da! So leicht kommt Ihr nicht davon.“ Seine Lordschaft blieb stur „Wenn Ihr Euch nicht mitschleppen lasst, dann gehe ich auch nicht! So einfach ist das.“

„Du bist lächerlich!“, beschwerte Estée sich.

„Nein, Madame. Lucian ist ein treuer Freund. Und Martin ist albern edel“, bemerkte Antonia mit Nachdruck. „Es ist mir egal, ob wir hundert Kutschen mit unserem Gefolge füllen. Aber diejenigen, die mir wichtig sind, die mir am meisten am Herzen liegen, die ich bei meiner Vorstellung bei Hofe dabei haben möchte, sind hier in diesem Raum. Und ihr alle müsst bei mir sein.“

„Mme la Duchesse spricht für uns beide. Und daher ist das deine Antwort, Martin“, sagte der Herzog. „Eine der vielen – äh – Freuden, Teil meiner Familie zu sein, ist es, bei Veranstaltungen aufzutreten, bei denen ich es für wichtig halte, dass alle Mitglieder anwesend sind, ob sie dort sein möchten oder nicht. Ich habe jedoch ein gewisses Verständnis für deine Zurückhaltung. Zweifellos rührt es daher, dass du aus dem Schatten der persönlichen Dienste in das Licht des Familiendienstes getreten bist.“

Er ließ seinen Blick herumschweifen und einen Moment auf seiner Schwester ruhen, bevor er Martins Blick offen und mit der Andeutung eines Lächelns begegnete.

„Bemühe dich, deine natürliche Zurückhaltung in der Zukunft zu unterdrücken; sie wird Vallentine nur verärgern. Und es besteht kein Grund zur Sorge um Familienarrangements und Kutschen. Unsere Salvan-Verwandten werden uns *en force* im Palast begrüßen.“ Er lächelte schief. „Es wird sicher ein – äh – Spektakel.“ Er streckte seiner Frau die Hand hin und sagte zu seiner Familie: *„Faites de beaux rêves, ma famille.“*

ACHT

D IE UNBESCHWERTE Bemerkung des Herzogs, eine Liste zu erstellen, mochte eine hingeworfene Bemerkung von ihm gewesen sein, aber genau das taten die Vallentines, als sie sich in der Privatsphäre ihrer eigenen Zimmer befanden. Estée, mit Rüschennachthaube und die schwarzen Locken zu einem langen Zopf geflochten, saß im Bett mit einem Berg von Kissen, um ihrem Rücken zu stützen und es ihr bequem zu machen. Während Vallentine in einem bunten Seidenmorgenrock, der nachlässig über sein Nachthemd geworfen war, und eine passende Quastenmütze in einem kecken Winkel auf sein kurz geschnittenes helles Haar gedrückt hatte, gebeugt über das spindelbeinigen *escritoire* am mit Vorhängen geschlossenen Fenster saß, die Knie zu den Ohren hochgezogen und mit Feder und Tinte und einem Blatt knisterndem Papier, das er in einer der Schubladen gefunden hatte.

Kaum war die Liste vervollständigt, kletterte Seine Lordschaft ins Bett und las sie seiner Frau laut vor, in der Hoffnung, dass es ihr beim Einschlafen helfen würde. Diese trat nicht ein. Es war nicht nur die Aufregung, am nächsten Tag bei Hofe zu erscheinen, sondern auch ihr Baby, das sich bewegte und ihr Unbehagen bereitete, was sie wach hielt. Um sie weiter abzulenken, schlug Vallentine vor, ihm alles über ihre Pläne für die Renovierung der Zimmer in ihrer Wohnung im Hôtel Roxton zu erzählen.

Es war das Letzte, wovon er hören wollte, aber wenn es seine geliebte

Frau in den Schlaf wiegte, dann war er glücklich, ihr diesen Gefallen zu tun. Zu seiner großen Überraschung belebte es sie. Er war derjenige, der einnickte. Sein Kopf rollte auf den Kissen zurück und er schnarchte, als er von einem Stoß in die Rippen wachgerüttelt wurde.

„Persische Erde! Es ist lila!", brüllte er. Im Halbschlaf gab er eine Reihe von Schnarchtönen von sich, bevor er sich aufrichtete, während die Nachtmütze ihm über ein Auge rutschte. Er brüllte noch mehr. „Grauenhaft! Sie hasst es!"

Estée quietschte, halb erschrocken, aber größtenteils vor Entzücken, dann übermannte sie ein Anfall haltlosen Kicherns.

Eine ihrer Damen zog alarmiert die Gobelin *portiere* beiseite und steckte ihren Kopf in den Raum, weil sie dachte, etwas wäre nicht in Ordnung.

Das Paar saß im Bett, ihre Herrin kicherte in eine Hand, die sie auf ihren Mund gedrückt hielt, während ihr Mann, benommen und aus dem einen Auge blinzelnd, das sichtbar war, wie ein erschrockener Fasan aussah. Die Augen der Zofe wurden groß, und sie verschwand schnell wieder, bevor sie sie erblickten, und die Gobelin *portiere* fiel wieder an ihren Platz.

„Was – warum denkst du, dass ich - ich keine p-p-p-persische Erde mag?", stammelte Estée zwischen Keuchen und Kichern. „Ich mag die F-Farbe l-l-*lila*."

„Hä? Wovon redest du? Warum lachst du? Persische *was*? Wie spät ist es? Wo ist meine Morgenschokolade?"

„Sie wird hier sein, wenn es Morgen ist –"

„Ist es noch nicht Morgen?"

„Du hast fünf Minuten geschlafen, nicht fünf Stunden, dummer Mann!"

„Geschlafen? Ich habe nicht geschlafen! Ich bin nur für eine Sekunde eingenickt ..."

Estées Augen verengten sich zu Schlitzen. „Wenn du nicht geschlafen hast, warum hast du dann gedacht, es wäre schon Morgen, *hein*?" Als Vallentine abweisend mit der Hand winkte, als wäre ihre Logik belanglos, schob sie ihre Unterlippe vor und fügte schmollend hinzu: „Ein Mann, der wach ist, schnarcht nicht!"

„Schnarcht? Ich schnarche nicht! Und ich habe nicht geschlafen", sagte er, schob seine Seidenkappe wieder von seinem Auge weg und setzte sie richtig auf. „Du hast mir erzählt, welche faszinierenden Farben du für dein Boudoir gewählt hast ..."

„Mach deinem Elend ein Ende, Lucian", sagte sie mit einem übertriebenen Seufzer. „Gib zu, dass du eingeschlafen bist! Aber es ist egal", fügte sie in einer Kehrtwende hinzu. „Wichtig ist, hast du die Farben für *deine* Räume gewählt?"

„Oh ja!", antwortete Vallentine stolz. „Lass sie mich dir zeigen." Er kletterte vom Bett und war mit seinen Strümpfen ein paar Schritte durch den Raum gegangen, als er eine Offenbarung hatte. „Verdammt! Ich habe meine Auswahl auf Roxtons Schreibtisch liegen lassen."

„Dann lass uns sie holen."

„Ich schicke einen Lakaien …"

„Nein. Weck sie nicht auf."

„Was?" Seine Lordschaft war völlig schockiert. Er hatte nie erlebt, dass seine Frau übermäßige Rücksicht auf Diener nahm. „Geht es dir gut, *ma chérie?*"

„So gut, wie es zu erwarten ist, solange dieses Baby von dir Purzelbäume in meinem Bauch schlägt!" Sie winkte ihn auf ihre Seite des Bettes. „Hilf mir auf den Teppich."

„Lasst die Nachtdiener diese Proben holen. Dafür sind sie da – um wach zu sein, wenn wir sie brauchen. Und wir brauchen sie jetzt." Aber seine Handlungen standen in direktem Gegensatz zu seinem Rat, denn während er ihn anbot, hob er sie sanft vom Bett auf ihre bestrumpften Füße. Er legte einen Arm um ihren Rücken. „Du kannst in deinem Zustand nicht durch dunkle Korridore tapsen. Setz dich her und ich hole …"

„Nein. Ich muss herumlaufen, damit das Baby wieder einschläft, und dann kann ich auch schlafen." Sie blickte mit einem Lächeln auf, während sie in ihre Pantoffeln schlüpfte. „Wir werden gemeinsam in die Bibliothek gehen."

„Na gut. Aber du wartest im Flur, während ich hineingehe und sie hole. Auf diese Weise siehst du meine Wahl erst, wenn wir wieder hier sind und es uns im Bett gemütlich machen. Keine Widerrede!"

„Nicht von mir! Die Vorfreude macht es noch spannender."

Vallentine lächelte sie überrascht an. „Ja, nicht wahr? Ich hätte nie gedacht, dass ich das über Stoffstücke sagen würde, aber ich bin genauso begierig darauf, sie dir zu zeigen!"

DAS PAAR KAM an den Doppeltüren der Bibliothek an und entdeckte zwei wachende Diener, die sich eng aneinander drängten, ein Ohr an einen schmalen Spalt, der dort entstanden war, wo eine der Türen unverschlossen und leicht angelehnt geblieben war. Sie lauschten aufmerksam auf Geräusche im Inneren, während sie ihre gemeinsame Freude an dem, was sie hörten, mit übertriebenem Augenrollen teilten.

Vallentine beleuchtete sie mit seinem Kerzenhalter. „He! Was ist hier los?"

Keiner der Diener bewegte einen Muskel, obwohl sie jetzt in Licht getaucht waren.

„Psst!", forderte einer der Lakaien, während der andere mit der Hand in die Richtung Seiner Lordschaft schlug, um die unwillkommene Störung abzuwenden.

Lord und Lady Vallentine blinzelten sich an, verblüfft, eine solche Antwort zu erhalten. Aber bevor Estée die Sache in die Hand nehmen und ihren Unmut äußern konnte, gab es einen Lärm von unverständlichen Wortwechseln aus dem Inneren des Raumes, gefolgt von Lachen, Quietschen und einer Reihe von polternden Geräuschen, als ob Möbel bei einer Verfolgungsjagd durch das Zimmer umgeworfen würden.

Fasziniert trat Seine Lordschaft näher, um besser zu hören.

Mylady zog sich gekränkt ein wenig zurück.

Die beiden Lakaien bemühten sich weiter, etwas zu erlauschen, so gefangen in dem Moment, dass sie nicht bemerkten, dass ihr Fehlverhalten entdeckt worden war, und nicht nur von dem adligen Paar.

Der Nachtportier tauchte aus der Dunkelheit auf und glitt zwischen das Paar und die Lakaien. Mit einem gezischten Satz über seine Schulter und in einem Wimpernschlag fanden sich die lauschenden Lakaien abgelöst und durch zwei ihrer Kameraden ersetzt – Lakaien, die sofort aufstanden, sich gegen die Doppeltüren lehnten und die Augen geradeaus gerichtet hielten. Der Portier schaffte es auch, die Türen zu schließen, ohne dass das Geräusch der einrastenden Klinke zu hören war. Und während dies die Geräusche in der Bibliothek einschloss, löschte es das Lachen und Quietschen und Herumlaufen oder die Tatsache, dass zwei Lakaien dabei erwischt worden waren, wie sie belauschten, wer auch immer es war und was in der Bibliothek vor sich ging, nicht aus dem Gedächtnis. Deshalb trat Estée auf den Pförtner zu und verlangte eine Erklärung.

„Ich höre nichts, Madame", antwortete der Pförtner gelassen.

„Oi!", zischte Vallentine scharf und deutete mit einem Finger in die

Richtung des Dieners. „Ihr habt vielleicht nichts gehört, aber Mylady und ich, wir sind nicht taub, und auch nicht diese beiden Lauscher, die Ihr gerade entlassen habt!"

Estées Augen hatten sich zu Schlitzen verengt und sie starrte den Pförtner unentwegt an.

Er wagte es, an ihr vorbeizustarren, ohne mit der Wimper zu zucken.

Sie wandte sich an ihren Mann und sagte in einem heftigen Flüstern: „Das passiert, wenn man die Diener an der langen Leine lässt! Sie werden arrogant, und Disziplin wird völlig vernachlässigt! Ich habe gewarnt, dass dies passieren würde, und genauso ist es gekommen! Sie ist zu jung, um den Haushalt meines Bruders zu führen ..."

„Nein, das ist sie nicht. Sie wird es auf ihre Weise tun, mit Roxtons Hilfe, und dieser Haufen wird sich benehmen, oder die Folgen spüren. Du wirst sehen, Liebes."

Estée schnaubte ungläubig. „Wir sehen, wie gehorsam sie sind, nicht wahr, wenn sie an Türspalten lauschen und so tun, als wären sie taub ..." Sie winkte dem Pförtner zu, zum Zeichen, dass er entlassen wäre, „... so wie der andere von diesen Pförtnern auch taub für das Gepolter war, als ich in der Villa ankam, und die Sänften im Kinderzimmer auf und ab rasten! Und jetzt geben sie vor, taub *und* stumm zu sein für das, was da drinnen vor sich geht!"

Vallentine betrachtete die beiden Lakaien und den Pförtner, die aufmerksam vor den Bibliothekstüren blieben und in die schwarze Leere des Korridors starrten. Er konnte daraus nur eine Schlussfolgerung ziehen.

„Ihr werdet uns da nicht hineinlassen, oder?", sagte er und musterte den Pförtner aus zusammengekniffenen Augen.

„M'sieur, es ist schon spät ...", begann der Pförtner.

„Ha!" zischte Madame. „Spät genug, dass ihr alle dachtet, wir wären zu Bett und würden euch nicht beim Herumtoben erwischen!"

Der Pförtner zeigte die ersten Anzeichen von Gekränktheit und atmete tief durch seine breiten Nasenlöcher. „Madame, ich versichere Ihnen, im Haushalt von M'sieur le Duc wird zu keiner Tages- oder Nachtzeit herumgetobt."

„Dann kannst du uns sagen, was da drinnen los ist!", forderte Estée.

„Estée, ich denke, du wirst herausfinden, warum uns der Eintritt verwehrt wird ...", begann Seine Lordschaft, und auch er wurde unterbrochen.

„Das brauchst du mir nicht zu sagen", fuhr Estée fort und holte kaum

Luft. „Der Grund dafür ist doch offensichtlich. Sie schützen ihre Kumpane, die mit einem der Küchenmädchen nichts Gutes im Schilde führen!"

Vallentine war entsetzt. „Langsam! Du kannst solche Anschuldigungen nicht gegen die Diener deines Bruders vorbringen ..."

Estée wandte sich ihrem Mann zu und sah ihn kühl an. „Du hältst mich für töricht und naiv gegenüber der Welt, dass ich nicht verstehe, was es mit all dem Lachen und Quietschen und Herumlaufen auf sich hat! *Nein*, sage ich! Ich weiß genau, was da drinnen vor sich geht!"

Vallentine zog seine Frau ein wenig von der Tür weg und senkte seine Stimme.

„Der Grund, warum der Pförtner die Tür verstellt, ist nicht, weil einige seiner Kameraden dort herumtoben, Liebes. Es ist dein Bruder ..."

„Was? Mein *Bruder*?" Estée blinzelte ihren Mann an. „Woher weißt du das?"

Vallentine war verlegen. Sein Gesicht brannte. Er hob eine Schulter. „Ist es nicht offensichtlich? Er ... er vergnügt sich ..."

„*Vergnügt* sich?" Estée schnaubte skeptisch. „Sei nicht absurd, Lucian! Roxton hat sich noch nie in seinem Leben so vergnügt."

Vallentine unterdrückte das Bedürfnis, die Augen zu verdrehen, aber er zog eine Augenbraue hoch.

„Er ist nicht allein, oder?"

Estée starrte ihn weiter verwirrt an. Dann dämmerte es ihr. Sie sog scharf den Atem ein und drückte den seidenbedeckten Unterarm ihres Mannes. „Mein Bruder, *er* ist es, der da mit ... mit einem Küchenmädchen herummacht? Meine arme süße Antonia ..."

„Um Gottes Willen, Estée! Sei nicht so dumm!", knurrte Vallentine, sein Gesicht heißer denn je, und er musste alle Zurückhaltung gegenüber den Empfindungen seiner Frau aufgeben. „Natürlich tut er das nicht! Verdammt! Er vergnügt sich mit seiner *Frau*!"

„Oh? Oh! Oh! Ich *bin* dumm! Natürlich! Verzeiht mir. Wie konnte ich nur so schlechte Gedanken haben ..."

„Zweifellos wird dir dein Priester vergeben, auch wenn Roxton es nicht tut", murmelte ihr Mann. „Jetzt lass uns zurück ins Bett gehen." Er hielt ihr seinen gebeugten Arm hin. „Morgen wird der längste und langweiligste Tag meines Lebens!"

„Warum konnten sie sich nicht in ihren Zimmern vergnügen", grummelte sie traurig. „Es ist höchst unpraktisch!"

„Weil du jetzt bis morgen warten musst, um meine Farbauswahl zu sehen?"

„Ja. Lucian …", bemerkte sie vertraulich, einen Blick über eine seidengewandete Schulter auf die Bibliothekstüren zurück werfend, während sie zum Treppenhaus geführt wurde. „Ich denke, wir sollten für uns behalten, dass mein Bruder seine Frau in der Bibliothek liebt …"

„Von mir wirst du da keinen Widerspruch hören!"

„… weil es seinem Ruf nicht dienen würde."

„Hä? Wie das?"

„Denk doch nach! Der große edle Satyr, der sich mit *seiner Frau* vergnügt und nicht mit irgendeiner hübschen Hure? *Puh!* Die Gesellschaft würde einen Skandal daraus machen."

Vallentine stutzte, traute seinen eigenen Ohren kaum, als er die merkwürdigen Ansichten seiner Frau vernahm, und brach dann in so lautes Gelächter aus, dass es die Treppe hinauf hallte und die halbe Villa weckte.

# NEUN

D IE REGALE DER Bibliothek lagen in tiefem Schatten. Kerzen flackerten in Wandlampen auf beiden Seiten des Porträts über dem Kaminsims, wo ein neuer Scheit im Kamin einen goldenen Schein auf das Paar in Silhouette vor dem Kamin warf.

Sie kniete ihm zugewandt auf der Chaiselongue. Er kniete auf dem Teppich vor ihr. Sie küsste ihn – tupfte mit ihren Lippen leicht, kaum merklich auf sein Gesicht von der Stirn bis zur nackten Kehle. Um ihn zu necken, mied sie seinen Mund.

Es war ein Spiel, das sie oft spielten.

Sie hielt sich mit den hinter ihr ausgestreckten Armen, die Hände verschränkt, im Gleichgewicht. Er hielt seine Arme an seinen Seiten, den Körper so still wie kalter Marmor. Es war das Zusammenballen und Lockern seiner Finger, das ihn verriet. Er musste jeden Hauch von Willenskraft anstrengen, um sich davon abzuhalten, sie zu berühren. Doch es fiel ihm schwer. Sie wollte, dass er gegen sich kämpfen sollte und fuhr mit ihrer köstlichen Folter fort.

Dann hielt sie inne und setzte sich wieder auf ihre Fersen. Langsam entfernte sie die letzten Haarnadeln. Die Zöpfe, die um ihren Kopf gewickelt gewesen waren, hüpften auf ihre Schultern und lösten sich über ihrem Rücken. Immer noch kniend, raffte sie ihr weißes Baumwollnachthemd, zog es über ihren Kopf und ließ es auf den Boden fallen, so dass sie nackt war, bis auf ihre weißen Seidenstrümpfe, die am Knie mit dicken Seidenbändern befestigt waren.

Nicht ein einziges Mal erlaubte er seinen Augen, von ihrem Gesicht abzuweichen. Nicht einmal, als sie ihre Haare mit gespreizten Fingern kämmte und die langen goldenen Locken über ihre Brüste bis zu ihren Oberschenkeln flossen. Entschlossen blieb sein Blick auf ihre leicht mandelförmigen Augen gerichtet, das Kinn gerade und der Mund angespannt.

Und so ging das Spiel weiter, aber mit jeder Sekunde, die verging, glitt seine Selbstbeherrschung näher an den Abgrund.

Wer würde gewinnen?

Sie trieb das Spiel weiter und mit einem trügerisch süßen Lächeln nahm sie seine Finger und legte je eine Hand auf beide Seiten ihrer Hüften. Er rührte sich nicht. Seine Finger legten sich dort auf ihre warme Haut, ohne dass er auch nur blinzelte. Und die ganze Zeit hielt sie ihre Augen auf seine gerichtet. Und noch immer irrte sein Blick nicht ab. Aber als er schluckte und sie die Bewegung seines Adamsapfels bemerkte, wusste sie, dass seine Beherrschung schnell schwand.

Sie küsste ihn erneut, diesmal auf den Mund, aber so leicht, dass er sich fragte, ob sie ihn überhaupt geküsst hatte. Doch auch das brach ihn nicht. Was dies schließlich tat, war, den köstlichen blumigen Duft ihrer weichen, warmen Haut einzuatmen, als sie sich zu ihm beugte. Er konnte nicht mehr ertragen. Er war erledigt. Er kapitulierte – völlig.

Er zog sie eng an seinen nackten Oberkörper und drückte seinen Mund auf ihren. Triumphierend über seine glühende Niederlage warf sie ihre Arme um seinen Hals und erwiderte eifrig seinen inbrünstigen Kuss. Sein kehliges Lachen und ihr Kichern verstummten, als sie zusammen zwischen die Kissen vor dem Feuer sanken, ohne sich des Gelächters bewusst zu sein, das die stille Nacht hinter den Doppeltüren durchdrang.

⁂

DAS PAAR WURDE im Morgengrauen geweckt, die Samtvorhänge zurückgezogen und zusammengebunden, um den Blick auf die königliche Parklandschaft, die in schweren Nebel gehüllt war, freizugeben. Und während Antonia sich am Waschtisch Wasser aus der Porzellanschüssel ins Gesicht spritzte, nahm Roxton einem Lakaien das silberne Frühstückstablett ab und tapste zurück zum Bett.

Er stellte das Tablett mit einem Teller mit warmen Croissants, silberner Schokoladenkanne, Quirl und Porzellantassen auf die zerknitterte Decke und machte sich daran, ihre heiße Schokoladen zuzubereiten. Als Antonia sich ihm anschloss und wieder ins Bett kletterte, bemerkte sie, dass auf dem Tablett auch ein langes, flaches Paket lag, das in schwarzen Samt eingewickelt und mit einem breiten Seidenband zusammengebunden war. Diese überreichte ihr der Herzog.

„Eine Kleinigkeit als Erinnerung an den Tag deiner Vorstellung bei *Leurs Majestés*."

„Du machst mir zu viele Geschenke, aber ich danke dir, *mon homme adoré*." Sie drehte das Paket um. „Ich kann nicht erraten, was das sein könnte!"

Der Herzog klopfte den Quirl ab und legte ihn beiseite, schloss den Deckel der Schokoladenkanne und goss das schaumige Getränk langsam in die beiden Becher.

„Gut. Dann wird es wirklich eine Überraschung."

Kurzerhand löste sie das Band und packte das Geschenk aus. Was vor ihr lag, war ein schwarzer Samtbeutel. Aus dem Inneren holte sie einen schlanken, dreiseitigen Stab aus hochglanzpolierter Eiche. Alle drei Seiten waren mit winzigen elfenbeinfarbenen Figuren eingelegt – Amoren mit Schleifen und Paare, die sich umarmten – und es gab Herzen und Blumen, die in Kringeln von Akanthusblättern versteckt waren. An seiner Spitze waren zwei kleine Herzen ineinander verschlungen; eines enthielt die Initiale A, das andere ein R.

Von seiner Form her wusste Antonia sofort, was es war – ein Planchet, das intimste Teil der Unterkleidung einer Frau, das, wenn es in die vordere Mitteltasche eines Korsetts gesteckt wurde, die korrekte Form des Kleidungsstücks sicherte und ihren Busen an Ort und Stelle hielt. Sie wusste auch vom Hörensagen, dass ein Planchet, das ein Liebhaber seiner Geliebten schenkte, als das persönlichste und sinnlichste Souvenir galt, denn es legte ihn symbolisch zwischen ihre Brüste.

„Damit du dich nicht fragst, ich habe dies noch nie einer anderen geschenkt …"

„Ah, Renard, du hättest mir das nicht versichern müssen. Aber es macht es für mich noch mehr zu etwas Besonderem. Es ist wunderschön und perfekt, denn wenn ich es trage, wirst du meinem Herzen am nächsten sein."

Er beugte sich vor und küsste ihre Stirn. „Wie es meine Absicht war, *mignonne*", murmelte er und zwinkerte. Er reichte ihr eine Tasse Schokolade und fügte lächelnd hinzu: „Ich hoffe, dass dieses Planchet dazu dienen wird, den heutigen Tag für dich weniger erschreckend zu machen, im Wissen, dass ich zwar nicht an deiner Seite sein kann, wenn du deinen Knicks vor *Leurs Majestés* machst, sondern mit allen anderen zuschauen muss, aber ich tatsächlich bei dir bin."

Antonia nippte an ihrer Schokolade, blickte auf den Stab und ein Finger zeichnete die elfenbeinfarbenen Figuren eines Paares nach, das sich umarmte. „Du bist immer so liebevoll und der romantischste Ehemann überhaupt …"

Er hob eine Augenbraue. „Du hast mehr als einen?"

„Dummchen!" Sie stellte ihren Becher beiseite und schnappte sich das Planchet, küsste es, drückte es dann an die Vorderseite ihres Baumwoll-nachthemds und lächelte ihn keck an. „Und während ich mich verneige und *Leurs Majestés* den gebührenden Respekt erweise, kannst du an dieses Planchet denken und unanständige Gedanken darüber haben, wo du lieber wärest!"

„Niemals *unanständig*, gewiss nicht."

„Oh?" Sie runzelte die Stirn. „Aber ich habe die ganze Zeit unanstän-dige Gedanken über dich – und in den unpassendsten Momenten."

Er lachte laut auf.

Das gefiel ihr und sie täuschte Überraschung vor, schaute erstaunt auf, als wäre ihr gerade etwas eingefallen, und schnappte nach Luft. „Was wäre, wenn ich einen dieser schamlosen Gedanken habe, während ich meinen Knicks mache?"

„Dann schlage ich vor, dass du ihn dir merkst, bis du ihn mir erzählen kannst, und dann kann ich mich damit befassen."

Sie lehnte sich gegen die Kissen und streckte sich wie eine Katze, zog ein bestrumpftes Knie hoch, um dann schalkhaft zu sagen: „Und was wäre, wenn ich in diesem Moment jetzt einen unanständigen Gedanken hätte?"

Er nahm das Planchet aus ihrer Hand und benutzte es, um sanft ihr Kinn zu streicheln und dann zu ihm aufzuheben.

„Es wird dich nicht überraschen, dass ich lieber den ganzen Tag mit dir hier im Bett bleiben würde, um deine unanständigen Gedanken zu befriedigen – aber –" Er lehnte sich vor und küsste sie, diesmal auf den Mund, dann ließ er das Planchet zwischen die zerknitterten Bettlaken fallen. „Wir können Lucian nicht enttäuschen, der sich sehnsüchtig darauf freut, sich vor der königlichen Familie die Beine in den Bauch zu stehen."

Antonia kicherte und erwiderte seinen Kuss. „So sehnsüchtig, dass ich vorhersage, er wird der Letzte sein, der nach unten kommt, und die Kutschen werden auf ihn warten müssen, damit wir abfahren können!" Sie seufzte und täuschte Enttäuschung vor. „Ich werde mein Bestes tun, um – wie drückst du es aus? mich zu *benehmen* – bis heute Abend – natürlich um Lucians willen ..." Sie sprang vom Bett und warf sich ihren seidenen Morgenrock über, bevor sie das Planchet aufhob und auf den Herzog richtete. „Aber ich warne dich schon jetzt, Renard, dass ich beabsichtige, dir einen Kuss in der Kutsche zu stehlen. Wenn du in Schwarz gekleidet bist und mit dem Jett–Schmuck ..." Sie schauderte leicht vor Entzücken. „... bist du *plus qu'irrésistible*, also kann ich einen Kuss nicht vermeiden!"

Er verbeugte sich tief vor ihr. „Danke für die Warnung, *ma petite.* Ich werde versuchen, es so gut wie möglich zu ertragen."

Sie kam auf seine Seite des Bettes und fiel ihm in die Arme. Als sie aufblickte, sagte sie süß: „Du hast mir gesagt, dass es länger dauern wird, mich für diesen großen Anlass anzukleiden als die Zeremonie selbst, also wird Mme la Duchesse die Zeit nutzen, um mit ihrem Studium der Geschichten von Livius fortzufahren. Aber sie hofft trotzdem sehr, dass M'sieur le Duc ihr Boudoir besuchen wird, um sich zu vergewissern, dass sie nicht vor Müdigkeit verwelkt ist!"

„Das werde ich, und ich werde unseren Sohn zu seiner Mutter bringen, damit er sie sehen kann und erlebt, wie die lästige Mühe, die Hofgarderobe anzulegen, vor sich geht."

„Das gefällt mir sehr und ist etwas, worauf ich mich freuen kann." Sie trat einen Schritt weg, als wollte sie gehen, dann überraschte sie ihn wirklich, indem sie fragte, alle Scherze vergessen: „Renard? Du schreibst Lady Paget jede Woche, ja?"

„Ja, das tue ich", sagte er gleichmütig und fragte sich, ob das Geschenk des Planchet der Grund war, warum sie diesen Augenblick gewählt hatte, um das Thema seines regelmäßigen Briefwechsels mit einer früheren Geliebten anzusprechen, mit der er ausgezeichnete Beziehungen pflegte.

Antonia wusste davon und auch von ihrer Korrespondenz, und auch, dass er Kate Paget als enge Freundin betrachtete. Er las ihr sogar besonders amüsante Teile von Kates Briefen vor. Und so wartete er auf weitere Erklärungen, die Hände in den Taschen seines seidenen Morgenrocks, das Gesicht verriet nichts von seinen Gedanken. Doch vor Antonia konnte er nichts verbergen. Sie sah den fragenden Ausdruck in seinen dunklen Augen und das brachte sie zum Lächeln.

„Es ist nicht wegen deines Geschenks, *mon homme chéri*", beruhigte sie ihn sanft. „Ich wollte dir diese Frage gestern stellen, aber wegen Madames Ankunft habe ich nicht den richtigen Moment gefunden. Natürlich weiß ich, dass du Lady Paget – Kate – schreibst, aber das war nicht meine Frage. Was ich wissen möchte, ist, ob es Kate recht wäre, einen Brief von mir zu erhalten?"

„Sie wird begeistert sein."

„Wirklich? Ich mag Kate sehr, und es machte mich traurig, dass wir uns im Unfrieden trennten. Es war mein Fehler. Damals war ich mir wegen – wegen *uns* noch so unsicher."

„Sie macht dir keine Vorwürfe." Er war verlegen. „Sie gibt mir die Schuld – dafür, dass ich meine Absichten nicht erklärt und dich nicht früher geheiratet habe. Und ich weiß, dass sie viel lieber von dir über unseren Sohn hören würde. Sie beklagt meinen Mangel an – äh – Tiefe, wenn es um Julian geht. Sie sagt mir in ihrer offenen Art – die der deinen auffallend ähnlich ist – dass mir das umfangreiche Vokabular einer Mutter fehle, wenn es um das Gedeihen von Säuglingen geht."

Antonia kicherte. „Du schreibst, dass es unserem Sohn gut geht und er wächst und das war's! Was für deine Korrespondentinnen sehr unbefriedigend sein muss."

„Was gibt es sonst noch Wichtiges?", fragte er rhetorisch und zog eine Grimasse, als sie die Augen verdrehte, und fügte sanft hinzu: „Aber danke, dass du mich von einer Aufgabe befreist, die mir lästig wurde. Kate wird überglücklich sein, alles über unseren Sohn aus deiner Feder zu hören."

„Es wird mir eine Freude sein, Monseigneur." Sie legte eine Hand auf seine mit Seide bedeckte Brust und sah zu ihm auf. „Etwas beunruhigt dich ... und es ist der Grund dafür, dass du bereits im Morgengrauen wach warst, nicht wahr?"

Er verbarg seine Überraschung über ihre Scharfsinnigkeit nicht. „Ich hatte gehofft, dich nicht zu stören."

Sie lächelte sanft. „Ich wache immer auf, wenn du mich verlässt." Sie versuchte, desinteressiert zu klingen. „Ist alles so, wie es sein sollte ...?"

„Es wird alles in Ordnung kommen. Ein Kurier aus England mit einem Brief von Shrewsbury ..."

„Dem *Herrn der Spione*?"

„Ja. Ich habe ihn gelesen, aber er enthält nichts, was nicht bis nach deinem Auftritt bei Hof warten kann."

Da er keine weitere Erklärung gab und auch sie diesen Tag nicht verderben wollte, drängte sie ihn nicht. Sie wollte nur mit dem geringstmöglichen Aufhebens diese Zeremonie hinter sich bringen. Dies hielt sie jedoch nicht davon ab, sich zu fragen, warum und was Englands Herrn der Spione dazu veranlasst hatte, einen Kurier über den Ärmelkanal nach Versailles zu schicken, um ihren Mann im Morgengrauen zu wecken.

Daher war es gut, dass sie von dem Moment an, als sie ihr Boudoir betrat, von ihren Zofen, ihrem Friseur und ihren Damen in Anspruch genommen wurde und ihr kein Augenblick zum Grübeln blieb. Und als sie später am Nachmittag wie verwandelt daraus auftauchte und sich selbst kaum wiedererkannte, war sie überhaupt nicht überrascht, als Lord Vallentine in dem völlig stillen Foyer herausplatzte.

„Oh! Na! Wer ist diese wunderschöne Pandora, die uns hier beehrt, wie?"

# ZEHN

Im Gegensatz zu dem, was seine Familie privat aufgrund der Abneigung Seiner Lordschaft annahm, Teil des Publikums für eine Vorstellung am französischen Hof zu sein, war Lord Vallentine der Zweite, nicht der Letzte, der im Eingangsfoyer auftauchte, während sich die Kutschen unter der *porte cochère* für die kurze Fahrt zum Palast aufreihten. Martin Ellicott war der Erste unten, was für Seine Lordschaft keine Überraschung war, der sich ihm unter dem Kronleuchter anschloss.

„Der Pförtner erzählt mir, dass sich die Leute auf den Straßen entlang der Route versammelt haben", erzählte Martin ihm. „Nur, um einen flüchtigen Blick auf Mme la Duchesse – oder sollte ich – *heute* – sagen, Mme la Comtesse de Roucy zu erhaschen."

„Das ist verständlich", antwortete Seine Lordschaft mit einem wissenden Lächeln. „Nicht jeden Tag wird einer von uns Zeuge eines solchen Spektakels, oder? Aber nachdem wir alle – einschließlich der Kutschpferde – in Schwarz sind, kann man uns wohl eher mit einem Trauerzug verwechseln!" Er beugte sich zu Martin. „Aber erzählt Ihren Gnaden nicht, dass ich das gesagt habe. Ich muss um ihretwillen fröhlich bleiben, und um seinetwillen, auch wenn wir alles andere als begeistert sind von der Aussicht, den ganzen Weg zu Louis' Salon und wieder zurück begafft zu werden."

Martin warf einen Blick aus dem Augenwinkel auf das hochgekämmte gepuderte Haar Seiner Lordschaft – zwei große Locken über jedem Ohr und eine riesige schwarze Satinschleife in seinem Nacken, die so gestärkt war, dass sie halb über seine Schultern ragte – und der Ausdruck „angegafft" war treffend. Er unterdrückte ein Lächeln.

„Ihr habt natürlich recht, Mylord …"

„Vallentine", zischte Seine Herrschaft mit einem Augenzwinkern.

„Ich bitte um Verzeihung, Mylor…"

„Nein! Nichts davon, wenn wir *zu Hause* sind. Und es ist nicht nötig, deshalb wie ein erschrockener Fasan dreinzuschauen!"

„Ich bin mir nicht ganz sicher, ob ich Euch recht verstehe, My…"

Vallentine packte Martin am Ärmel und zog ihn aus der Hörweite des immer tauben Portiers und der Lakaien zu dem langen, vergoldeten Spiegel. Hier gab er vor, sein Spiegelbild zu betrachten. Er hob sein kantiges Kinn und zupfte an dem Schaum aus weißer Spitze, der aus der Öffnung seiner bestickten Wollweste herausquoll, während er die ganze Zeit mit leiser Stimme zu Martin sprach.

„Hört zu, Ellicott. Ich habe heute Morgen gründlich über dieses *Mylord* nachgedacht, während mein Kammerdiener um mich herumwuselte", gestand er. „Und ich habe beschlossen, dass Ihr mich nicht weiterhin mit *Mylord dieses* und *Mylord jenes* anreden könnte, wenn Ihr jetzt Teil der Familie seid – *insbesondere* nicht, wenn wir unter uns sind. Zur Familie zu gehören, bringt gewisse Privilegien mit sich, wie Ihr wohl wisst. Und dazu gehört, einen Mann mit seinem Namen anzureden.

„Ihr hört doch nicht, dass ich Roxton *Seine Gnaden* nenne, oder? Natürlich nicht! Hab' ich nie! Nun, nicht seit Eton, als wir rangen, und er mich in den Schwitzkasten nahm und verlangte, dass ich ihn mit *M'sieur le Duc* anrede. Und er *war* damals noch nicht einmal Herzog." Er schnaubte und wandte sich von seinem Spiegelbild ab, um Martin ins Gesicht zu sehen. „Ich nannte ihn einen verdammten französischen Frosch, und wir hatten eine riesige Schlägerei, mit Faustschlägen, und der Schlamm spritzte in alle Richtungen. Aber nie ein schlechtes Wort seitdem …"

„… weil er Euch – äh – zusammengeschlagen hat?"

„Nun – ähm – ja! Aber das spielt keine Rolle mehr! Ich nenne ihn nicht *Euer Gnaden*, und Ihr nennt mich nicht *Mylord* – nicht, wenn nur Familie dabei ist. Es heißt Vallentine –"

„Aber wie Ihr selbst sagt, kennt Ihr Seine Gnaden, seit Ihr in Eton wart, und ich – ich – Nein! Das kann ich nicht! Nein, Mylord!"

„Was muss ich tun? *Euch* in den Schwitzkasten nehmen?"

Martin lächelte trotz sich selbst und sagte versöhnlicher: „Es wäre nicht richtig, wenn ich Euch auf eine andere Weise ansprechen würde, als es sich für jemand meines Standes gehört." Er schluckte. „Und was würde Madame sagen?"

„*Stand?* Was schwätzt Ihr da? Ihr habt zu viel Pomade in den Locken und sie scheint Euch ins Gehirn gedrungen zu sein! Ich sage Euch – und das bleibt unter uns – es geht eine Ehefrau nichts an, wie wir Männer einander nennen; das ist Männersache. Verstanden? Also tut einfach, was ich Euch sage, und keine Widerrede!"

„Oder ich riskiere, im Schwitzkasten zu landen?"

Vallentine tätschelte Martins Ärmel: „Schön, dass wir uns verstehen!" und trat an ihm vorbei, um sich der kleinen Menschenmenge anzuschließen, die am Fuß der Treppe herumlief. Seine Frau war dort und ihre Damen zupften noch an ihr herum, und ebenso wartete dort eine Handvoll Leute aus dem Gefolge des Herzogs und der Herzogin. Alle blickten auf die Treppe und beobachteten die Prozession, die sich langsam auf den Weg herab ins Foyer machte.

ZUERST KAM der Herzog in all seiner schwarzen Samtpracht, von polierten Lederschuhen mit schwarzen samtbezogenen Schnallen und passenden Seidenstrümpfen bis hin zu einer am Oberschenkel eng anliegenden Samthose. Sowohl Weste als auch Rock waren aus demselben luxuriös weichen Stoff geschnitten, mit Ebenholzknöpfen, und die Vorderseiten beider – und die riesigen, aufgeschlagenen Manschetten des Rocks – waren über und über mit winzigen Jettperlen bestickt. Ein Wasserfall aus feiner weißer Brüsseler Spitze an Hals und Handgelenken, wo er über seine Handrücken fiel, und eine große schwarze Seidenschleife in seinem Nacken vervollständigten sein Ensemble. Zu dieser Perfektion trugen ein Paar schwarze Samthandschuhe, ein Samtdreispitz unter dem Arm und sein Schwert in seiner reich verzierten silbernen Scheide bei.

Als er die letzte Stufe herabgestiegen war, drehte er sich um und bewunderte zusammen mit allen anderen seine Herzogin in ihrem trauerschwarzen Hofkleid, dessen schwarzer Samt mit Tausenden von winzigen Jettperlen bestickt war, die Muster aus wirbelnden Spiralen und Blumen bildeten. Mit engen Halbärmeln, die mit Schichten feinster und zartester Spitze bedeckt waren, und extrabreiten Röcken, die über seidenumwickelte Reifen verteilt waren, kam Antonia bei jedem Schritt nur langsam voran, um sich davor zu bewahren, kopfüber die Treppe hinunterzustürzen.

Aber sie hätte sich keine unnötigen Sorgen machen müssen, denn ihre Damen begleiteten sie nicht nur vor und hinter ihr, sondern auch an ihren beiden Seiten. Zwei Zofen hatten die Reifen an ihren Seiten angehoben und an sie gedrückt und dabei sorgfältig die Lagen zarten Stoffs gerafft, eine Menge des Kleides über einen Arm drapiert.

Antonia hielt ihr Kinn parallel zu ihren Füßen und fragte sich, ob sie jemals wieder normal würde atmen können. Aber es war nicht die Steifheit ihres mit einer Unzahl an Fischbeinstäbchen verstärkten Mieders, was sie kurzatmig machte, sondern Furcht. Es war die Ungeheuerlichkeit der Aufgabe, die vor ihr lag – die bis zu diesem Moment in der Zukunft geblieben war – und die Tatsache, dass sie im Mittelpunkt der Aufmerksamkeit für die Hunderte stehen würde, die die Korridore des Palastes füllten, von neugierigen Gaffern bis hin zu Ihren Majestäten.

Sie war jetzt eine Figur der Neugier, sogar für sich selbst. Denn sie war in ihrem Aussehen eine völlig andere geworden, von dem Augenblick an, als ihr Friseur ihre Frisur aus verschlungenen Zöpfen in Puder erstickt hatte und das leuchtend rote Rouge, das von Hofdamen verlangt wurde, auf ihre Wangen und Lippen aufgetragen wurde, das Puder und die Schminke noch lebendiger und greller von ihrem schwarzen Kleid abstechen ließ.

Und als ob das starke Auftragen von Schminke nicht genug wäre, um sie verlegen zu machen, war da der weite ovale Ausschnitt des bestickten Mieders, der so tief über ihre vollen Brüste reichte, dass es an Unanständigkeit grenzte. Aber der Herzog hatte ihr versichert, dass auch dies eine Anforderung der höfischen Kleidung wäre, und sie müsste versuchen, es zu ignorieren, wenn sie erst im Palast wäre, denn sie würde dort von Frauen umgeben sein, die ähnlich gekleidet wären und würde sich dann wohler fühlen.

Sie hatte nicht erwähnt, dass sie, nachdem sie eine Zeit lang mit ihrem Großvater im Palast gelebt hatte, sehr wohl wusste, wie sich die Damen kleideten und benahmen, aber dass sie, die immer am Rande des Lebens und der Ereignisse am Hof gewesen war, nie alle Augen in ihre Richtung gerichtet gesehen hatte – bis heute. Sie hatte noch nie ein solches Hofkleid getragen.

Aber etwas anderes hatte sie wegen des tiefen Dekolletés gestört, und der Herzog wusste, was es war. Verständnisvoll lächelnd küsste er die Spitze eines langen Fingers, bevor er ihn leicht auf die gewölbte Narbe unter ihrem Schlüsselbein legte, wobei er darauf achtete, den Hauch Puders, der sie bedeckte, nicht zu verwischen. Trotz der Anwendung dieses kosmetischen Staubes konnte die Entstellung ihrer Porzellanhaut nicht versteckt werden.

„Lass dich das niemals beunruhigen, *ma fée*. Sicher, es ist ein deutliches Andenken an Salvans Verrat, aber für mich ist es viel mehr als das. Es ist eine Erinnerung an das, was ich fast verloren hätte und was in meinem Leben am wichtigsten ist – du."

Jetzt, da sie sicher die Treppe hinunter war und im Foyer stand, wurden die Reifen von Antonias Kleid wieder zurechtgerückt und die Röcke des weiten Kleides ausgeschüttelt und zur Zufriedenheit aller arrangiert. Die Hofdamen, die ihre Herrin zum Palast begleiteten, und die Zofen, die ihr beim Ankleiden geholfen hatten, traten dann zur Seite, damit der Herzog seine Frau begrüßen konnte.

Aber bevor er ihre Hand nahm, neigte Roxton seinen Kopf und machte ihr eine ausladende Verbeugung, den Dreispitz in der Hand, eine so tiefe, dass die Spitze an seinen Handgelenken die schwarz-weißen Marmorfliesen streifte. Und als er vor ihr niedersank, so taten es auch alle anderen im Foyer, vom Pförtner bis zur Schwester des Herzogs. Die Einzige, die aufrecht in einem Meer aus Schwarz stand, war Antonia. Überwältigt von Emotionen bei einer solchen Verehrung, zitterten ihre Hände und ihr Busen wogte. Alles, was sie tun konnte, um nicht in Tränen auszubrechen, war, ihre geschminkten Lippen zusammenzupressen und die geschlossenen Stäbchen ihres Faltfächers zu umklammern.

Es blieb Lord Vallentine überlassen, die Stimmung aufzuhellen.

„Oh! Na! Wer ist diese wunderschöne Pandora, die uns hier beehrt, wie?", verkündete Seine Lordschaft, als er sich aus einer tiefen Verbeugung aufrichtete. Er hatte einen plötzlichen Gedanken und stieß Martin mit dem Ellbogen in die Rippen und fügte hörbar hinzu: „So nennt man eine Modepuppe doch, nicht wahr? Eine Pandora?"

„Ja, Myl…, Vallentine", antwortete Martin flüsternd. „So nennt man sie."

Die Augen seiner Lordschaft wanderten zur Gipsdecke, und er atmete so erleichtert auf, so laut, dass es im Foyer widerhallte. Dann gab er Martin einen weiteren freundschaftlichen Schubs mit seinem Ellbogen und fügte mit einem Augenzwinkern hinzu: „Das war nicht allzu schwer auszusprechen, oder?"

„Nein, Vallentine. Das war es nicht", witzelte Martin und musste wider Willens schmunzeln. „Obwohl ich fürchte, Ihr könntet mir die Rippe gebrochen haben!"

„Hä?"

Madame kam dann zu ihrem Mann herangerauscht, überhaupt nicht erfreut, ihn in Martin Ellicotts Gesellschaft zu sehen, und klopfte ihm mit ihrem Fächer auf den Arm.

„Lucian! Ist das das Beste, was dir einfällt, Antonia mit einer Pandora zu vergleichen!? Pfui! Unsinn!" Und sie wirbelte ihre weiten Hofröcke herum – was mehrere Lakaien ausweichen ließ –, wandte sich der Herzogin zu und gab ihr einen Kuss: „Du siehst *magnifique* aus, meine Liebe! Jede Dame am Hofe wird dich beneiden. Und ich kann es kaum erwarten, das Gesicht von *Sa Majesté* zu sehen, wenn du deinen Knicks machst. *Tu es si belle!*"

Der Herzog trat zur Seite, damit Antonia näher kommen konnte, und als sie regelmäßiger atmete und die Gelassenheit zurückkehrte, antwortete sie fröhlich:

„Danke, Madame. Aber Vallentine hat recht, mich eine Pandora zu nennen, weil ich so angemalt und steif wie eine Puppe bin! Und Monseigneur, er war überhaupt nicht erfreut, das Pulver auf meinen Zöpfen und das Rouge auf meinen Wangen zu sehen. Doch er sagt, es sei ein notwendiges Übel. Und daher beschwere ich mich nicht so sehr, wie ich es gerne tun würde, denn heute ist es für uns alle aufregend!"

„Genau so, *ma belle*", stimmte der Herzog zu und signalisierte, dass die Doppeltüren zur *porte cochère* weit aufgerissen werden sollten. „Du wirst bald alles, was mit Schminke und Puder zu tun hat und sogar das Gewicht deines Kleides vergessen, sobald wir am Hof ankommen und uns dem Rest der – äh – Pandoras anschließen."

Sie strahlte und vertraute ihrer Familie an: „Und daran zu denken, als ich das letzte Mal Versailles verließ, war ich genauso angemalt – aber auf eine ganz andere Weise!" Sie lächelte verschmitzt zu dem Herzog auf, der einen wissenden Blick mit Martin Ellicott austauschte, und fügte hinzu: „Und jetzt kehre ich als Comtesse zurück – *juste comme ça*. M'sieur le Duc de Richelieu wird heute die Überraschung seines Lebens erleben!"

„Und er wird nicht der Einzige sein", murmelte Roxton und begleitete sie zu der Reihe wartender Kutschen, während der Rest ihrer Familie und ihres Gefolges sich anschloss, begierig darauf, endlich zum Palast aufzubrechen. Er dachte an seine Salvan-Verwandten, und als er an der Treppe ankam, wurde er nicht von ihrem Empfang oder ihren Reaktionen enttäuscht.

# ELF

„**E**S IST NICHT NÖTIG, jeden zu grüßen, an dem wir vorbeikommen, *ma petite chérie.*"

Antonia winkte weiterhin mit ihrem mit Spitze umrandeten Taschentuch aus dem Kutschenfenster den Leuten zu, alt und jung, die entlang der Route stehen geblieben waren, mit weit aufgerissenen Augen und offenen Mündern, während der Kutschenkonvoi des Herzogs in stattlicher Prozession langsam die *Avenue de Paris* entlang rumpelte, angeführt von einer Eskorte livrierter Vorreiter, die auf eindrucksvollen hochtretenden Rossen in poliertem Zaumzeug und weißem Kopfschmuck ritten.

Die Fußgänger unterbrachen ihre tägliche Routine, sobald die Vorreiter außerhalb der Mauern der Villa erschienen waren, und die *Rue des Reservoirs* hinunterklapperten. Und als die letzten Kutschen in die breite *Avenue de Paris* einbogen, versammelten sich selbst diejenigen, die es eilig hatten, sich um ihre eigenen Angelegenheiten zu kümmern, mit den Touristen mit großen Augen und Frauen mit kleinen Kindern, um über die Identität der berühmten Insassen in der Reihe der Kutschen zu spekulieren.

Alle waren sich einig, dass es ein ausländischer Würdenträger sein musste – zumindest ein Botschafterprinz –, der kam, um *Sa Majesté* zu huldigen, der gerade für die bevorstehenden Weihnachtsfeierlichkeiten in den Palast zurückgekehrt war. Wer sonst hätte die Dreistigkeit, den Verkehrsfluss aufzuhalten? Reiter waren gezwungen, nach einem alternativen Weg zu ihren Zielen zu suchen, während Kutschen, Sänften und Reisende, die in Droschken gepfercht waren, an die Seite der Allee gezwungen wurden, um die Prozession ungehindert passieren zu lassen.

„Wenn sie uns die Höflichkeit erweisen, in der Kälte hier zu stehen, muss ich reagieren", antwortete Antonia sanft. „Vor allem, wenn die Kinder mit solcher Begeisterung winken. Es ist doch nur anständig, dies zu tun, ja?"

„Höflichkeit? Oder ist es Neugier? Egal. Glauben wir das Erste." Roxton lächelte schief über einige private Gedanken. „Wie schade, dass es Winter ist, sonst hätte ich auf dem Weg Blumenblätter verstreuen lassen, um unsere Prozession zu verschönern ..."

„Wie ein römischer Triumphzug?", rief Antonia aus, ihre grünen Augen leuchteten bei dem Gedanken, und sie lächelte den Herzog über ihre Schulter hinweg an. „*Ce serait époustouflant!*"

„Atemberaubend? Ja. Sehr passend."

Sie lehnte ihre Schultern wieder gegen die weiche Samtpolsterung.

„Ich denke, du bist nicht eigentlich enttäuscht, dass es Winter ist", sagte sie süß und fügte mit dieser Spur des Scharfsinns hinzu, der nie versäumte, ihn zu überraschen: „Aber du bist enttäuscht, dass es uns an Rosenblättern fehlt. Wenn unsere Kutschen mit Blumen bedeckt angekommen wären, hätte es das Unbehagen erhöht, das deine Verwandten Salvan bereits bei *ce geste grandiose* empfinden, die wir machen. Was dazu dient – wie hast du es früher für mich beschrieben? – ach ja – sie *an ihren Platz zu verweisen.*"

Er ergriff ihre behandschuhte Hand und sagte mit einer erzwungenen Leichtigkeit, die vom harten Glitzern in seinen schwarzen Augen Lügen gestraft wurde: „Sie werden sich nach den heutigen Ereignissen einen warmen Platz zum Verstecken wünschen. Und ich habe befohlen, dass wir so langsam fahren, wie es möglich ist, solange sich die Räder drehen, wenn wir also endlich an den Toren ankommen und meine Salvan-Tanten und Cousins da sind, um uns in der Winterluft zu begrüßen, wird auch eine Menge unsere Annäherung bejubeln."

„Bejubeln?"

„Genau. Ich hätte gern Rosenblütenblätter für dich, *ma belle*, aber für die Menschen habe ich mir etwas Praktischeres und Einladenderes ausgedacht."

„Münzen wären praktischer."

„Das würde es, wenn wir einen Aufstand auslösen wollten. Aber ich habe deine Wünsche vorhergeahnt. Und daher habe ich zu Ehren deiner

Vorstellung bei Hofe unseren neugierigen Zuschauern etwas austeilen lassen, das nachhaltiger ist. Männer wurden früh zu den Tavernen entlang unserer Fahrstrecke geschickt, mit genug Geld, um alle möglichen Leute mit Bier zu versorgen, mit bestem Gruß von der Comtesse de Roucy. Die Stadtbewohner werden auf deine Gesundheit anstoßen und in den kommenden Tagen dein Lob singen."

„Oh! Monseigneur! Vielen Dank! Du bist zu großzügig!"

„Ich bin überhaupt nicht großzügig. Du bist es. Ich tue das für dich und dich allein." Er ließ ihre Finger los und kreuzte seine Hände mit Handschuhen über einem samtbedeckten Knie und hob eine Augenbraue. „Ich bin", näselte er, „was bald hinter meinem Rücken geflüstert werden wird, wenn sie es nicht schon tun – egal, es ist wahr – ein *nachsichtiger* Ehemann."

Antonia beugte sich, so gut sie es in ihren steifen, von Lagen bestickten schwarzen Samtröcken konnte, zu ihm. „Stört dich so ein Flüstern?"

Er versuchte, ernst zu erscheinen, obwohl seine Mundwinkel mit einem Lächeln zuckten, das er nicht unterdrücken konnte.

„Ich habe viel Schlimmeres über mich flüstern hören – und all das war wahr." Er hatte einen plötzlichen Einfall. „Stört es dich ...?"

„Das Geflüster? Oder dass du ein nachsichtiger Ehemann bist? Nicht im Geringsten. Wenn Ersteres wahr und keine Lüge ist und es dich nicht stört, warum sollte ich dann gestört werden? Was Letzteres betrifft?" Sie lächelte und ihre Grübchen zeigten sich. „Es macht mich glücklich, dass du mich verwöhnst."

Die glattrasierten Wangen des Herzogs färbten sich leicht. „Dein Glück ist alles, was zählt."

„So wie deines für mich. Und ich liebe dich noch mehr, wenn das möglich ist, dafür, dass du das sagst, *mon mari bien-aimé.*"

„Verdammt sollen die Flüsternden sein", murmelte und beugte sich zu ihr, um sie zu küssen.

Ihr Kuss war federleicht, ihre Augen halb geschlossen, als sie sich diesem Moment hingaben. Sie wären vielleicht noch länger so geblieben, wenn nicht ein laute Schnüffeln, gefolgt von mehreren weiteren, gewesen wäre, was sie veranlasste, sich wieder auf ihrem Sitz zurückzulehnen und ihre Aufmerksamkeit dem einzigen weiteren Insassen der großen Kutsche ihnen gegenüber zu schenken – Antonias Zofe Gabrielle. Die Herzogin fragte sie, ob es ihr nicht gut ginge.

Gabrielle schnüffelte wieder, tupfte sich schnell die Augen ab und wischte sich mit ihrem Taschentuch in die Nase. Sie schüttelte den Kopf und hob ihn nicht, die Augen auf ihr Taschentuch gerichtet.

„Nein, Madame la Duchesse! Verzeihung, wenn ich Euch gestört habe", murmelte sie. „Mir geht es wirklich sehr gut. Tatsächlich geht es mir *so* gut, dass ich Freudentränen weine. Bitte achtet nicht auf mich!"

Als der Herzog sein Gesicht verzog, überhaupt nicht überzeugt, kicherte Antonia hinter ihrer Hand und sagte auf Englisch – einer Sprache, die ihre Zofe noch erlernen musste: „Es ist wahr. Sie ist überwältigt von der Großzügigkeit Eurer Gnaden."

„Hoffen wir, dass meine französischen Tanten genauso – äh – *beeindruckt* sind."

Antonias Kopf neigte sich fragend. „Wie könnten sie es nicht sein, wenn du ihre Schulden bezahlt hast?"

Roxton hielt Antonias Blick fest und sagte flach: „Du weißt so gut wie ich, meine Liebe, dass jeder in Versailles seinen Preis hat, besonders jeder, mit dem man verwandt ist. Die Erwartung war immer, dass ich, im Gegenzug dafür, dass Tante Victoire dich bei Hofe vorstellt, ihre drängendsten Schulden begleichen würde. Großzügigkeit und Verpflichtung sind austauschbar."

„Nicht für mich, Euer Gnaden", sagte Antonia mit Nachdruck. „Oder für Madame oder Vallentine oder Martin. Ich möchte nicht, dass du jemals denkst, du müsstest aus einem Gefühl der Verpflichtung heraus etwas für mich tun. Das wäre belastend."

„Das ist es. Aber du bist es nicht und wirst es nie sein." Unnötig rückte er die große, nach oben gerichtete Manschette seines Gehrocks zurecht und sagte seufzend: „Familiäre Verpflichtungen um ihrer selbst willen sind eine lästige Angelegenheit. Ein Tropfen Blut ist alles, was es braucht, damit eine Beziehung ausgenutzt werden kann, und ich spreche nicht nur von Geld." Als Antonia sich fasziniert näher lehnte, fügte er sanft hinzu: „Loyalität, Gefühle, sogar Liebe werden oft als Manipulationswaffen eingesetzt, um auf ein gewünschtes Ergebnis zu drängen."

Antonia dachte einen Moment darüber nach und sagte dann mit einem verständnisvollen Lächeln: „Monsieur *Spymaster–Général* ist mit uns in der Kutsche unterwegs, ja?"

Der Herzog verlor sein Stirnrunzeln und lehnte sich mit einem schnaubenden Lachen zurück.

„Ja. Das ist er wohl. Du hast völlig recht. Shrewsburys Brief belastet mich in der Tat", gestand er und nahm sich dann zusammen, um in leichterem Ton zu sagen: „Aber mein alter Schulfreund hat hier keinen Platz.

Ich bitte um Verzeihung, dass ich dich von diesem bedeutsamen Ereignis abgelenkt habe."

„Nicht nötig, dich zu entschuldigen, Euer Gnaden. Die Ablenkung hat mich davon abgehalten, mir zu viele Sorgen über das zu machen, was kommen wird."

„Du brauchst dir keine Sorgen zu machen, meine Liebe", versicherte ihr der Herzog sanft und fuhr in englischer Sprache fort. „Ludwigs Hof ist eine Bühne, und seine Höflinge die Schauspieler darauf. Der Erfolg hängt davon ab, wie gut man mit dem Publikum spielt. Ich habe vollstes Vertrauen, dass du deine Rolle gut spielst. Dass du über eine außergewöhnliche Mimik verfügst und die am Hof üblichen Attitüden nachahmen kannst, wird man beklatschen und schätzen – es ist eine Fähigkeit, die Louis' Mätresse erst noch perfekt erlernen muss. Du sollst dich amüsieren. Ich werde es bestimmt, während ich dich beobachte." Er deutete mit einer trägen Hand auf das Fenster und kehrte zu ihrer Muttersprache zurück. „Bitte. Lass nicht zu, dass M'sieur le Duc noch mehr Zeit von Mme la Comtesse in Anspruch nimmt. Die Neugierigen und Höflichen verlangen deine Aufmerksamkeit."

Sie wechselten ein liebevolles Lächeln, und dann winkte Antonia wieder aus dem Fenster, während der Herzog sich zurücklehnte und seine Augen schloss, um die letzten Momente der Ruhe zu genießen, bevor sie in die Intrigen und Formalität des französischen Hofes geworfen werden sollten.

# ZWÖLF

LORD VALLENTINE SPÄHTE aus dem Fenster, als die Kutsche langsamer wurde, und war überrascht, eine große Menschenmenge auf dem *Place d'Armes* zu entdecken. Und dann war er verblüfft, als die reich verzierten zentralen Tore zum Palast weit aufgeschwenkt wurden, so dass die Vorreiter des Herzogs ihren langen Kutschenkonvoi in den umfriedeten Bereich und über das schneebedeckte Kopfsteinpflaster führen konnten, direkt bis zu der breiten Treppe des königlichen Hofes.

„He! Sie haben uns durch die Haupttore eingelassen!", verkündete er und warf seiner Frau einen verwunderten Blick zu.

„Was? Durch das große Tor?", antwortete Madame ebenso mit großen Augen. Sie reckte den Hals, um aus dem Fenster zu sehen. Frustriert, weil sie sich wegen der großen Reifen ihrer Röcke nicht bewegen konnte, machte sie eine ungeduldige Handbewegung. „Schau nochmal hin! Sieh doch! Bist du sicher? Sicherlich irrst du dich, und es ist das *Seitentor*, das für uns geöffnet wurde."

Vallentine tat, was ihm befohlen wurde, obwohl keine Notwendigkeit bestand.

„Nein. Nicht das Seitentor. Und ja, natürlich bin ich mir sicher! Roxtons Vorreiter ritten geradewegs auf die goldenen Tore in der Mitte zu, als ob sie erwarteten, dass sie aufgerissen würden. Und die Wachen taten genau das. Ich dachte, nur Louis und seine Blutsverwandten hätten einen speziellen Pass, um durch diese Tore in den königlichen Innenhof zu gelangen?"

„Dieser Pass hat einen Namen, Lucian. *Les honneurs du Louvre*", erklärte Estée, hob ihr Kinn etwas höher und erkannte, dass sie durch ihren Bruder nun eine der wenigen Privilegierten war, denen eine so hohe Ehre zuteilwurde. „Es wird nur vom König und seiner Familie benutzt. Selten, unter besonderen Umständen und dann nur für sehr wichtige Besucher, wird das große Tor für andere geöffnet." Sie zuckte mit den Schultern, als wäre sie unbeeindruckt. „Ich habe immer nur von Fürsten und Botschaftern gehört, die ein solches Privileg erhalten haben. Aber wir sollten nicht überrascht sein. Mit meinem Bruder ist alles möglich. Und wenn wir diese Kutsche verlassen, werden wir diese Ehre annehmen, wie alles andere – als ob es ein alltägliches Ereignis wäre. Roxton würde nichts anderes von uns erwarten."

Vallentine schnaubte skeptisch angesichts der Nonchalance seiner Frau. Er wusste, dass sie innerlich vor Freude hüpfte, weil ihre Standesgenossen neidisch auf diese einzigartige Ehre sein würden, die ihrer Familie erwiesen wurde. Aber er war versöhnlich. „Aber ja. Mach dir keine Sorgen. Ich werde mein bestes Benehmen an den Tag legen."

„Danke", antwortete sie mit einem Lächeln, das fast sofort zu einem Stirnrunzeln wurde. Sie seufzte resigniert. „Ich dachte nicht, dass meine Salvan-Cousins im Ansehen Seiner Majestät noch tiefer fallen könnten, aber nach dem nun Roxton *les honneurs du Louvre* gewährt wurden und Antonias Vorstellung als Comtesse ... Ich sehe nicht, dass sie sich jemals davon erholen könnten – *Il est fait.* Mein Bruder hat dafür gesorgt."

„Ha! Das hast du richtig verstanden!" Vallentine antwortete mit einem Lachen, nur halb zuhörend.

Er hatte wieder aus dem Fenster gestarrt, abgelenkt vom Verkehr von Kutschen und Sänften, Vorreitern und livrierten Dienern, die sich zwischen Wagenrädern und Pferden duckten und hindurchschlängelten, als etwas seine ganze Aufmerksamkeit erregte. Deshalb hatte er nur ein offenes Ohr für das Gespräch seiner Frau.

Er hatte das Wort *fallen* aufgegriffen und antwortete lachend: „Deine Salvan-Cousins fallen nicht nur, sondern stolpern übereinander! Sie können nicht schnell genug zur Treppe kommen, um uns zu begrüßen! Roxton hat ihnen entweder nicht gesagt, dass wir durch das große Tor kommen würden, oder sie waren arrogant genug, die Anweisung zu ignorieren, an der Treppe und nicht an den Toren zu warten, weil sie es besser wussten! Ha!" Er hatte einen plötzlichen Einfall und warf einen Blick über seine Schulter zu seiner Frau. „Um fair zu sein, ich hätte auch nicht geglaubt, dass Louis Roxton *les honneurs du Louvre* gewähren würde …"

„Erzähl' mir, was du siehst. Du weißt, dass ich nicht ans Fenster komme!"

„Hä? Ah! Tut mir leid, Schätzchen! Nur zu gern." Er wandte sich wieder dem Fenster zu und widerstand wegen der bitteren Kälte dem Drang, es herunterzuziehen und den Kopf hinauszustrecken. „Die meisten der Salvans hatten darauf gewartet, dass wir an den Toren aussteigen würden. Und jetzt, weil wir hindurchgefahren sind, müssen sie ihre Röcke heben und ihre Dreispitze festhalten, um so schnell wie möglich zur Treppe zu eilen. Sie verschaffen der Menge die beste Unterhaltung des Tages, das kann ich dir sagen!"

„Unterhaltung?", fragte Estée erschrocken.

„Aber ja. In ihrer Eile, hierher zu kommen, vergaßen sie, dass das Kopfsteinpflaster vereist ist. Einigen deiner Cousins sind die Füßen weggerutscht und sie liegen jetzt mit dem Gesäß im Dreck!"

„Himmel! Liebe Güte!"

„Lakaien tun ihr Bestes, um sie aus dem Matsch zu holen. Aber es hilft nicht, weil sie bei diesen Rettungsversuchen ebenso ausrutschen …"

„*Mon Dieu*, meine armen Tanten", murmelte Estée.

„An sie ist deine Sorge verschwendet, Schätzchen. Alle deine Tanten stehen noch aufrecht. Keine von ihnen war mit diesen weiten Reifen in der Lage, irgendwohin zu laufen, und das würden sie auch nie! Und Tante Victoire hat sich an die Anweisung deines Bruders gehalten, denn sie wartet oben an der Treppe mit ihrem Schwarm von Damen. Wenn es zu glauben ist, ihr Gesicht ist ganz breit vor Lächeln!"

„Sie hat allen Grund zu strahlen. Tante Philippe erzählte mir, dass mein Bruder Tante Victoires enorme Schulden zur Belohnung dafür beglichen hat, dass sie heute Antonias Vorstellung bei Hof übernimmt. Und ich glaube Tante Philippe, denn es bräuchte einen solchen Anreiz für Tante Victoire, wieder bei Hof zu erscheinen. Sie hatte geschworen, dies niemals zu tun, solange die Pompadour *Maîtresse-en-titre* von *Sa Majesté* wäre."

„Eine bittere Pille – oder sollte das ein großer Fisch sein, wenn man bedenkt, dass die Pompadour ursprünglich Poisson hieß – was sie dann schlucken sollte, was?", bemerkte Seine Lordschaft augenzwinkernd, bevor er sich der offenen Wagentür zuwandte, wo ein Lakai wartete, um ihm beim Aussteigen zu helfen.

Sicher auf festem Boden, Schwert und Schärpe zurechtgerückt, und mit seinem Dreispitz unter dem Arm überließ er seine Frau ihren Damen und schloss sich dem Herzog an.

MIT SEINEM GLAS auf einem Auge beobachtete Roxton die frenetische Aktivität, die die Ankunft der Ehrengäste im Palast begleitete. Für den zufälligen Beobachter gab ihm diese anscheinend affektierte Benutzung des Glases eine unaufgeregte und gemächliche Ausstrahlung. Doch ein Blick auf seinen fest zusammengepressten Mund machte seine innere Anspannung offensichtlich. Er war entschlossen, dass nichts und niemand die offizielle Einführung seiner Frau am französischen Hof ruinieren würde, und war auf der Hut für eine solche Eventualität.

Martin Ellicott war an der Schulter des Herzogs. Aber sein Blick war nicht auf die Passagiere gerichtet, die aus dem Dutzend Kutschen ausstiegen. Er ruhte auf dem Majordomo des Herzogs, und bewunderte die Fähigkeit des Mannes, den Ablauf mit der ganzen Souveränität eines Zirkusdirektors zu lenken. Jeder Diener, vom Vorreiter bis zur Zofe, war sich seiner Rolle bei der Sicherstellung des Erfolgs dieser wichtigsten Vorstellung am königlichen Hof bewusst.

Lakaien rannten herum und streuten Stroh über das eisige Kopfsteinpflaster und die Stufen hinauf, während andere türkische Teppiche ausrollten und ihren Kameraden folgten, um diese Teppiche über das Stroh zu legen. Auf diese Weise blieben die Säume der Damenkleider trocken, und sie konnten die Stufen bequem und ohne Angst vor einem Sturz hinaufsteigen.

Sechs der Vorreiter waren abgestiegen und standen zwischen dem Gefolge des Herzogs und der neugierigen Menge und hielten alle auf Distanz. Antonias Hofdamen und mehrere Zofen waren an ihrer Wagentür versammelt, um der Herzogin beim Aussteigen zu helfen und letzte Hand an ihre große Toilette und ihre Frisur zu legen, bevor sie zurückfielen, um Teil des Gefolges zu werden, das ihre Herrin hinein begleitete.

Zufrieden, dass die Herzogin bereit war, die Stufen hinaufzusteigen, nickte Gabrielle den Zofen zu, dass sie entlassen wären und nahm dann ihren Platz hinter den Verwandten ein, die die Ehre hatten, die Rolle der Hofdamen der Frau ihres Cousins zu spielen. Drinnen würde sie Antonia das fellgefütterte Cape abnehmen und es verwahren, dann wäre diese bereit, zum ersten Mal der Welt die Pracht des Hofkleides der Herzogin zu enthüllen.

Von der obersten Stufe aus beobachteten die Salvan-Verwandten des Herzogs, die einen düsteren und imposanten Begrüßungschor bildeten, diese Vorbereitungen. Einige waren zerzaust und atmeten schwer von ihren Anstrengungen, von der anderen Seite der Tore herbeizueilen, während diejenigen, die Roxtons Anweisung befolgt hatten, sich im inneren Hof zu treffen, selbstgefällig waren. Allen gemeinsam war ein Gefühl des Grolls: Während sie ihrem englischen Verwandten zuliebe hier standen, verbargen sie sorgfältig den brodelnden Zorn unter einer dünnen Schicht aus kindlichem Gehorsam. Grund für das kurze zufriedene Lächeln des Herzogs, denn er kannte ihre geheimen Gefühle vollkommen, und er freute sich über ihr Unbehagen.

Mit einem letzten Schwenk seines Augenglases über diese schlechtgelaunte Gruppe ließ er dieses Werkzeug an seinem schwarzen Band hinabfallen und drehte sich um, um mit Martin und Vallentine zu sprechen, die sich ihm gerade angeschlossen hatten, und sagte auf Englisch:

„Martin, bleib bei ihr, falls sie dich braucht."

„Natürlich, Euer Gnaden."

„Hä? Begleitest du sie nicht nach drinnen?" fragte Vallentine.

„Nein. Hier spielen Tante *Victoire* und unsere Salvan-Verwandten ihre Rolle. Wir gehen voran, um alle Hindernisse auf dem Weg zu beseitigen."

Vallentine fuhr hoch und legte sofort eine Hand an den reich verzierten Griff seines silbernen Kurzschwertes. Er ließ seinen Blick über den lauten, verstopften Hof schweifen, wo Kutschen kamen und gingen. „Du erwartest Ärger – *hier*?"

„Ich erwarte immer etwas. So bin ich immer vorbereitet."

„Aber – sicher doch nicht, wo Louis heute empfängt?"

„Du kannst beruhigt sein, Lucian, und deinen Schwertgriff loslassen. Wenn es – äh – Probleme gibt, werden sie nicht von der Spitze eines Degens kommen, sondern von der Spitze einer Zunge."

Vallentine ließ seine Hand fallen und verdrehte die Augen. „Igitt. Das hätte ich mir denken können. Eine Frau! Du glaubst, die Duras-Valfons will Ärger machen?"

„Zumindest einen Auftritt, ja." Der Herzog lächelte schief. „Das ist es, wovor ihr Gemahl gewarnt hat …"

„Hä? Ihr – ihr – Ehemann?", platzte Vallentine heraus. „Rick – Ricky hat es dir gesagt? Hahaha! Nun, natürlich würde er das! Er weiß, wem seine Loyalität zu gelten hat! Gut für ihn!"

Der Herzog neigte zustimmend den Kopf und fügte mit Blick auf seine Salvan-Verwandten hinzu:

„Bevor wir Louis' Arbeitszimmer besuchen, machen wir kurz in der *Galerie des Glaces* Halt. Dort wird sich dir der Hauptmann der *Gardes de la Porte* vorstellen. Ich möchte, dass du die großartige Aussicht von den Fenstern aus genießt, wo du die Vorgänge im Auge behalten wirst. Sollte es einen Versuch geben, eine Störung zu verursachen, hast du meine Erlaubnis, dem Störenfried, wer auch immer es ist, einen kleinen – äh – Stich zu geben. Den Männern des Hauptmanns wurde befohlen, den gewöhnlichen Pöbel daran zu hindern, die Galerie zu betreten, während sie die edlen Herren in willkommenem Abstand halten, bis ich das Signal gebe.“

„Du willst ein Publikum?“

„Ja. Das richtige Publikum.“

„Du *erwartest* also Ärger von dieser Harpyie!“

„Nicht, wenn ich ihr zuerst die Flügel stutzen kann. Ich habe vor, diesen Unsinn heute zu beenden, und zwar noch vor Antonias Vorstellung bei *Sa Majesté*.“

Der Herzog ging die Treppe hinauf, wurde aber gezwungen, bei dem herrischen Ruf seines Namens innezuhalten. Es war seine Schwester, deren breite Reifen von einer Seite zur anderen schaukelten, während sie auf ihn zustürmte und Lakaien nach links und rechts scheuchte, entschlossen, das abzuwenden, was sie für eine gesellschaftliche Katastrophe hielt. Sie schnappte den samtenen Schoß seines Rocks und zischte, damit sie nicht belauscht wurde:

„Roxton! Siehst du, wer als eine Hofdame deiner Frau auftritt? Madame Haudry! Ja! Unsere in Ungnade gefallene Cousine! Du musst etwas tun, bevor unsere Tanten ein lächerliches Schauspiel aus diesem Tag machen, bevor er begonnen hat!“

# DREIZEHN

D ER HERZOG WARF einen stirnrunzelnden Blick über die Frisur seiner Schwester hinweg dorthin, wo sich das Gefolge der Frauen um die Herzogin kümmerte. Michelle Haudry war in der Tat eine von ihnen. Er sah in Estées blaue Augen, die vor Empörung weit aufgerissen waren, ohne seine Gedanken preiszugeben. Aber seine Antwort bestürzte sie.

„Sie ist hier auf mein Geheiß, nicht auf das der Salvans.“

„Deines? Warum? Wie? Aber – aber ich verstehe nicht …“

„Es gibt nichts für dich zu verstehen – noch nicht.“

Estée konnte es nicht glauben. „Sie wurde aus der Familie verstoßen und durfte nicht mehr bei Hof erscheinen, weil sie einen schlichten Bourgeois geheiratet hat. Das verstehe ich. Sie hat nicht mehr Recht, hier zu sein als Jean-Honoré!“

„Nun, Liebes“, warnte Vallentine. „Lass uns den Namen dieses Wiesels nicht ausgerechnet an diesem Tag erwähnen …“

„Sei still, Lucian! Du hast keine Ahnung, wovon ich spreche! Es ist der Gipfel der Häresie am Hofe für eine verbannte Bürgerin, ihr Gesicht vor *Sa Majestät* zu zeigen!“ Sie fixierte sich auf ihren Bruder und schmollte. „Du hast sie als Teil eines hinterhältigen Plans eingeladen, um unsere Salvan-Cousins weiter in Verlegenheit zu bringen, aber ich will nicht daran beteiligt sein …“

„Du bist nicht daran beteiligt. Es geht dich nichts an", unterbrach der Herzog sie unverblümt.

„Gut", antwortete Estée und fügte etwas beschwichtigt hinzu, „Cousine Michelle mag den Sohn eines Steuerpächters geheiratet haben, aber niemand kann ihr das Geburtsrecht als Tochter eines Herzogs absprechen. Im Gegensatz zur neuesten Hure des Königs, die nicht nur gewöhnlich ist, sondern auch aus einer Familie von Fischhändlern stammt."

Der Herzog lächelte, was sie immer verunsicherte.

„Ich danke dir. Deine scharfe und wahnsinnige Beobachtung bestätigt meinen – äh – wie hast du es genannt – Ah ja! – *hinterhältigen Plan*, Michelle Haudry als eine der Hofdamen meiner Frau auftreten zu lassen." Er verlor sein Lächeln. „Aber lass dies das letzte Mal sein, dass du solche Kommentare über la Pompadour äußerst, damit sie nicht in ihr kleines Ohr geflüstert werden."

Estée schnaubte und zuckte mit den Schultern. „Was kümmert es mich, wenn sie hört, was ich sage. Es ist die Wahrheit."

„Es sollte dich interessieren. Mich interessiert es. Daher wirst du tun, was ich sage. Sei gewarnt, Estée. Diese Mätresse wird nicht verschwinden." Er machte eine höfliche Verbeugung vor ihr. „Erlaube mir, da du meine Schwester bist, dir eine Wahl zu lassen. Nimm deinen Platz neben Madame Haudry als Hofdame ein und bleibe stumm, oder kehre in die Villa zurück. Es ist mir höchst gleichgültig. Komm, mein Guter", befahl er seinem besten Freund und ging gelassen die Stufen hinauf.

Vallentine sah ihn gehen und sah seine Frau erst an, als sie seinen Namen aussprach. Ihre feuchten Augen bereiteten ihm sofort Unbehagen und er errötete. Aber er bot ihr keine tröstenden Worte an. Mit einem Achselzucken, das die Anerkennung des Unabänderlichen ausdrückte, folgte er gehorsam dem Herzog.

DER PALAST WAR wie erwartet überfüllt und laut. Von den Ständen, die den Innenhof säumten, wo Ladeninhaber überteuerte Andenken und Broschüren verkauften, Dreispitze verliehen und mit all dem Enthusiasmus wie an einem schönen Tag Erfrischungen zu exorbitanten Preisen anboten, bis hin zu den Schreibern in dämmrigen Ecken der Gänge mit Feder und Tinte, um für die Ungebildeten und Verzweifelten Petitionen zu verfassen. Lakaien und Diener eilten durch die gesichtslose Menge und holten und trugen für ihre Herren alle notwendigen Utensilien, um ihren Besuch so angenehm wie möglich zu gestalten, sei es ein Fußschemel zum Sitzen oder ein Nachttopf zum Pinkeln.

Auf Schritt und Tritt und in jeder Nische stand eine Schweizerwache. Eine Patrouille wechselte sich auf dem Gelände und in größeren Räumen ab, alle mit einem Auge auf mögliche Störungen achtend. Sie hielten auch Ausschau nach unpassend gekleideten Besuchern, die versuchten, sich Zugang zum Königspalast zu verschaffen. Ein Hut und ein Schwert waren für Herren Pflicht, unabhängig vom Zustand ihrer Kleidung, ganz gleich, wie viele Flicken auf einem abgenutzten Ärmel saßen oder einen Strumpf zierten.

Alle Arten von Personen aus allen sozialen Schichten durften das Haus des Königs für einen Blick auf die königliche Familie betreten, die dem Ritual ihres täglichen Lebens nachging. Da alle und jeder in Trauer gehüllt war, wurden Armut und Wohlstand gleichermaßen verschleiert. Diejenigen, die sich die teuren Verzierungen, teuren Stoffe und Schmuckstücke an keinem normalen Tag leisten konnten, wurde es dadurch leichter gemacht, während diejenigen mit unbegrenzten Mitteln oder die durch gesellschaftliche Stellung und Stammbaum verpflichtet waren, geniale Wege fanden, ihren Status durch die Kosten, den Schnitt und den Umfang ihrer düsteren Kleidung herauszustellen.

Französische Untertanen und ausländische Besucher bewegten sich Schulter an Schulter durch die überfüllten Korridore und Treppen der öffentlichen Räume, während die Adligen im Dienste ihrer königlichen Herren alles taten, um diese Bereiche zu meiden, versteckte Durchgänge benutzten oder sich ganz vom Palast fernhielten, bis sie ihre zeremoniellen Pflichten erfüllen mussten.

Aber heute war es anders. Heute hatte sich der Adel in der *Galerie de Glaces* in kleinen Flüstergruppen versammelt und wartete auf ein großes Schauspiel, an dem niemand anderes als der Herzog von Roxton beteiligt sein sollte. Das köstliche Gerücht kam von den geschminkten Lippen des Marquis de Chesnay. Immer auf dem neuesten Stand des Klatschs, hatte de Chesnay eine Geschichte über seinen guten Freund, den englischen Herzog, in das Ohr von niemand anderem als dem Ersten Kammerherrn, dem Herzog von Richelieu, gewispert.

M'sieur le Duc hatte sich immer eingebildet, dass er Roxton im Wettstreit um sexuelle Gefälligkeiten schöner Frauen und die Zuneigung Seiner Majestät ebenbürtig wäre. Da Richelieu in beiden Punkten nicht mithalten konnte, gelang es ihm kaum, seine Bitterkeit zu verbergen. Daher ließ ihn de Chesnays Ankündigung vor Wut kochen. Doch konnte er es kaum glauben. Er konnte sich jedoch nicht versagen, die Geschichte überall zu verbreiten, mit dem Ausruf, dass sie kaum glaubhaft wäre. Roxton müsste verrückt sein, so etwas zu versuchen, denn es würde ihn sicherlich ruinieren.

Das war alles, was es brauchte, um jeden Adligen im Palast in Erwartung eines monumentalen Skandals in die *Galerie de Glaces* eilen zu lassen. Sie erschienen in Scharen. Genau, wie Roxton es vorhergesehen hatte.

MIT SEINEN LIVRIERTEN Lakaien vor ihm und seinem besten Freund an der Seite setzte der Herzog seinen Weg durch die verstopften Palastkorridore fort, Taschentuch und Schnupftabaksdose in der erhobenen Hand, schwarze Spitze, die von seinen Handgelenken fiel, Stickerei aus schwarzen Jettperlen, die in der Wintersonne glitzerte, die durch die hohen Fenster hereinströmte. Er schaute weder nach links noch rechts, und für die Gaffer erschien sein ganzes Wesen und einzigartiges Verhalten ihn als Höfling auszuzeichnen, während seine Statur einen Mann ankündigte, der mehr als fähig war, seinen eigenen Weg durch den Pöbel freizuräumen, sollte die Notwendigkeit entstehen. Diese trat nicht ein. Ohne sichtbare Eile und Sorgen und sich anscheinend des Starrens derer, die sich an die Wände drückten, um ihm nicht im Wege zu sein, unbewusst, räumte sein Gefolge einen Pfad für ihn frei wie ein Schlachtschiff in rauer See.

Erst, als der Herzog unter einem der glitzernd leuchtenden Kronleuchter im Zentrum der *Galerie des Glaces* anhielt, wurde Vallentine bewusst, dass diese von Gaffern freigeräumt worden war, wie es sein bester Freund vorausgesagt hatte. An beiden Enden befanden sich die Schweizer Garden an den kunstvollen Doppeltüren, während mehrere ihrer Kameraden paarweise entlang der Galerie schritten, im Sonnenschein, der durch die raumhohen Fenster floss. Gegenüber, vor den mannshohen Spiegeln, unterhielten sich Gruppen von parfümierten und gepuderten Adligen miteinander, scheinbar uninteressiert an Ereignissen, die sich in der Mitte des Raumes entfalteten. Doch Vallentine war sich sicher, dass sie zwar uninteressiert erscheinen mochten, aber alle ein Auge auf die Vorgänge hatten.

Er hatte vielleicht keine Ahnung von den Absichten des Herzogs, aber er hatte vollstes Vertrauen, dass sein bester Freund sein Ziel erreichen würde. Er konnte es kaum erwarten zu sehen, was bei diesem inszenierten Auftritt herauskam, und spazierte zu den Fenstern, um seinen Platz einzunehmen, wie ihm geheißen worden war.

Der Hauptmann der *Gardes de la Porte* kam sofort auf Seine Lordschaft zu. Sein leerer Gesichtsausdruck sagte Vallentine, dass er auch keine Ahnung davon hatte, was geschehen würde, und dieser Eindruck verstärkte sich, als dieser oberste Befehlshaber der inneren Sicherheit des Königs ihm anvertraute, dass er sich geehrt fühlen würde, einen so großen Schwertkämpfer wie Monsieur Vallentine an seiner Seite zu haben, falls die Schweizer ihre Schwerter ziehen müssten. Vallentine hatte nicht das Herz, ihm zu sagen, dass, sollte ein Kampf in dieser verherrlichten Umgebung ausbrechen, er nur von der weiblichen Sorte sein würde – entweder weinen und jammern oder treten und schreien.

Während Vallentine und der Hauptmann der Schweizer Garde sich kurz unterhielten, machten sich die Lakaien des Herzogs in der Mitte des Saals an die Arbeit. Ein Orientteppich wurde entfaltet und auf den Parkettboden gelegt, gerade groß genug für drei seidengepolsterte, vergoldete Walnussholz-Schemel, die nahe beieinander aufgestellt wurden. Auf dem mittleren Tabouret wurde ein silbernes Tablett platziert, auf dem eine Brandy-Karaffe und vier Kristallgläser standen. Sie kamen aus einem *nécessaire de voyage*, das dann von einem Diener weggenommen wurde. Nachdem die Lakaien alles zur Zufriedenheit ihres Herrn arrangiert hatten, verbeugten sie sich und verschwanden zwischen den Gruppen der Adligen.

Der Herzog von Roxton befand sich nun allein in der Mitte des Raumes und wurde von einem erstaunten Adel mit offenen Mündern angestarrt. Niemand konnte seine Kühnheit glauben. Niemand hatte je daran gedacht, das zu tun, was er tat. Niemand würde es wagen, gegen die Regeln zu verstoßen. Alle warteten ab, was als Nächstes passieren würde. Zumindest wurde erwartet, dass die Schweizer auftreten würden, um dieser monumentalen gesellschaftlichen Übertretung Einhalt zu gebieten. Aber niemand wollte der Erste sein, der ein Wort sagte oder sich bewegte. Es war alles zu faszinierend. Was würde der englische Herzog als Nächstes tun, und ausgerechnet an diesem von allen Tagen – dem Tag der Vorstellung seiner Herzogin, keinem geringeren!

Ein Schaudern gespannter Erwartung rauschte durch den Gang. Was folgte, war der Stoff, aus dem gesellschaftlicher Selbstmord gemacht wurde. Die ganze Bruderschaft der französischen Adligen hätte nicht aufgeregter sein können.

# VIERZEHN

Unerschüttert und seine Zufriedenheit unter seiner gewöhnlichen Unergründlichkeit verborgen, lupfte der Herzog seine steifen Rockschöße und setzte sich auf einen der gepolsterten Hocker – und ignorierte dabei das kollektive nach Luft Schnappen seines Publikums.

Hier saß er in der Mitte der Spiegelgalerie, hoch aufgerichtet, ein Bein nach vorn ausgestreckt, den niedrige Absatz schwarzen Lederschuhe leicht herausgestellt, um seine gut entwickelte Wadenmuskulatur bestens zur Schau zu stellen. Dann hob er seine kleine Schnupftabaksdose aus Gold und Emaille und nahm gemächlich eine Prise Pulver.

Und dann wartete er.

Die Comtesse Duras-Valfons ließ nicht lange auf sich warten. Sie segelte mit einem selbstgefälligen Lächeln durch die Galerie, zwei Freundinnen im Schlepptau. Die blonde Hochfrisur aus komplizierten Zöpfen betonte noch die Länge ihres Schwanenhalses und die bloßen, alabasterweißen Schultern der großen schlanken Dame. Sie trug die obligatorische große Robe aus schwarzem Samt mit angeschnittenen Ärmeln aus geraffter Seide, deren Mieder so tief über ihrer flachen Brust ausgeschnitten war, dass die auf Einhaltung aller Formen streng Bedachten ihren Mund noch weiter hätten aufreißen müssen, wenn sie dies denn vermocht hätten.

Sie war auf halber Höhe des Raumes, nickte hier und da Freunden und Familie zu, die sich in kleinen Gruppen gegenüber den langen Fenstern befanden, als sie zufällig ihr eigenes Abbild in den hohen Spiegeln erblickte. Ihre Selbstzufriedenheit wuchs noch, wenn das möglich war. Sie hatte noch nie schöner oder in besserer Gesundheit ausgesehen.

Aber als sie schließlich ihren Blick entlang der Galerie richtete, erschien eine unerwünschte Falte auf ihrer normalerweise glatten Stirn. Doch sie zwang sich, weiter zu lächeln.

Sie sah sich mit dem erstaunlichen Anblick einer einsamen Figur konfrontiert, die auf einem Schemel unter einem der prächtigen Kronleuchter saß und sich so schockierend verhielt, dass sie zunächst ungläubig hinschaute. Sie blinzelte. Er war noch da! Und dann wurde ihr klar, wer es war – ihr ehemaliger herzoglicher Liebhaber. Es ließ ihr Herz rasen und ihre Atmung wurde kurz und schnell.

Ein Blick in die Runde und sie erkannte, dass auch alle anderen sich in einem Zustand des Unglaubens befanden. *Niemand* saß im Haus des Königs, außer Mitgliedern der königlichen Familie und Herzoginnen, die die Erlaubnis dazu erhielten. Niemand hatte jemals ein so auffälliges Schauspiel an einem so öffentlichen Ort wie der *Galerie de Glaces* präsentiert. Und doch wagte keiner der Garden, nicht einmal der Hauptmann der Schweizer, der sich mit Roxtons bestem Freund Lord Vallentine oder einem der großäugig starrenden Höflinge unterhielt, den englischen Herzog zu tadeln.

Sie fragte sich, welches Spiel Roxton spielte. Und da er sie gebeten hatte, ihn hier zu treffen, erkannte sie, dass sie jetzt Teil eines seiner Pläne war. Ihr Instinkt riet ihr zu fliehen, aber sie wusste, dass es kein Zurück gab. Nicht, wenn sie sich nicht vor aller Augen lächerlich machen wollte. Ihre Schritte wurden langsamer, aber ging weiter auf ihn zu, den Kopf etwas höher als zuvor. Ihre beiden Begleiterinnen verließen sie leise und schnell und schlossen sich den Zuschauern an, um alles Weitere aus der Anonymität der Menge heraus mitzuerleben.

⁂

ALS DIE COMTESSE sich nur wenige Meter von ihm entfernt befand, erhob sich der Herzog, um sie mit einer eleganten Verbeugung zu begrüßen. Sie antwortete mit einem respektvollen Knicks und einem Lächeln, das einen Hauch von Überraschung enthielt. Er erwiderte ihr Lächeln, was ihren Puls beschleunigte und ihre stark mit Rouge geschminkten Wangen erhitzte. Trotz aller bösen Vorahnungen brachte sein bloßer Anblick – seine gesamten sechs Fuß, zwei Zoll selbstsicherer männlicher Arroganz – sie nahe an eine Ohnmacht. Und bei seinem Lächeln vergaß sie ihre Umgebung und schloss die Lücke zwischen ihnen, so dass sie sich nahe genug für ein intimes Flüstern waren.

Ihr Publikum beugte sich instinktiv vor, die Augen hell und die Ohren weit geöffnet in der Erwartung, zuversichtlich, dass das, was sich zwischen diesen einstigen Geliebten ereignen sollte, für Tage, wenn nicht Wochen, Gesprächsthema sein würde.

„M'sieur le Duc.“

„Mme la Comtesse.“

„Das ist – das ist in der Tat eine Überraschung!“

„Sicherlich nicht“, näselte er. „Ich bat Euch, mich hier zu treffen. Und da seid Ihr.“

„Ich war völlig untröstlich, als Ihr meine Einladung, Euch mir in Fontainebleau anzuschließen, nicht angenommen habt“, antwortete sie schmollend, bevor sie in ihrer kokettesten Weise hinzufügte: „Darf ich annehmen, dass Ihr Eure Meinung geändert habt und jetzt unsere angenehme Beziehung wieder aufnehmen möchtet?“

„Ihr wisst so gut wie ich, dass es bei unserer – äh – angenehmen Beziehung nie um das Herz – Eures oder meines   ging.“ Seine Mundwinkel zuckten. „Und ich zögere, Euch zu enttäuschen, aber die Wahrheit ist, ich wäre nicht hier, wenn nicht auf Drängen meiner Frau.“

Das brach den Zauber.

Die Comtesse trat einen Schritt zurück, ihr Mund war verzerrt, als hätte sie etwas Saures gekostet. „Eure – Eure *Frau*? Was hat sie damit zu tun?“

Der Herzog blinzelte sie an und gab vor, überrascht zu sein.

„Na, alles.“

Es war eine einfache Aussage, ruhig ausgesprochen, und es traf die Comtesse mitten ins Herz, weil sie wusste, dass er die Wahrheit sprach, und aus ganzem Herzen.

Die Gesellschaft mochte hinter seinem herzoglichen Rücken darüber spötteln, dass er ein Liebesehe eingegangen war, aber heimlich sehnten sie sich alle genau nach dem, was sie verspotteten, sie selbst eingeschlossen. Und sie hatte sich von ihrem Wunschdenken verleiten lassen zu glauben, dass er mit der Geburt eines Sohnes und Erben zur Vernunft kommen und seinen früheren lasziven Lebensstil wieder aufnehmen würde. Als sie ihn nun betrachtete, wusste sie, dass dies nie passieren würde. Er war nicht nur innig in seine Frau verliebt, er würde es zweifellos für den Rest seines Lebens bleiben. Eingefleischte Lebemänner, wenn sie sich einmal verliebten, taten sie dies aus ganzem Herzen und für immer.

Zugleich mit diesem betrüblichen Wissen kam die Erkenntnis, dass sie keine Ahnung über den Zweck dieses Treffens mit ihrem ehemaligen Liebhaber hatte. Dass sie vor ihm stand, nicht weil er sie sehen wollte, sondern auf Geheiß seiner Herzogin, ließ sie ihre Umgebung wieder wahrnehmen.

„Dann verstehe ich überhaupt nicht, warum ich ausgerechnet hier bin, und das nur", schmollte sie, „weil Eure Frau mich demütigen will!"

„Mme la Duchesse hat keine rachsüchtige Faser in ihrem Körper. Das Treffen mag ihre Idee gewesen sein, aber sein Ort und seine Ausführung sind meine."

„In der Tat! Ich kenne sie nicht, aber ..."

„Ihr kennt sie nicht. Aber ich kenne Euch."

„Dann wisst Ihr, dass ich mir nicht wünschen würde, dass wir uns so begegnen!"

„Nein?" Der Herzog verzog das Gesicht. „Aber der ganze Hof ist hier, wie in Fontainebleau. Also erfülle ich Euch Euren Wunsch nach einem sehr öffentlichen Spektakel. Nur die Kulisse ist eine andere."

Die Comtesse blickte auf ihre Freunde und Verwandten, die sich an der Wand von raumhohen Spiegeln versammelten, alle starrten sie in feierlicher, aber erwartungsvoller Stille an. Sie sah schnell weg, blickte auf die Anordnung der Schemel und das silberne Tablett mit Kristallkaraffe und Gläsern. Sie hob ihr Kinn.

„Ihr täuscht Euch gründlich, wenn Ihr glaubt, ich würde den Hof brüskieren und mit Euch hier sitzen und trinken!"

„Ich täusche mich nicht. Der Schemel und der Brandy sind nicht für Euch bestimmt." Roxton schob seine Schnupftabaksdose in eine große Tasche seines Rocks und kam zur Sache. „Bei unserem Treffen geht es nicht um Euch oder – äh – um *uns*, sondern um Euren Sohn ..."

„*Unseren* Sohn."

„Kommt, Thérèse. Das ist eine Lüge. Ihr wisst es. Ich weiß es. Die Herzogin weiß es. Und so auch meine Verwandten Salvan, mit denen Ihr

Euch verschworen hattet, mir die Vaterschaft des Kindes unterzuschieben."

Die Comtesse zuckte kühl mit den Schultern. „Ich hatte immer beabsichtigt, dass Ihr mir einen Sohn schenkt. Und für mich ist er daher der Eure."

Der Blick des Herzogs flog an die bemalte Decke und wieder nach unten.

„Das ist absolut absurd."

„Wieso? Gemäß Eurem Ruf als Satyr habt Ihr im Laufe der Jahre zweifellos eine Reihe von Kindern gezeugt, warum also nicht auch meines?"

„Wenn ich kein Gentleman wäre, würde ich darauf hinweisen, dass Euer Ruf nicht weniger Flecken hat und daher die zweifelhafte Vaterschaft Eures Sohnes für niemanden eine Überraschung sein wird." Er lächelte kühl. „Aber da ich ein Gentleman bin, werde ich nichts Derartiges erwidern. Aber es gibt eines, dessen ich mir völlig sicher bin: Ich bin nicht der Vater Eures Kindes." Seine Mundwinkel hoben sich. „Und das ist das Problem, nicht wahr?"

Die Comtesse schmollte, die sich vertiefende Farbe an ihrem Hals deutete darauf hin, dass sein Pfeil ins Ziel getroffen hatte. Zu ihrer großen Bitterkeit sagte er die Wahrheit, aber da ihr Stolz irreparabel verletzt worden war, als er sie verließ, würde sie es niemals zugeben.

„Wenn Ihr nicht bereit seid, ihn anzuerkennen, verstehe ich Euer Interesse überhaupt nicht. Diese Begegnung zwischen uns ist bedeutungslos. Aber sie hat Bedeutung für die Zuschauer, nicht wahr?", fügte sie schlau hinzu. „Das ist der Hof, und wir gehören zum Adel. Je mehr etwas abgestritten wird, desto mehr wird das Gegenteil geglaubt. Also bitte ich Euch, Monsieur le Duc, weiterhin zu leugnen, dass Ihr der Vater meines Sohnes seid – um seinetwillen. Ihr mögt die Wahrheit auf Eurer Seite haben, aber was ist, wenn ich meine Lüge weiterhin flüsternd verbreite, während ich öffentlich leugne, dass Ihr sein Vater seid? Dann werden mir Hunderte – nein, Tausende – glauben. Die Wahrheit ist belanglos. In der öffentlichen Meinung ist mein Sohn auch der Eure. *Voilà!*"

Der Herzog zählte bis fünf. Ihm war nichts gleichgültiger als diese Frau oder ihr Sohn. Und er hatte den Klatsch aus der Gosse, der über ihn und seine Affären verbreitet wurde, immer an sich abperlen lassen. Wenn es nach ihm ginge, wäre er nicht hier. Aber Antonia lag an dem Kind. War es die Schuld des Kindes, dass es eine berechnende und nachlässige Mutter hatte?, war ihr Argument. Nein! Er war der Unschuldige in diesem Melodrama, das seine Mutter aufführte und verdiente trotz ihres Handelns eine Zukunft."

Und da Roxton alles getan hätte, um Antonia keinen Kummer zu bereiten, war er entschlossen, dass sie das gewünschte Ergebnis haben würde – der vernachlässigte Sohn der Comtesse würde eine Zukunft haben. Sie könnten dann diese abscheuliche (für ihn) und beunruhigende (für sie) Episode hinter sich lassen. Aber er wollte das gewünschte Ergebnis auf seine Weise erreichen, ohne jede Rücksicht auf die Konsequenzen für die Comtesse Duras-Valfons. Er unterdrückte seine innere Wut und antwortete mit einer eingeübten Gleichgültigkeit sanft:

„Fahrt mit der Lüge auf jeden Fall fort, wenn sie Euch eine hohle Befriedigung gibt. Aber Ihr schadet Eurem Sohn sehr, wenn Ihr ihm die Legitimität absprecht."

„Ich erinnere mich an die Zeit, als wir durch die Tuilerien schlenderten", unterbrach sie, als hätte er überhaupt nicht gesprochen. Sie lachte hinter ihrer Hand über einen heimlichen Gedanken und blickte über seine Schulter in die Ferne, während sie plauderte: „Maurice, mein Bruder, fing an, lyrisch über seine jüngste Reise aufs Land zu erzählen, um seinen jüngsten Sohn zu besuchen. Erinnert Ihr Euch? Er war so stolz wie ein Pfau, dass der Junge einen zweiten Zahn hatte! Es hätte Euch nicht mehr langweilen können. Euer Blick schmerzhaften Abscheus war bemerkenswert! Wir Frauen musste so kichern, dass alle um uns herum uns für hohlköpfig hielten." Ihr Lächeln schwand und sie sagte glatt: „Wer hätte voraussagen können, dass M'sieur le Duc de Roxton heiraten würde, geschweige denn, Besorgnis für das Wohlergehen eines Säuglings empfinden, dessen Vaterschaft er entschieden leugnet."

„Niemand, vermute ich."

„Alle sagen, die Ehe habe Euer Gehirn erweicht."

„Alle – kennen mich nicht."

„Wisst Ihr, was hinter Eurem Rücken geflüstert wird?"

„Gibt es genug Stunden am Tag?"

Sie lachte, als hätte sie einen guten Witz erzählt. Ihr Lachen klang brüchig und wenig überzeugend und ließ etliche aus der Menge nach vorn drängen im Bemühen, die Unterhaltung zu belauschen.

„Wie witzig! Ich bin sicher, Ihr könnt zumindest eines der Gerüchte erraten!"

„Ich habe nicht die Geduld dazu oder die Neigung, also bitte ich Euch, mich zu erleuchten."

„Dass Ihr in Eurer Blütezeit von einer Ansteckung heimgesucht wurdet, die normalerweise grüne Jungen und Klostermädchen trifft." Als der Herzog seine Brauen hob und weitere Erklärungen abwartete, sagte sie mit Genuss: "Ihr habt Euch mit *la maladie d'amour* infiziert!"

"Liebeskrank? Wie banal. Ich hatte eine größere Anzahl von Krankheiten erwartet, und viel abscheulicher."

"Aber – Roxton! Verlacht zu werden, weil ..."

"... man in seine Frau verliebt ist – ist dies für die Angehörigen dieses Hofes eine Schande? Ja. Aber es spielt keine Rolle. Das hält mich nicht zurück. Und ich habe keinen Wunsch, äh – geheilt zu werden. Es liegt mir im Blut, mein Vater litt ebenso daran. Aber wir schweifen ab, und die Zeit schreitet voran, und niemand, am wenigsten ich, möchte zu spät zur Vorstellung meiner Frau kommen. Was mich dazu bringt, auf das Ziel dieses Treffens zurückzukommen, und auf den Grund für den Brandy – ich warte darauf, auf die Gesundheit und die Zukunft Eures Sohnes anzustoßen."

"Ha! Seid Ihr nicht ein wenig voreilig?", höhnte die Comtesse. "Vielleicht, wenn er erst Hosen trägt, dann ist es wahrscheinlicher, dass er Aussichten und eine Zukunft hat, dann kannst du deinen Trinkspruch ausbringen. Verschwendet Euren Brandy nicht an einen Säugling!"

"Ich sollte Euch zustimmen", gestand der Herzog, alle Arroganz vergessen. "Die meisten adligen Säuglinge haben Glück, wenn sie lange genug überleben, um ihren fünften Geburtstag zu feiern. Es ist der Lauf der Welt. Aber es ist keine Ansicht, die Mme la Duchesse teilt." Er lächelte leise, ein Hauch von Farbe stieg in seine schmalen, glatt rasierten Wangen. "Sie sieht die Welt anders. Sie glaubt, dass ein Säugling, wenn er von Geburt an eine große Menge an Pflege und jede Aufmerksamkeit erhält, die besten Chancen hat, zu überleben."

"Ob ein Kind lebt oder früh stirbt, liegt bei Gottes Gnade." Sie runzelte die Stirn. "Ich verstehe nicht, warum Ihr ihr solche absurden Vorstellungen über die Welt erlaubt."

"Ich mag ihre Welt. Sie ist ein – äh – glücklicher Ort, um darin zu leben."

"Gütiger Gott! Eine solche Absurdität beweist, dass Ihr tatsächlich von *la maladie d'amour* befallen seid. Ihr bestreitet meine Behauptung, dass Ihr der Erzeuger meines Sohnes wäret, und doch erlaubt Ihr Eurer Frau, über seine Zukunft bestimmen zu wollen? *Balivernes!* Nein! Er gehört mir, also kann ich mit ihm machen, was ich will ..."

"Und Ihr wolltet ihn also verlassen, um ihn in der Obhut eines betrunkenen Kindermädchens verhungern zu lassen ...?"

„Das war nicht mein Werk! Ich musste zu meinen Pflichten bei Hof zurückkehren. Cousine Philippe hatte sich angeboten, geeignete Leute zu finden, um sich um ihn zu kümmern. Und ich ...“

„Wenn ein Blinder einen Blinden führt, werden beide in eine Grube fallen“, murmelte der Herzog und zitierte den Apostel Matthäus. Er schnaubte mitleidig. „Ich bin sicher, Tante Philippes Angebot passte zu Eurer Lüge, dass ich der Vater des Kindes wäre. Egal. Sie war eine schlechte Wahl. Sie mag fünf Kinder geboren haben, aber das war auch alle Mühe, die sie je für sie aufgewandt hat. Ihre Unkenntnis über die Bedürfnisse von Säuglingen entspricht der Euren – schwerlich Eure Schuld, da diejenigen, die an den Hof gebunden sind, ihre Nachkommen schmerzlich vernachlässigen und kein Interesse an ihnen haben.“

„Und doch sind wir hier – Ihr und ich – und diskutieren genau darüber!“

„Zum Glück nicht mehr lange“, witzelte er und trat an ihr vorbei. „M'sieur le Marquis! M'sieur le Baron!“, verkündete er laut, mit einem tiefen Kratzfuß zur Begrüßung. „Madame la Comtesse und ich freuen uns sehr, Euch endlich bei uns zu haben.“

Die Comtesse wirbelte herum. Ihre Augen wurden groß und ihr Mund fiel auf. Vor ihr, und mit all der Fanfare einer Zirkusvorstellung angekündigt, stand ihr ihr entfremdeter Ehemann, und bei ihm war die berüchtigte Klatschbase, ihr ältester Bruder, Maurice de Chesnay. Sie taumelte zurück und sank auf einem der gepolsterten Schemel, die der Herzog dort für eine solche Eventualität vorsorglich platziert hatte, zusammen.

# FÜNFZEHN

DIE ZUSCHAUER IN DER *Galerie de Glaces* dachten, sie hätten alles gesehen, als der englische Herzog jedes Protokoll brach, indem er auf einem Schemel in der Mitte des großen Ganges saß. Und dann bekamen sie ein köstliches Treffen zwischen ehemaligen Geliebten geboten, als die Comtesse Duras-Valfons zu ihm stieß. Bei dem leisen Gespräch musste sich das Publikum auf jeden Gesichtsausdruck und jede Geste des Paares verlassen, um die Stimmung einzuschätzen. Aber da der Herzog vorhersehbar höflich und rätselhaft war, mussten sie zu ihr schauen und waren zufrieden, als sie am Rande der Hysterie zu stehen schien. Aber niemand hätte ahnen können, dass sie sich so weit vergessen würde, den größten Verstoß gegen die Etikette zu begehen, auf einem Schemel zu sitzen, einem Stuhl, der – ausnahmslos – für Könige und Herzoginnen reserviert war.

Es gab ein kollektives Keuchen, als jeder in Schock geriet, und aller Gedanken eilte zu dem möglichen Ergebnis für die Comtesse, wenn dieser Bruch mit dem starren Protokoll, das von niemand anderem als dem Sonnenkönig selbst eingeführt worden war, dem Marquis de Dreux-Brézé, *Grand maître des cérémonies de France*, zu Ohren kam. Die Verbannung in die Provinzen käme in Frage – zumindest würde sie mit einer erzwungenen Freistellung von ihren Pflichten bestraft werden. Für einen Höfling, dessen gesellschaftliches und familiäres Überleben davon abhing, in der Nähe von *Sa Majesté* zu sein, war die Verbannung gleichbedeutend mit der Wanderung in eine Wüste.

Und gerade als die Höflinge auf dem köstlichen Bankett die Comtesse in Gedanken zerlegten, wie sie einen *lettre de cachet* erhielt (alle Blicke und offene Münder waren auf sie gerichtet), trat der Herzog an seiner verlassenen Geliebten vorbei, um eine tiefe Verbeugung zur Begrüßung der Neuankömmlinge in dem totenstillen Saal zu machen. Dies ließ die Köpfe herumfliegen, zu einem erstaunlichen Anblick. Es bestand kein Zweifel, dass die Völlerei des Skandals, die folgen würde, in den kommenden Monaten immer wieder aufgegriffen werden würde.

Neben einer Vinaigrette – einem zweirädrigen Tragesessel, der von einem kräftigen, aber rotgesichtigen livrierten Diener gezogen wurde – schritt der Marquis de Chesnay einher, schwitzend und schwer atmend wegen einer so ungewöhnlichen Anstrengung. Der Adlige hatte in seinem ganzen Leben nie etwas Anstrengenderes getan. Doch hier trabte er im gleichen Tempo neben dem bevorzugten Transportmittel seines Schwagers her, als er den Palast besuchte. Jeder war sich bewusst, dass der jakobitische Baron Thesiger nicht in der Lage war, sich auf andere Weise von Raum zu Raum zu bewegen; er war unglaublich fett.

Ihre Eile kam davon, dass sie zu spät zu diesem vorher vereinbarten Rendezvous kamen und somit in Panik waren. Niemand ließ M'sieur le Duc de Roxton warten, es sei denn, man hatte eine außergewöhnliche Ausrede, wie das Ausbluten aus einer Schwertwunde. Nur dann könnte der Herzog das Verbrechen der Unpünktlichkeit vergeben.

Als die Diener, die de Chesnay und die Vinaigrette umgaben, vor dem Herzog und der Comtesse zum Stehen kamen, zerstreuten sie sich. Ein paar stellten sich hinter dem Fahrzeug auf, während einige der muskulöseren Diener daran gingen, den Herrn von der Vinaigrette zu trennen. Dies erforderte, dass sie den Baron über den Ellbogen packten und ihn mit einem Hau-Ruck so kräftig wie möglich von seinem Sitz rissen. Als er befreit war und aufrecht schwankte, schoben zwei andere Diener ihre Schultern an den Rücken ihres Herrn, um sicherzustellen, dass er nicht stürzte, und sobald er ruhig stand, zogen sie sich zurück, um Luft zu holen.

Zu jeder anderen Zeit wäre die überraschende Ankunft dieser beiden Adligen mit spöttischem Kichern begrüßt worden, aber das Publikum stand immer noch unter Schock, weil die Comtesse auf dem Schemel zusammengebrochen war, so dass alle wie gelähmt und stumm blieben. Was die Comtesse betraf, so war alles, was sie tun konnte, um sich davon abzuhalten, ihre Wut darüber zu verbreiten, durch Täuschung in die Gesellschaft ihres seltsamen Gatten gebracht zu werden, den sie öffentlich ignoriert und jahrelang privat verlacht hatte, auf ihre Unterlippe zu beißen und die Nägel ihrer linken Hand in ihre rechte Handfläche zu graben. Sie hatte keine Ahnung, wie Roxton diese öffentliche Wiedervereinigung zustande gebracht hatte, aber sie war sich einer Sache sicher – der Herzog war der Marionettenmeister, und sie, seine Marionetten.

Als Lord Vallentine und der Hauptmann der *Gardes de la Porte* herüberkamen, um sich dem Herzog anzuschließen, sagte Roxton zu seinem besten Freund: „Sei doch so gut, uns allen ein wenig Brandy einzugießen. Wir müssen auf etwas trinken."

„Verzeiht unsere Verspätung, *mon cher ami*", keuchte De Chesnay, immer noch außer Atem und leicht vornüber gebeugt, die Hände gespreizt auf seine Knie gestützt. Er glitt seitwärts auf den Herzog zu und murmelte: „Es gab Schwierigkeiten mit der ersten Vinaigrette. Eines der Räder brach, und so musste eine andere gefunden werden ..."

„Während er drin saß?", unterbrach der Herzog, mit einem Heben einer Augenbraue und einem Auge auf den Baron, der damit beschäftigt war, seine Weste über seinen Bauch zu ziehen. „Egal. Nun seid Ihr ja beide hier."

Der Marquis wollte schon eine Bemerkung machen, als er zufällig hinüber zu seiner Schwester schaute. Er sah sie an, als wäre es das erste Mal, und alle Farbe schwand aus seinem Gesicht. „Was ... was ... *Mon Dieu*", stotterte er. „*Sie sitzt!*"

„Ja", lautete die genäselte Antwort des Herzogs. Darin lag ein Hauch von Befriedigung, der seine Mundwinkel sich heben ließ, als er hinzufügte: „Aber erspart Euch Eure Empörung, damit wir diese Aufführung so schnell wie möglich beenden können." Er wirbelte herum und mit dem noch um seine Lippen spielenden Lächeln bot er der Comtesse seine Hand: „Madame, wenn Ihr noch länger sitzenbleibt, wird nicht nur Euer Bruder denken, dass man Euch zur Herzogin gemacht habe. Schließt Euch doch bitte unserem Trinkspruch an."

Mechanisch legte die Comtesse ihre Finger in die Handfläche des Herzogs und erhob sich. „Ein Trinkspruch?", fragte sie neugierig, abgelenkt von seiner Berührung. Sie schaute die anderen an, die um das Tabouret herum standen, auf dem sich das silberne Tablett mit einer Kristallkaraffe und Gläsern befand. Erst als Lord Vallentine ihr einen Brandy anbot, nahm sie widerwillig ihre Hand aus der des Herzogs, um ihn zu nehmen. „Zu welcher Gelegenheit?"

„Nun, die Geburt des Sohnes und Erben von M'sieur le Baron", antwortete Roxton leidenschaftslos. Und als de Chesnay, Vallentine und Thesiger nun auch ihre Gläser in der Hand hielten, erhob er seines zum Baron und sagte mit einer kräftigen, klaren Stimme, die sicher sein Publikum erreichen würde: „M'sieur le Baron, wir gratulieren Euch zur Geburt Eures Erben. Möge er ein langes, gesundes Leben führen."

„Hört! Hört!", verkündete Lord Vallentine und goss seinen Brandy mit Genuss herunter.

„Auf meinen Neffen!", fügte der Marquis De Chesnay hinzu und leere den gesamten Inhalt des kleinen Glases, bevor er es Seiner Lordschaft reichte, um es wieder füllen zu lassen. „Ich fühle mich geehrt, nicht nur sein Onkel zu sein, sondern auch sein Pate."

„Vielen Dank, M'sieur le Duc", antwortete Baron Thesiger zaghaft mit rosigen Wangen, den Blick von seiner Frau abgewandt. „Ich danke Euch allen. Seine – die Ankunft meines Sohnes wurde lange erwartet ..."

„Und jetzt, wo er endlich angekommen ist", unterbrach der Herzog in einem trockenen, nahezu bedrohlichen Ton, reichte sein leeres Glas an Vallentine und wandte seinen Blick dem Baron zu, „Werdet Ihr Eure Frau in Ruhe lassen."

„Ich habe Euch mein Wort gegeben, M'sieur le Duc."

„Na also, Thérèse!", sagte der Marquis und schürzte zufrieden seine geschminkten Lippen. „Endlich bekommst du, was du dir gewünscht hast. Du kannst von deinem Mann getrennt leben ..."

„Im Tausch für meinen Sohn muss ich nicht mehr sein Bett teilen?", fragte die Comtesse atemlos.

„Es ist zum Besten", beruhigte De Chesnay sie und missverstand ihre Besorgnis. „Du hättest dich ohnehin nicht um ihn kümmern können. Auf diese Weise bekommt er einen Vater, und du hast deine Freiheit. Es ist ein sehr großzügiges Angebot. M'sieur le Baron hätte ihn nicht anzuerkennen brauchen ..."

„Ja. Ja. Ja", unterbrach die Comtesse abweisend mit leuchtenden Augen. Sie wandte sich an den Herzog. „Dies ist Euer Werk?"

„Ich kann nicht den ganzen Ruhm beanspruchen", gestand Roxton und verstand ihre Stimmung besser als ihren Bruder. Bei ihr stand die Selbsterhaltung im Vordergrund. Er wusste, dass das Wohlergehen des Kindes das Letzte war, was ihr in den Sinn kam. „Es war der Wunsch

von Mme la Duchesse, dass Euer Sohn eine Zukunft bekommen solle
…"

„Ach, das!", sagte sie wegwerfend. „Ich meine, mich von den ehelichen Pflichten bei dieser Kröte zu befreien!"

„Es wird ein Trost für Mme la Duchesse sein, zu wissen, dass die Trennung von Eurem Sohn nie irgendwelche – äh – mütterlichen Instinkte bei Euch weckte", näselte der Herzog amüsiert. „Ich bezweifle, dass Ihr wisst, ob Euer Sohn atmet oder nicht. Seid versichert, M'sieur le Baron", fügte er hinzu und drehte sich um, um seinem Schulfreund aus Eton eine tiefe Verbeugung zu machen. „Euer Sohn ist in bester Gesundheit und wird auf dem Land von einer erfahrenen *nourrice* betreut."

„Noch ein *Wunsch* Eurer dummen kleinen Frau, M'sieur le Duc?", spottete die Comtesse mit einem bitteren, trillernden Lachen.

Roxtons Lächeln war blendend. „Sie mag zwar wundervoll zierlich sein, aber sie ist ganz sicher nicht dumm."

„Komm, Thérèse!", verkündete der Marquis, und warf mit einer dramatischen Geste der Ungeduld sein mit Spitze bedecktes Handgelenk hoch. „Du schuldest M'sieur le Duc Dank für diese äußerst annehmbare Lösung, für dich und für dein Kind."

„Nein, Maurice", korrigierte der Herzog. „Ich interessiere mich für keinen von beiden. Ohne Mme La Duchesse hätte ich mir nicht die Mühe gemacht, mich einzumischen." Er machte der Comtesse und den Gentlemen eine kurze Verneigung zum Abschied. „Entschuldigt mich. Ich werde anderweitig erwartet."

„Wurde auch Zeit", murmelte Vallentine verärgert, schloss sich seinem besten Freund an, der sich umdrehte und die *Galerie des Glaces* entlang spazierte. Der Hauptmann der *Gardes de la Porte* scheuchte die Diener des Herzogs heran, um Schemel, Teppich und beladenes Tablett zu entfernen. „Antonia wird sich fragen, wo wir sind, und uns niemals verzeihen, wenn wir zu spät kommen."

„Wir werden sie nicht enttäuschen", versicherte ihm der Herzog auf Englisch. „Sie weiß, dass sie sich zurückhalten und ihren Weg durch die öffentlichen Räume zum Ratszimmer von Louis langsam zurücklegen soll. Nicht schwer, da die alten Tanten in den schweren Hofkleidern, die sie seit Jahren nicht mehr getragen haben, Mühe haben werden – äh – Schritt zu halten. Ganz zu schweigen von den Massen, die versuchen werden, einen Blick auf Antonia in ihrer großen Robe zu erhaschen …"

Er hielt inne und blieb stehen, abgelenkt von gedämpften Geräuschen hinter sich, die lauter wurden. Sie waren an der zweiflügligen Tür angekommen, die aus der *Galerie de Glaces* herausführten, wo zwei Wachen standen. Hinter den Türen waren mehr Schweizer, die die Neugierigen am Eintritt in die Galerie hinderten. Hier drehte sich der Herzog zurück zu dem langen Raum, Vallentine an seiner Seite. Der Anblick, der sie erwartete, erschreckte Seine Lordschaft, obwohl der Herzog nicht so überrascht war.

Durch die Galerie eilte in dem gleitenden Gang, der am Hofe üblich war, eine Wand von Höflingen heran, die sich über die gesamte Breite von den Spiegeln bis zu den Fenstern erstreckte, ebendieselben Adligen und Frauen, die von der Aufführung des Stückes des Herzogs mit seiner ehemaligen Geliebten, ihrem Mann und ihrem Bruder, in Schock versetzt gewesen waren. Kaum war der Herzog gegangen, hatten sie ihre Gesichtszüge wieder gerichtet, und sich aufgerafft in der Absicht, dem Herzog zu der Vorstellung seiner Frau bei ihrem König zu folgen.

Vallentines unmittelbare Reaktion bestand darin, anzunehmen, dass ihre Absichten feindselig waren – schließlich hatte sein bester Freund gerade fast jede Regel des Hofes gebrochen, die diese an ihrer Etikette klebenden Höflinge zu beachten lebten. Daher machte er sich bereit, vorzutreten und sie direkt zu warnen, dass er keine Vergeltung oder Beleidigung gegenüber seinem besten Freund dulden würde, dass sie sich bei der Präsentation benehmen sollten; er wäre durchaus imstande gewesen, einen von ihnen zu fordern. Er hatte für einen Tag lang genug von prahlenden Pfauen mit erbsengroßen Gehirnen, und der Tag fing gerade erst an. Aber als er mit dieser Rede auf der Zunge einen Schritt nach vorne machte, um den Herzog zu schützen, drückte Roxton sanft seinen Arm.

„Erlaube mir, mein Lieber."

Vallentines leidenschaftliche Warnung fiel in sich zusammen, bevor er ein Wort gesprochen hatte. Er nickte und ließ den Herzog der Menge gegenüber stehen, die vor ihm schweigend zum Stillstand gekommen war.

Roxton musterte die gepuderten und geröteten Gesichter dieser Adligen in ihren tristen Trauerkleidern und blieb trotzig, biss die Zähne zusammen, ohne mit der Wimper zu zucken. Er wartete darauf, dass einer oder mehrere von ihnen ihn wegen seiner schockierenden Verstöße gegen die höfische Etikette beschuldigen, ihm zumindest einen *lettre de cachet* androhen würden. Nichts davon störte ihn. Er hatte sein Ziel erreicht, und Antonia würde mit dem Ergebnis glücklich sein, und ihr Glück war alles, was zählte. Als also keine unmittelbaren Vorwürfe aufkamen, verlor er die Geduld. Seine einzige dringende Sorge war es, pünktlich zu Antonias Vorstellung bei den Majestäten zu sein, daher brachte er diese unerwünschte Fortsetzung des theatralischen Moments mit einer entsprechend großen Geste zu einem abrupten Ende.

Er vollführte einen tiefen, schwungvollen Kratzfuß vor dieser schweigenden Menge, der Wasserfall schwarzer Spitzen an seinem Handgelenk schwang leicht über den polierten Parkettboden. Er erwartete keine Antwort, aber kaum hatte er sich aufgerichtet, als einer seiner adligen Zuschauer, kein anderer als der Duc de Bouillon, der *Grand Chambellan de France* heraustrat, um die Geste zu erwidern. Bevor de Bouillon sich ganz aufgerichtet hatte, folgte einer seiner Kollegen dem Beispiel, um M'sieur le Duc de Roxton ebenfalls zu ehren. Und dann noch einer. Und dann drängte sich eine der Hofdamen der Königin vor, um einen Knicks zu machen. Um nicht übertrumpft zu werden, folgten zwei andere Damen ihrem Beispiel. Und bald verbeugte sich oder knickste jeder Adlige einhellig vor dem englischen Herzog.

Ohne ein weiteres Wort oder eine Geste drehte sich Roxton auf dem Absatz um und verließ den Spiegelsaal, Vallentine folgte ihm auf dem Fuße. Die Menge stürmte vorwärts und drängte sich, um durch die Türflügel zu gelangen, genauso eifrig, um Mme la Duchesse de Roxtons Vorstellung bei Hofe als die Comtesse de Roucy zu beobachten.

# SECHZEHN

„**D**A IST SIE!" zischte Vallentine mit Befriedigung und so laut, dass mehrere Anwesende in dem überfüllten Ratssaal den Kopf drehten, um ihn anzustarren. Aber da er taub und blind für die affektierten Sitten der Höflinge war, ignorierte er die schweigende Rüge und fügte in derselben lauten Stimme auf Englisch hinzu: „Macht mich nervös, hier zu sein. Aber du wirst stolz auf sie sein können, das garantiere ich dir!"

„Danke, Lucian. Dank deiner Garantie kann ich mich jetzt beruhigt zurücklehnen", scherzte Roxton und hob sein Augenglas. Er richtete ein vergrößertes Auge auf seinen ehemaligen Diener, der sich von Antonia und den Salvan-Damen entfernt hatte, um sich ihm anzuschließen. „Ich nehme an, eure Prozession durch die Staatsräume verlief ohne Zwischenfall?"

„Ja, Euer Gnaden", versicherte Martin und antwortete auf Englisch. „Durch das Spalier der Gaffer ging es nur langsam voran, doch sie wurde von allen Seiten geschützt und um jeden, der irgendwie unfreundlich aussah, kümmerten sich Eure Männer." Er riskierte ein Lächeln. „Und darf ich annehmen, dass Euer eigenes Unterfangen erfolgreich war …?"

„Erfolgreich?", schnaubte Seine Lordschaft. „Mit einem Saal voller kriechender Höflinge, die ihre Verbeugung vor Roxton machen? Ich würde sagen, es war ein absoluter verdammter Triumph, beim Teufel!"

„Madame la Duchesse wird sich freuen."

„Das wird sie in der Tat, Martin", sagte der Herzog, mit leicht erröteten Wangen. „Nun lasst uns ihr unsere volle Aufmerksamkeit schenken.“

ANTONIA WAR auf halbem Weg durch den Raum, eingezwängt zwischen Roxtons alter Tante Victoire – ihrer Sponsorin – und Estée Vallentine, die direkt hinter ihr kam. Dahinter kamen Michelle Haudry und einige der weiblichen Verwandten der Familie Salvan. Die männlichen Salvans standen direkt innerhalb der Tür und redeten leise miteinander, während der Rest der Anwesenden sich unter die Menge mischte, plauderte und Desinteresse vortäuschte, während in Wahrheit alle Augen auf die Comtesse de Roucy gerichtet waren.

Louis stand am Kamin, unerschütterlich, aber nicht in der Lage, seine Müdigkeit darüber zu verbergen, diese banale, aber notwendige königliche Pflicht erfüllen zu müssen. Die Vorzustellenden schritten in kleinen, gleitenden Schritten vorwärts, wie sie angewiesen worden waren, bekämpften Nervosität und Übelkeit und beteten, dass sie keinen Fehler machen sollten, der Verachtung und Spott der anderen Höflinge zur Folge hätte.

Ein Kammerherr „rief“ einen Herrn oder eine Dame heran, die dann mit ihrem Sponsor in die königliche Gegenwart glitt, um mit einer nichtssagenden Bemerkung von ihrem Monarchen begrüßt zu werden, auf die sie mit einer ähnlich faden Antwort reagierten. Und wenn es eine Dame war, die vorgestellt wurde, dann entfernte sie sich und machte drei Knickse, während sie sich rückwärts aus der königlichen Nähe zurückzog. Wenn alles gut lief und es keine Ausrutscher oder Stolperer in Wort oder Tat gab, war man *Sa Majesté* jetzt „bekannt“ und sicherte sich das beneidenswerte Privileg, mit Louis und seinen Favoriten in seinem privaten Speisesaal zu essen, wenn Louis sich geneigt fühlte, eine solche Einladung auszusprechen. Der Rückzug aus der königlichen Gegenwart brachte sofortige Erleichterung und alle Personen, die an der Präsentation dieses Adeligen beteiligt waren, konnten leichter atmen, die Pflicht war erfüllt.

Als die Comtesse de Roucy aufgerufen wurde, legte sich Stille über den Raum; Köpfe drehten sich, um den Blick auf Antonia zu richten. Diejenigen, die ihren französischen Titel nicht kannten, sahen sich in leichter Verwirrung um. Aber um nicht unwissend zu erscheinen, verbargen sie ihre Überraschung hinter Gleichgültigkeit.

Antonia holte tief Luft und zeigte keine Emotionen, schritt vorwärts, ihre Damen hielten respektvollen Abstand, als sie vor dem König in einen tiefen Knicks versank. Jeder, vom König bis zum niedrigsten Höfling, war sich bewusst, dass diese Vorstellung eine besondere Bedeutung hatte. Antonia mochte als Comtesse in ihrem eigenen Recht anerkannt werden, aber als die Ehefrau von M'sieur le Duc de Roxton, würde jedes falsche Wort, jeder gesellschaftliche Fehltritt ihrerseits unmittelbar auf ihn zurückfallen, und auf seine Freundschaft mit Louis.

Als Antonia mit natürlicher Eleganz ihren Knicks machte – mit der ihr eigenen Anmut, die niemand leugnen konnte – war ein kollektiver Seufzer der Erleichterung von den meisten zu hören, und ein Hauch von Enttäuschung von einigen wenigen, dass die Comtesse de Roucy so elegant wie schön war.

Alle Blicke wanderten zum Herzog, um seine Reaktion auf den Knicks seiner Frau zu erfassen. Seine Lordschaft sagte es am besten, als er Martin anstieß und sich zu ihm lehnte, um zu flüstern: „Seht ihn Euch an! Er ist stolz wie ein Spanier auf sie, was? Und bevor Ihr es sagt! Ich weiß! Das sollte er auch! Und wir können uns für die Rolle bedanken, die wir bei ihrem Erfolg gespielt haben, nicht wahr?"

„Oh ja, Mylord", stimmte Martin zu, lächelte Antonia an, als sie sich aus ihrem Knicks erhob, und fügte schelmisch hinzu: „Ohne unsere fachkundige Anleitung, wer weiß, wie das hätte ausgehen können."

„Genau!"

Martin war kurz davor, eine weitere Bemerkung zu machen, als er so erschrak, dass er den Rest seines Gedankens vergaß. Er war nicht der Einzige, der überrascht scharf die Luft einsog. Er hörte Vallentine dasselbe tun, und das alles, weil der König unerwartet vom üblichen Verlauf abwich.

„Ihr seid in der Tat eine Fee, Madame le Comtesse", bemerkte Louis von Frankreich.

Als Antonia sich aus ihrem Knicks aufrichtete, huschte ihr Blick überrascht zum König. Seine hübschen Gesichtszüge mochten starr bleiben, aber sie erhaschte den Hauch von Belustigung in seinen blauen Augen ein. Ihre Grübchen vertieften sich.

„Und Ihr seid jeder Zoll ein König, Euer Majestät", sagte sie ruhig. „Das freut uns beide – dass wir nicht vom anderen enttäuscht sind, ja?"

Niemand war nahe genug, um diesen Wortwechsel zu hören, aber jeder sah die Reaktion des Königs auf ihren Witz. Er errötete, blinzelte und hob rasch die Hand an seinen Mund – Martin war sehr sicher –, um ein Lachen zu ersticken.

Allerdings waren der Kammerherr und die anderen Herren des Königs so verwirrt über das Verhalten ihres königlichen Herrn und diese Abweichung vom Protokoll, dass sie keine Ahnung hatten, was sie als Nächstes tun sollten. Bis sie aus ihrer Benommenheit herauskamen, zog sich Antonia mit den erforderlichen drei Knicksen aus der königlichen Gegenwart zurück und der König hatte seine Fassung wiedererlangt. Aber er hielt seinen Kämmerer auf, bevor dieser den nächsten Adligen benennen konnte, um sich zu nähern, und er fand, wen er am Rande der Menge suchte, und bedeutete Roxton mit einer leisen Geste, sich ihm anzuschließen.

Als der Herzog und die Herzogin auf dem dicken Teppich aneinander vorbeigingen, zwinkerte er ihr zu und sie lächelte ihn an. Und als Louis Roxton mit einer lockeren Vertrautheit begrüßte, die er selten zeigte, und dann nur bei engen Freunden, war es offensichtlich, dass sie, was auch immer zwischen Seiner Majestät und der Frau des Herzogs gesprochen worden war, Louis' Gunst gefunden hatte. Das herzogliche Paar hatte sich dieser seltenen Sorte von Höflingen angeschlossen, die von Louis bevorzugt wurden, und konnte daher in seinen Augen nichts falsch machen, was bedeutete, dass sie den Neid aller auf sich zogen. Es blieb abzuwarten, wie die Herzogin von Louis' neuer *maîtresse-en-titre* – Madame de Pompadour – aufgenommen würde. Der Hof musste nicht lange warten.

⁂

ALS ROXTON sich Louis am Kamin anschloss, wandte sich Antonia ab, nachdem sie den letzten Knicks ohne Zwischenfall beendet hatte. Nachdem sie nun ihre Pflicht erfüllt hatte und die Vorstellung beim König vorbei war, hatte sie es eilig, sich wieder zu ihren Damen, ihrer Schwägerin und den Salvan-Verwandten zu begeben, die auf der anderen Seite des überfüllten Ratssaales standen. Auch Vallentine und Martin Ellicott waren dort. Alle sahen so erleichtert aus, wie sie sich fühlte, bereit, sie zurück durch den *Salon de l'Oil-de-Boeuf* zum Zimmer der Königin zu begleiten, wo sie Ihrer Majestät vorgestellt werden sollte.

Aber als Antonia zu ihnen gehen wollte, standen ihr mehrere Damen im Weg. In der Annahme, sie hätte sich versehentlich in ihren Weg begeben, entschuldigte sie sich höflich und zog sich zurück. Aber sie bewegten sich mit ihr, und dann kam eine von ihnen direkt zu ihr und zwang Antonia, einen Schritt zurückzutreten, damit sie aufblicken konnte, um zu sehen, wer es war. Als sie die Frau erkannte, wollte sie instinktiv zurückzucken, aber sie tat es nicht und wappnete sich für das, was kommen sollte. Vor ihr, wo sie mit zwei Freundinnen Antonias Weg zu ihrer Familie blockierte, und in voller Sicht von Louis und Roxton, stand die schöne, stattliche Comtesse Duras-Valfons.

SIEBZEHN

„IHR HABT MIR ETWAS zu sagen, Madame?", fragte Antonia die Comtesse Duras-Valfons mit leiser, aber fester Stimme.

„*Là*! Wie direkt Ihr seid! Keine höfliche Konversation. *Er* findet das wahrscheinlich reizend. *Ich* finde, Ihr seid naiv und ungehobelt."

„Was Ihr von mir denkt, ist unwichtig."

„Noch nie wurde ein wahreres Wort gesprochen!", erwiderte die Comtesse mit einem breiten Lächeln. „Aber ich wollte nicht die Gelegenheit versäumen, Euch zu sagen, wie ritterlich M'sieur le Duc, Euer Gemahl, zu mir im Spiegelsaal vor allen, die wichtig sind, war", brüstete sie sich. „Er hat mich von meinem Mann befreit, was nur zeigt, wie viel ihm noch an mir liegt ..."

„Nein, Madame", sagte Antonia ohne Groll. „M'sieur le Duc hätte sich nicht für Euch eingesetzt, wenn ich ihn nicht darum gebeten hätte. Und das geschah, damit Euer Sohn einen Vater haben sollte."

Die Comtesse wurde steif, aber ihr Lächeln blieb auf ihrem Gesicht. Sie schaffte es, beim Sprechen fast zu schnurren. „Mein Sohn hat einen Vater – M'sieur le Duc de Roxton."

Wenn sie gehofft hatte, Antonia durch diese Prahlerei einzuschüchtern, sollte sie enttäuscht werden. Antonia seufzte leicht ungeduldig und war unverblümt wie gewöhnlich.

„Ihr vergesst, dass Ihr mit einer Frau sprecht, die auch Mutter ist. Höflinge mögen nichts von Säuglingen verstehen, egal ob sie Mütter sind, aber ich verbringe jeden Tag mit meinem Sohn. Und so kenne ich den Unterschied zwischen einem Säugling, der seit ein paar Wochen auf dieser Welt ist, und einem, der viele Monate alt ist. Euer Sohn kann nicht der Sohn von M'sieur le Duc sein, so sehr Ihr es wünscht. Ihr habt alle angelogen, was schockierend und unverzeihlich ist. Aber Euer Sohn ist noch ein Säugling, und so ist noch Zeit für ihn, eine makellose Zukunft zu haben. Daher sage ich Euch, Madame ...“

„Ihr *sagt* mir?“, fuhr die Comtesse hoch.

„... Ihr solltet um Eures Sohnes willen Eure Bitterkeit ...“

„Bitterkeit? *Mon Dieu!*“

„... darüber, nicht länger die Mätresse von M'sieur le Duc zu sein ...“

„Als ob mir daran läge ...“

„Euch liegt daran, Madame, sonst würde Ihr keine solchen Geschichten erfinden.“

„Ihr – Ihr – anmaßende *morveux*“, fauchte Duras-Valfons aufgebracht.

Noch nie hatte jemand so unverblümt zu ihr gesprochen, noch dazu ein Mädchen, das kaum einen halben Tag bei Hof war. Das versetzte sie in eine weißglühende Wut, die sich in seltsamem Zittern äußerte. Sie versuchte, ihre Wut zu beherrschen, da sie sich völlig bewusst war, wo sie war und dass der König, der notorisch schüchtern war, es nicht schätzen würde, sollte sie Aufmerksamkeit auf sich ziehen, die seine tägliche Routine stören könnte. Sie zwang sich, ihren brennenden Groll herunterzuschlucken, und beugte sich zu Antonia, und es kribbelte ihr in den Fingern, sie zu ohrfeigen. Stattdessen hoffte sie, sie dazu zu bringen, sich selbst in Verlegenheit zu bringen. Ihr Lächeln wurde schief und sie hob ihr Kinn, mit einem Seitenblick zum Kamin.

„Ich würde wetten, dass Ihr keine Ahnung habt, welchen Charakter der Mann, den Ihr geheiratet habt, wirklich hat. Jeder sagt, er sei unter den Bann Eurer ...“ Sie hielt inne und blickte herunter, um einen übertriebenen Schwung über Antonia's beträchtliche Brüste zu machen. „... *Schönheit* gefallen. Aber nachdem ich Euch jetzt gesehen habe, ist es offensichtlich, dass er eine Frau wollte, die so schwachköpfig wie jung ist.“

„Denkt von mir, was Ihr wollt, Madame. Ihr kennt mich nicht. Aber Ihr irrt Euch, wenn Ihr glaubt, dass ich nicht alles wüsste, was es über M'sieur le Ducs Vergangenheit zu wissen gibt.“

„Dann wird es Euch nicht überraschen, dass er ein *untreuer lasziver Ziegenbock ist* und immer sein wird ...“

„Jetzt seid Ihr aber ungehobelt“, tadelte Antonia, deren Wangen unter dem dicken Rouge brannten. Sie legte den Kopf zur Seite. „Vielleicht bin ich dumm, weil ich Euren großen Groll gegen ihn überhaupt nicht verstehe. Was ist sein Verbrechen? War M'sieur le Duc nicht großzügig zu Euch, solange Ihr seine Geliebte wart? Hat er Euch nicht befriedigt?"

„*Was?* Ich werde nicht – Ihr könnt nicht –", stotterte die Comtesse und verlor ihren Gedankengang, als ihr Gift auf unverblümte Offenheit traf.

„Es ist wahr, ich bin jung und unerfahren, aber ich weiß ein wenig über den Hof und seine Lebensart, nachdem ich hier eine Zeit lang mit meinem Großvater gelebt habe. Es würde Euch gefallen, wenn ich dumm wäre, aber ich bin es nicht. Es würde Euch auch helfen, den großen Verlust Eures erfahrensten Liebhabers zu verschmerzen, wenn M'sieur le Duc mich aus irgendeinem Grund geheiratet hätte, außer dem, der Euch am meisten trifft – er hat sich in mich verliebt." Antonias Grübchen vertieften sich und sie fügte schlicht hinzu: „Ich habe die Liebe und Hingabe meines Mannes, wie er meine hat. Das ist alles, was uns beiden wirklich wichtig ist."

„Und wer erfindet jetzt Geschichten!", höhnte die Comtesse. Aber das tiefe Purpurrot auf ihrem Hals strafte ihre Gleichgültigkeit Lügen. Sie zuckte abschätzig mit den Schultern, ihr Lächeln noch immer fest aufgesetzt, und dachte, sie hätte die Trumpfkarte in ihren Händen, als sie sagte: „Ihr könnte Märchen über Euren Gatten glauben – was interessiert es mich? Aber Ihr werdet Euch nie meines Sohnes entledigen können, dem greifbaren Beweis von Roxtons lüsterner Natur ..."

„Madame, ich bitte Euch, nicht so grausam zu sein, Euren Sohn, ein unschuldiges Kind, als Instrument Euerer Rache zu benutzen", konterte Antonia und blickte mit grünen Augen, die vor Traurigkeit feucht waren, auf die Comtesse. „Wenn Ihr ihn mit Lügen und falscher Erwartung verderben wollt – dass M'sieur le Duc d' Roxton sein Vater wäre – wird sein Leben unglücklich werden. Das verdient er nicht – kein Säugling tut das, ungeachtet der Umstände seiner Geburt. Robert hat sein ganzes Leben vor sich, und Baron Thesiger hat ihn anerkannt. Ganz gleich, wie unglücklich Ihr in Eurer Ehe seid, seid Ihr nicht dankbar, dass Eurem Sohn eine sichere Zukunft gegeben wurde? Ist es nicht das, was Ihr ihm als seine Mutter am meisten wünscht?"

Die Comtesse wurde durch Antonias emotionale Offenheit sprachlos gemacht. Sie konnte nicht ganz glauben, dass die Frau des Herzogs ein Kind verteidigte, das nicht mit ihr blutsverwandt war und von dem die Hälfte der anwesenden Höflinge glaubte, es sei der Sohn des Herzogs. Es dauerte einige Sekunden, bis die Comtesse ihre Gedanken sammelte, sich zu einem Lächeln zwang und vorgab, amüsiert zu sein.

Sie warf einen Blick zum Kamin hinüber. Der König und Roxton plauderten noch immer, und da sie groß war und Roxton einen guten Kopf größer als der Rest der versammelten Höflinge, sah sie, wie er über die Schulter des Königs in ihre Richtung schaute. Er hatte dies mehrmals während ihres Wortwechsels mit seiner Frau getan. Es gab ihr das Selbstvertrauen, sich einzubilden, dass der König ihn vielleicht heran gewunken hatte, um ihn um Rat zu fragen, ob sie als nächste königliche Geliebte geeignet wäre. Schließlich hatte der Oberste Kammerherr, der Herzog von Richelieu, ihr anvertraut, sie als Nachfolgerin für Madame de Pompadour vorgeschlagen zu haben, die er mit jeder Faser seines Wesens verabscheute, da sie es nicht wert war, den Titel der ersten Mätresse des Königs zu tragen. Er war bestrebt, diese Bürgerliche so schnell wie möglich zu verdrängen.

Eifrig darauf bedacht, bereit zu sein, sollte der König sie auffordern, sich ihm und dem Herzog anzuschließen, war sie ungeduldig, ihr Gespräch mit Antonia zu beenden – ein Gespräch, das sie initiiert hatte, bei dem die Herzogin sie jedoch immer unbehaglicher und damit reizbarer machte.

„Mein Sohn geht Euch nichts an", antwortete die Comtesse ungeduldig, deren zerstreuter Blick noch immer auf dem König ruhte. „Ich habe auch nicht das geringste Interesse an Eurer Meinung darüber, wie er erzogen werden sollte. Andererseits tätet Ihr gut daran, meinen Rat zu befolgen und aufzuhören, Euren Sohn zu säugen. Es ist vulgär für eine Frau von edlem Blut, als Kuh zu fungieren, was am besten schwachsinnigen Bauern überlassen ..."

„*Eh bien*", seufzte Antonia verärgert. „Ich habe Euch noch nie befragt oder beleidigt, was immer Ihr mit Eurem Körper oder mit wem tut. Seid also nicht so unhöflich und mischt Euch darin ein, was ich mit meinem tue! Und jetzt habe ich genug Zeit damit verschwendet, Euch vernünftig zuzureden, also bitte entschuldigt mich. Ich bin spät dran für die Vorstellung bei Ihrer Majestät ..."

„Wisst ihr, warum Seine Majestät sich mit M'sieur le Duc berät?", unterbrach die Comtesse, als ob Antonia nicht gesprochen hätte, und mit einem überlegenen Lächeln und einem leichten Senken ihrer gepuderten Frisur in Richtung des Königs. „Natürlich wisst Ihr es nicht! Lasst es mich Euch sagen. Ich habe allen Grund zur Erwartung, als nächste Mätresse Seiner Majestät eingesetzt zu werden. Und wenn ich es bin, wird einer meiner ersten Befehle sein, den Palast von Hoftieren zu befreien." Sie kicherte über ihren eigenen schwachen Witz, und um sicherzustellen, dass Antonia ihn verstand, fügte sie unnötigerweise hinzu: „Ihr, die Kuh, und Euer Mann, der Ziegenbock, werden nicht mehr willkommen sein. Also ja, ich stimme Euch zu, dass Ihr heute Eure Zeit damit verschwendet habt, hier vorgestellt zu werden."

„Und wer ist jetzt hier hohlköpfig?", murmelte Antonia, bevor sie hörbar und energisch sagte: „Madame, Euch steht eine Enttäuschung bevor. Seine Majestät ist in Madame la Marquise de Pompadour verliebt, und sie in ihn. Sie sind so verliebt, dass sie nur *einander* sehen. Bitte glaubt mir, wenn ich Euch sage, dass ich weiß, wie das ist."

Die Comtesse kicherte wie ein Mädchen, ungläubig. „*Liebe? Sehen? Là!* Ihr seid wirklich naiv. Diese *Dirne* wird noch vor dem neuen Jahr fort sein. Denkt an meine Worte!"

„Ich versichere Euch, Madame la Comtesse, ich werde nirgendwo hingehen", sagte eine süße, feste Stimme. Es war die Marquise de Pompadour. „Oh, es sei denn, es wäre in der Gesellschaft Seiner Majestät. Denkt an diese Worte. Und jetzt seid Ihr entschuldigt, Madame. Ihre Majestät muss sich fragen, warum Ihr nicht Euren Pflichten nachkommt. Ah! Mme la Comtesse de Roucy!", rief sie im gleichen Atemzug, und schenkte Antonia ein strahlendes Lächeln. „Was für eine Freude, endlich Eure Bekanntschaft zu machen. M'sieur le Duc, Euer Gemahl hat mir so viel über Euch erzählt ..."

# ACHTZEHN

DIE BEIDEN FRAUEN grüßten einander mit dem obligatorischen höflichen Knicks, dann mit einem leichten Kuss in der Nähe jeder Wange, bevor Madame de Pompadour vorschlug, in eine Nische zu gehen, um sich besser kennenzulernen und bestrebt, die Aufmerksamkeit nicht vom König abzulenken. Mehrere Höflinge hatten sich bereits von der königlichen Präsenz abgewandt, und weitere würden folgen, sobald sie wussten, mit wem sie sprach. Aber Antonia machte eine Geste, dass die Marquise einen Moment warten möge, was den Atem im Hals der Hofdamen der Marquise und der zunächst stehenden Höflinge stocken ließ.

Aber die Marquise zeigte sich nicht verärgert, sondern trat einen Schritt zur Seite, ebenso wie ihre Hofdamen und die zunächst Stehenden. Es gab Antonia den Raum, ihre breiten Reifröcke in die Richtung des Königs und ihres Mannes einen Halbkreis zu drehen. Wie die Vorsehung es wollte, hatten sich die kleinen Gruppen von Höflingen, die sich am nächsten zu ihrem Monarchen versammelt hatten, aufgelöst, so dass Antonia, die selbst in ihren zwei Zoll hohen Absätzen die kleinste im Raum war, eine klare Sichtlinie zum Kamin hatte.

Sie warf nicht einmal einen Blick auf Louis, so sehr war sie darauf bedacht, den Herzog zu beruhigen, da sie wusste, dass er von dem Moment an, als die Comtesse Duras-Valfons ihr den Weg versperrt hatte, ihretwegen besorgt gewesen war. Zu diesem Zweck legte sie leicht eine

Hand auf die Vorderseite ihres perlenbesetzten Oberteils – an den tiefen Ausschnitt, auf das Planchet, das er ihr geschenkt hatte, wohlverpackt zwischen ihren Brüsten – und lächelte in seine Augen, dunkle Augen, die sich mit einer Intensität auf sie richteten, die ihre Vermutung über seine Besorgnis bewies.

Obwohl er offen eine höfische Leichtigkeit an den Tag legte, lockerte ihre intime Geste sofort die Spannung in seinen Gliedmaßen, und er löste seine Finger aus der Faust in der Tasche. Er erwiderte ihr privates Lächeln mit einem seiner eigenen, das er allein für sie reservierte, mit seinen Augen und dem leisen Heben der Mundwinkel zum Ausdruck brachte. Mehr brauchte es nicht, um ihre Gedanken zu übermitteln.

Nachdem das innere Gleichgewicht des Herzogs wiederhergestellt war, widmete er erneut all seine Aufmerksamkeit Louis, während Antonia ihre Drehung vollendete, um sich Madame de Pompadour wieder anzuschließen. Der intime Austausch zwischen den beiden hatte nur wenige Augenblicke gedauert. Und obwohl der ganze Raum zuschaute, erfasste niemand den subtilen Austausch, außer vielleicht Martin Ellicott, der gut platziert war, um ihn zu sehen, da er neben der Marquise stand, mit Michelle Haudry an seiner Seite.

„M'sieur le Duc sagt, dass es selten ist, einer Frau zu begegnen, deren große Schönheit mit der Intelligenz in ihren Augen übereinstimmt", sagte Antonia im Gespräch mit der Marquise mit einer Offenheit, die für sie typisch war, „aber dass dies auf Euch zuträfe, Madame."

„M'sieur le Duc ist zu freundlich ..."

„Oh nein, Madame. Er würde es nicht sagen, wenn er es nicht für wahr hielte. Ich habe ihm geglaubt, als er es mir gesagt hat, aber jetzt, wo wir uns endlich kennengelernt haben, stimme ich ihm zu." Ihre Grübchen wurden sichtbar und ihre grünen Augen funkelten. „Es gibt einen Unterschied, ja?"

Die Marquise lachte ungewollt auf, sofort gefesselt von dieser zierlichen, lebendigen Schönheit, deren Offenheit eine erfrischende Abwechslung von der intriganten Verlogenheit der Höflinge war, die den König umgaben, und der Unterströmung der Feindseligkeit, die sie in ihrer Position als *maîtresse-en-titre* umgab. Sie beschloss an Ort und Stelle, dass sie und Antonia gute Freundinnen sein würden. Vorsichtig, im Wissen, dass jedes ihrer Worte genau beachtet wurde, gab sie eine gemessene Antwort.

„So sehr ich auch daran interessiert bin, dass wir uns besser kennenlernen, ich weiß, dass Ihre Majestät darauf wartet, Euch kennenzulernen. Wir werden die Gelegenheit haben, uns am Tisch Seiner Majestät besser kennenzulernen, und vielleicht ein wenig davor in meinen Räumen, wenn Ihr mit mir Kaffee trinken möchtet?"

„Das würde ich sehr gern, Madame", antwortete Antonia mit echter Wärme. „M'sieur le Duc genießt die *soupers* von *Sa Majesté* sehr, daher kann ich es kaum erwarten, dabei zu sein. Obwohl es nicht üblich ist, dass Frauen ihre Ehegatten begleiten, so fühle ich mich doppelt geehrt, dass *Sa Majesté* eine Ausnahme macht."

„Es ist nicht üblich, das ist wahr. Aber", fügte die Marquise hinzu und beugte sich zu Antonia, um es ihr ins Ohr zu sagen, damit sie nicht belauscht würde, „M'sieur le Duc, Euer Gemahl, er entschuldigte sich beim König – auf die höflichste Art und Weise natürlich – dass er leider nicht in der Lage wäre, an zukünftigen Abendessen teilzunehmen, wenn Ihr nicht bei ihm wäret."

Weit davon entfernt, überrascht zu sein, seufzte Antonia resigniert. „Es ist wahr, Madame. Wir mögen es nicht, aus irgendeinem Grund getrennt zu sein." Sie runzelte die Stirn und sagte ernsthaft: „Ich weiß nicht, wie wir gelebt haben, bevor wir uns trafen, oder wie wir es ohne einander wieder schaffen würden. Es ist, als wären wir immer zusammen gewesen. Das empfinden wir beide. Ich habe immer an das Schicksal geglaubt."

„Schicksal?", wiederholte Madame de Pompadour mit einem Lächeln, einem Blick zum König am Kamin. „Oh ja! Ich glaube sehr an das Schicksal. Und ich kann es kaum erwarten, unser Gespräch fortzusetzen, aber jetzt müssen wir uns trennen, da Eure Familie darauf wartet, Euch zu Ihrer Majestät zu begleiten ..."

„*Oh là là!* Ich rede schon wieder zu viel! Verzeiht mir. Ah! Und da sind Martin und Mme Haudry, um mich zu holen", kündigte sie mit einem Lächeln an und bemerkte Martin und Michelle Haudry zum ersten Mal, die hinter der Marquise standen. Und bei ihnen waren zwei von den Salvan-Cousinen, die als ihre Hofdamen fungierten. „Bevor ich gehe, erlaubt mir, sie Euch vorzustellen ..."

„*Mon Dieu!* Ich kann nicht glauben, dass selbst sie etwas so Ungeheuerliches tun würde", schäumte Estée. „Roxtons Kammerdiener der *maîtresse-en-titre* des Königs vorstellen. *Incroyable.* Was für eine Schande!"

„*Ehemaligen* Kammerdiener, Schätzchen", berichtigte Vallentine.

„Außerdem kann hier niemand Ellicott von einem Kupferkessel unterscheiden, also wo ist die Schande? Und da nur Madame la Duchesse mit der Vorstellung eines Kupferkessels bei der Pompadour durchkommen konnte, wo ist der Schaden?"

„Ich stimme Euch zu, Vallentine", warf Tante Victoire ein und machte Anstalten zu gehen, mit einem Nicken zu dem Clan der Salvans, dass man ihr folgen möge. „Sie ist die Sonne in Roxtons Dunkelheit. Was *la Pompadour* betrifft, so zieht sie aus ihrem neu erworbenen Status eine falsche Befriedigung, als ob es für einen Schornsteinfeger eine große Ehre wäre, ihr vorgestellt zu werden! Ich habe es schon mal gesagt – ein übelriechender Haufen, die Bourgeoisie. Jetzt bewegt Euch! Philippe wartet ..."

„Sicher meinst du, Ihre Majestät, Tante?", berichtigte Estée.

Die alte Dame schnaubte verächtlich. „Sei nicht dumm, Nichte! Die Königin ist fromm und großmütig und unbeschreiblich langweilig. Philippe ist nichts davon. Und wenn du meiner Schwester in die Quere kommst, ist sie erschreckend rachsüchtig. Nichts und niemand macht ihr Angst, nicht einmal ihr Sohn, und er ist ein General! Ah! Außer natürlich meinem Neffen, deinem Bruder. Weshalb ich, wenn ich nicht seine Frau vorzustellen hätte, sie wegen Philippe verlassen hätte und vor einer halben Stunde in den Räumen der Königin gewesen wäre."

Seine Lordschaft missverstanden ihre Bemerkung vollständig und fuhr hoch. „He! Madame la Duchesse besitzt keine Unze Rachsucht in ihrem kleinen Finger, und sie ist sicherlich nicht furchterregend ..."

„Lucian!" Seine Frau seufzte verzweifelt. „Nicht Antonia. *Roxton.*" Sie schauderte leicht. „Ich bin froh, dass ich seine Schwester bin. Und du solltest dankbar sein, dass du sein Schwager bist. Ich hasse es zu denken, wie er wäre, wenn wir ihm in die Quere kämen und *nicht* mit ihm verwandt. Er ist so erschreckend genug!"

„*Touché!*" stimmte Vallentine mit einem Seufzer zu.

Doch Seine Lordschaft sollte zu seiner Überraschung und seinem Unbehagen nach der Rückkehr des Herzogs und der Herzogin in die Villa nach dem Abendessen mit Louis, dem König von Frankreich herausfinden, wie furchterregend sein bester Freund sein konnte.

# NEUNZEHN

Die Uhr in der Bibliothek läutete die halbe Stunde nach ein Uhr morgens, als zwei Kutschen in Prozession unter der *porte-cochère* der Villa hielten. Der Herzog und die Herzogin stiegen aus der ersten davon, um in der Wärme und dem Licht des Vorhofs vom Butler und mehreren schläfrigen Lakaien empfangen zu werden. Die zweite Kutsche folgte der ersten bis zum Innenhof, wo sie unter Fackelschein von mehreren Dienern des Haushalts erwartet wurde, um die Kleiderkisten und Utensilien zu entladen, die ihre Herrschaft für ihren Besuch im Palast benötigt hatten.

Und während ihre erschöpften und verschlafenen persönlichen Diener es nicht erwarten konnten, nach einem Tag, der am Morgen zuvor beim ersten Licht begonnen hatte, von diesem zweiten Wagen in ihre Betten zu fallen, war das herzogliche Paar hellwach und lebhaft. Von Samtumhängen, Pelzmänteln und Glacéhandschuhen befreit, wartete Antonia, während der Herzog sein Schwert und seine Schärpe abgenommen bekam und fiel ihm dann in die Arme. Sie schaute ihn mit vorgetäuschter Zerknirschung an.

„Ich habe Gabrielle bereits ins Bett geschickt, M'sieur le Duc, es tut mir leid, aber ich werde deine Hilfe beim Auskleiden brauchen."

Er lachte leise. „Ich kann sehen, wie enttäuscht du bist, nur mich als Hilfe zu haben."

„Ich versichere dir, ich bin am Boden zerstört, dir diese Mühe machen zu müssen."

„Aber warum, *ma vie*, wo ich doch Experte darin bin, dich aus deinen Kleidern zu befreien ..."

„Das bist du, aber ich möchte deinen Anzug nicht ruinieren." Sie lächelte süß. „Ich bin mir sehr sicher, dass genug Mehl in mein *decolleté* verschüttet wurde, als wir *bullet pudding* gespielt haben, um uns beide zu bedecken!"

„Danke für die Warnung." Mit einem gekrümmten Finger unter ihrem Kinn senkte er seinen Mund, um so nah wie möglich über ihrem zu schweben, ohne sie zu küssen. „Dann wäre es vielleicht besser, wenn ich mich zuerst ausziehe, bevor ich dir meine Hilfe anbiete."

Unfähig zu widerstehen, küsste sie ihn. „Oh, diese Idee gefällt mir viel besser! Aber ich denke, ich sollte dir helfen, bevor du mir hilfst."

Er schien über diese Vorstellung kurz nachzudenken, richtete sich dann aber auf und schüttelte den Kopf.

„Nein, *ma chérie*."

„Nein? Aber warum? Ich ..."

„Es wäre eine Qual."

„Oh? Weil du denkst, dass ich unfähig bin, dich auszuziehen?", fragte sie und tat so, als ob sie beleidigt wäre.

„Weil du, *petite malheureuse*, sehr gut weißt, dass *ich* unfähig bin, *dir* zu widerstehen. Wenn zwei, vielleicht drei, meiner Westenknöpfe geöffnet sind, wäre ich bereits am Ende meiner Geduld. Ich könnte nicht schnell genug aus diesen Kleidern herauskommen, und diese Weste wäre ruiniert."

Sie legte ihre Hände flach auf die Vorderseite der schwarzen Seidenweste und sah ihn unter ihren Wimpern hervor an. „Ich werde sehr vorsichtig sein und verspreche, mir Zeit zu nehmen ..."

Er lachte schnaubend. „*Mon Dieu*, wie *sehr* du mich foltern willst!"

„... damit deine Weste nicht ruiniert wird."

„Danke für deine Rücksicht, aber ..."

„Ich bin rücksichtsvoll, nicht wahr?", antwortete sie schwungvoll und fummelte an einem seidenüberzogenen Knopf seiner Weste. „Sollen wir anfangen?"

„Hier?" Er hob eine Augenbraue, und als sie fortfuhr, den Knopf zu lösen, fügte sie mit einem Blick zur Bibliothek hinzu: „Oder da drin?"

„Dort", stimmte sie zu, und führte ihn über die schwarz-weißen Marmorkacheln zur Bibliothek, wo zwei Lakaien mit ausdruckslosen

Gesichtern die Türen aufrissen, darauf warteten, dass sie hindurchgingen, und sie dann ohne zu blinzeln hinter ihrer edlen Herrschaft schlossen. „Hinter verschlossenen Türen ist besser, weil Estée sagt, dass ich als deine Herzogin mehr Anstand und Zurückhaltung zeigen muss."

„Gott bewahre!", näselte der Herzog.

Antonia kicherte und warf ihre Arme um seinen Hals: „Das denke ich auch!" Sie presste sich an ihn. „Ich gestehe, ich wollte nicht warten, bis wir in unserem Schlafgemach sind. Seit ich dich heute Morgen in all diesem Schwarz zum ersten Mal gesehen habe, wollte ich dich ausziehen!"

„Mein armer Liebling", murmelte er ohne Mitleid und hob sie hoch und trug sie durch den verdunkelten Raum zum Kamin. „Das ist wahrlich eine Qual, die ich mit großer Freude lindern werde ..."

„Da seid ihr beide ja!", verkündete eine vertraute Stimme. Es war Lord Vallentine. Er hatte auf dem Sofa ausgestreckt gelegen, war hin und wieder eingedöst, hatte sich aber beim Klang ihrer Stimmen aufgesetzt. Seine Nachtmütze saß schief und sein seidener Morgenrock war zerknittert. Er gähnte. „Ihr kommt gerade zurecht. Das *souper* ist auf dem Weg. Und es macht mir nichts aus, euch zu sagen, dass ich am Verhungern bin. Wir hatten schon befürchtet, dass ihr nicht nach Hause kommen würdet, bevor der Hahn kräht!"

NICHT EINMAL EINE Minute nach dieser Ankündigung Seiner Lordschaft kam eine Gruppe Diener mit dem Teewagen und silbernen Tabletts, beladen mit Aufschnitt, Früchten der Saison und einer Auswahl von Pasteten und Gebäck. Und während sie sich daran machten, Silber und Porzellan auf dem niedrigen Tisch zwischen dem Kamin und dem Sofa und den Ohrensesseln zu arrangieren, hatten Herzog und Herzogin Zeit, ihre Fassung wiederzufinden, wobei die Röte des Verlangens auf ihren Wangen vom schwachen Licht verdeckt wurde.

Wenn Vallentine bemerkte, dass etwas nicht stimmte, machte er jedoch keine Bemerkung darüber. Und da er darauf drang, seinen Hunger zu stillen, verließ er das Sofa und konzentrierte sich darauf, seinen Teller zu füllen. Das Paar schloss sich ihm an, obwohl beide die Mahlzeit ablehnten und sich nur für eine Tasse Kaffee entschieden. Darüber machte Seine Lordschaft eine Bemerkung.

„Ich schätze, ihr habt beide an Louis' Tisch genug zu essen bekommen", sagte er, bevor er sich in den Ohrensessel gegenüber setzte und in eine große Scheibe Fasanenpastete biss. Er hatte kaum den ersten Bissen geschluckt, als er mehrere Schinkenscheiben auf seine silberne Gabel nahm und hinzufügte: „Kaum hatte ich einen Tropfen Selleriecremesuppe deines Küchenchefs gekostet, als Estée grün wurde und ins Bett ging.“

„Sie ist unwohl?“ fragte der Herzog, sein silberner Löffel schwebte über seiner Kaffeeschale.

„Und das Baby?“, murmelte Antonia, der der Atem in der Kehle stockte.

Vallentine schluckte und schüttelte energisch den Kopf. „Nein! Nein! Kein Grund zur Panik! Beiden geht es gut. Ihr Arzt verschrieb ein Tonikum und Bettruhe. Es ist seine wohlüberlegte Meinung – obwohl ich es ihr bereits gesagt hatte –, dass ein ganzer Tag am Hofe auf den Beinen zu viel für sie war, in ihrem empfindlichen Zustand. Ich blieb bei ihr, bis sie einschlief.“ Er machte ein Geräusch in seiner Kehle, überlegte es sich aber anders und sagte nichts, sondern konzentrierte sich wieder auf seinen Teller.

„Ich stelle mir vor, es erforderte all deine beträchtlichen Fähigkeiten, um sie nach ihrer Aufregung zu beruhigen“, sagte der Herzog mitleidlos und schlürfte seinen Kaffee. „Wobei du dann deinen Appetit verlorst.“

Vallentine warf einen Blick auf seinen besten Freund. „Aber ja. So ähnlich. Aber zu ihrer Verteidigung muss gesagt werden, es *ist* erschöpfend, mit Leuten wie diesen Salvan-Cousinen umzugehen, besonders mit deinen bissigen Tanten, und es wäre auch für mich genug, um mich dazu zu bringen, in mein Bett zu gehen und unter den Decken zu bleiben!“

„Dann wird es dich freuen zu erfahren, dass, nachdem du Trauzeuge bei Montbelliards Hochzeit gespielt hast, es nur eine andere – äh – Angelegenheit gibt, bei der deine Hilfe erforderlich ist, und sobald das erledigt ist, darfst du von mir aus gern die Salvans für immer meiden, wie die ansteckende Krankheit, die sie sind.“

„Das Angebot nehme ich nur zu gern an! Welche Angelegenheit?“, fügte Vallentine neugierig hinzu. „Was auch immer es ist, du hast meine Hilfe, ohne Fragen zu stellen.“

„Das kann warten. Bewahre die wenige Kraft, die dir verblieben ist, für die Hochzeit auf. Heute wollen wir uns alle ausruhen.“

„Ich habe vor, den ganzen Tag zu schlafen, zu lesen und in meinem Bad zu verbringen“, kündigte Antonia an. Sie warf dem Herzog einen Blick von der Seite zu und sagte liebreizend: „Du bist herzlich willkommen, mir Gesellschaft zu leisten, Monseigneur.“

„Ich wäre bitter enttäuscht gewesen, wenn ich keine Einladung erhalten hätte, *mignonne*."

Antonia kicherte und küsste die Hand des Herzogs. „Das macht mich glücklich!"

„Obwohl vielleicht unser Sohn protestieren wird, wenn du ihn nicht in die Einladung einbeziehst ...?"

„Keine Sorge, ich werde dafür sorgen, dass die *nourrices* ihn säugen, bevor sie ihn in unsere Wohnung bringen. Dann kann Julian sich *sa mère et son père* anschließen, diesmal nach unserem Bad, damit er nicht am Ende auch darin landet."

„Sehr weise", bemerkte der Herzog und unterdrückte ein Lächeln.

Seine Lordschaft fühlte sich bei solch einem intimen Gespräch wie ein Lauscher an der Wand und erstickte fast an Gebäckkrümeln, schaffte es aber dennoch, herauszuplatzen, um das Thema zu wechseln: „Hey! Du trägst dein Hofkleid nicht!"

„Deine Scharfsichtigkeit ist unübertroffen, Lucian", näselte der Herzog und setzte seine Kaffeeschale auf seine Untertasse.

„Diese lächerlichen Reifröcke wurden nur für meine Präsentation benötigt", erklärte Antonia. „Und daher, nachdem ich Ihrer Majestät meinen Knicks gemacht hatte, ersetzte ich meine Hofrobe durch etwas, das für das *souper* des Königs besser geeignet war. Ich tat dies in der Wohnung, die dem Duc du Touraine gehört, die Monseigneur häufig für seine Affären verwendete, während sein Cousin bei der Armee war. Und da M'sieur le Général Duc fast immer bei der Armee ist, sind diese Räume unbewohnt." Sie lächelte den Herzog an. „Unsere Kisten und Diener hatten einen Platz zum Verweilen, während wir beim *souper* mit dem König waren. Was für uns äußerst praktisch war, nicht wahr, Monseigneur?"

„Aha. Also deshalb hattest du eine ganze Kutschenprozession zum Palast", stellte Vallentine fest. „Nicht nötig, nach Hause zurückzukehren, um sich umzuziehen! Schlau."

Antonia wollte Vallentine einen amüsanten Vorfall schildern, der sich beim Essen mit Louis von Frankreich ereignet hatte, wurde aber abgelenkt, als der zerstreute Blick des Herzogs auf dem gegenüberliegenden Ohrensessel zu ruhen kam. Martin Ellicott saß in diesem Sessel, mit den Fäusten auf den Knien, die Augen geschlossen. Nicht das überraschte sie, da sie Martin fast in dem Moment gesehen hatte, als Vallentine auf seine Anwesenheit in der Bibliothek aufmerksam gemacht hatte. Es war die

Tatsache, dass der Herzog nicht wusste, dass Martin sie nicht ignorierte, sondern tatsächlich schlief.

„Monseigneur, du wusstest nicht, dass Martin so schlafen kann?", fragte sie neugierig.

„Nein."

„Erstaunt mich auch", warf Vallentine ein, kratzte kleine Stückchen Hühnerfleisch auf seinem Teller zusammen und nahm seine silberne Gabel. „Er sagte, er hätte den Trick vor Jahren von einem ehemaligen Soldaten gelernt, den er kennenlernte, als wir zu Gast im *castello* des Marchese Del Monte waren."

Roxton war wirklich verblüfft. „Das war vor über zehn Jahren."

„Schätze, das dürfte stimmen", antwortete Seine Lordschaft sachlich. „Dein Gedächtnis ist meinem weit überlegen. Ich weiß nicht mehr, was ich gestern gegessen habe!" Und da er sich eine Tasse Kaffee zubereitete, blieb es Antonia überlassen, weitere Erklärungen abzugeben, was eine Offenbarung für den Herzog war.

„Martin hat mir anvertraut, dass er so überall und jederzeit ruhen könne, und es in jeder Position schaffte, genügend Schlaf zu bekommen, um seine Aufgaben zu erfüllen. In den ersten Jahren als dein Diener, Monseigneur, als du und Vallentine euch auf der Grand Tour amüsiert habt, sagte er, hätte er sich an vieles gewöhnen müssen."

„Das hat er tatsächlich", scherzte der Herzog.

„Ich vertraue darauf, dass er dir nichts über diese Jahre verraten hat, Mädel?", fragte Vallentine düster.

„Martin würde M'sieur le Ducs Vertrauen niemals brechen", antwortete Antonia beleidigt. „Er erzählte mir nur von seinen Schlafgewohnheiten, als ich ihn danach fragte. Ich erfuhr von diesem Trick, als M'sieur le Duc mich fortschickte und Martin mich zu meiner *grandmère* nach England begleitete. Ich konnte auf der Reise überhaupt nicht schlafen, er dagegen jederzeit."

„Wie weckt man ihn aus diesem – äh – Trick auf?", fragte der Herzog.

„Hat er mir nicht gesagt", bekannte Seine Lordschaft. „Er wird beschämt sein, in deiner Gegenwart geschlafen zu haben, wenn ich den Mann nur ein wenig kenne!"

„Ich werde es tun", kündigte Antonia an und hüpfte vom Sofa.

Sie ging zu Martin, und mit ihrem Rücken zum Herzog und Vallentine weckte sie ihn mit der einfachen Technik, die er ihr gezeigt hatte. Er hatte sie ihr erst anvertraut, nachdem sie versprochen hatte, das Geheimnis keinem anderen zu verraten. Er wachte fast augenblicklich auf und blinzelte sie an. Als sie ihn anlächelte, erkannte er plötzlich, wo er war und wer ihn aus einem tiefen Schlaf geweckt hatte. Als er an ihr vorbei schaute, sah er Lord Vallentine im anderen Ohrensessel ausgestreckt, und auf dem Sofa schlürfte der Herzog mit stetigem Blick auf ihn seinen Kaffee.

„Mme la Duchesse! M'sieur le Duc!", platzte er heraus und versuchte, aus dem Sessel zu kommen. „Verzeiht mir, ich ..."

„Das ist unnötig", sagte Antonia und drückte eine Hand auf seine Schulter, um ihn unten zu halten. „Du bist unter Freunden, und Monseigneur und ich, wir sind spät nach Hause gekommen." Sie lächelte. „Aber wir freuen uns, dass du auf uns gewartet hast."

Als sie über ihre Schulter schaute, dann zurück zu ihm mit einem Funkeln in ihren schönen Augen, einem Blick, den er gut kennengelernt hatte, entspannte sich Martin und erwiderte ihr Lächeln und fragte sich, was sie als Nächstes sagen würde. Er wurde nicht enttäuscht.

„Es gibt ein Nachtessen – oh! was davon übrig ist, denn Vallentine hat genug gegessen, um den Magen eines Elefanten zu füllen –"

„Nun aber mal langsam!", jammerte Seine Lordschaft und schluckte wie immer den Köder. „Du wärst auch so ausgehungert wie ein Elefant, wenn du seit dem Frühstück keinen Krümel gegessen hättest. Ich wette, Ellicott ist genauso hungrig."

„Dessen bin ich mir sicher", stimmte der Herzog zu. „Aber im Gegensatz zu dir, Lucian, hat Martin nicht nur die Kunst gelernt, nach Belieben einzuschlafen, sondern ich vermute, dass er seinen Magen im Laufe der Jahre so trainiert hat, dass er nur dann Nahrung benötigte, wenn er sicher war, dass ich anderweitig beschäftigt war oder mich für die Nacht zurückgezogen hatte und seiner Dienste nicht mehr bedurfte." Er starrte direkt auf seinen ehemaligen Diener und sagte ohne einen Hauch von Sarkasmus: „Dein größter Wunsch war es immer, mir keine Unannehmlichkeiten zu bereiten."

„Ja, Euer Gnaden", gestand Martin unbeholfen. Er schaute zu den anderen und dann zurück zum Herzog. „Aber immer aus eigenem Willen", fügte er ernsthaft hinzu, „nicht aus Abhängigkeit, und, weil ich von Natur aus ein Geschöpf der Disziplin und – und der Ordnung bin."

„Davon bin ich überzeugt und überaus dankbar und empfinde ein wenig Ehrfurcht davor", sagte der Herzog, in einem Ton, der keine Widerrede zuließ.

„Martin ist voller Überraschungen, nicht wahr, Monseigneur?", bemerkte Antonia mit einem Lächeln und linderte die Spannung im

Raum, indem sie verschmitzt hinzufügte: „Im Gegensatz zu Vallentine, bei dem es keine gibt."

„He! Das ist unfair! Ich habe meine Geheimnisse!"

„Wie kann ich das wissen", argumentierte Antonia ruhig, „wenn sie geheim sind? Nenn mir eines, damit ich dir glauben kann."

Seine Lordschaft drohte ihr mit dem Finger. „Ich werde nicht in diese Falle tappen! Wenn ich es täte, dann wäre es jetzt kein Geheimnis mehr, oder?"

Antonia wandte sich an den Herzog. „Hat Vallentine irgendwelche Geheimnisse, Monseigneur?"

„Warum fragst du ihn? Wenn ich ein Geheimnis habe, ist es meines ..."

„Aber M'sieur le Duc weiß alles, also wenn du eines hast, wird er es wissen."

„Ha! Das glaubst du!"

„Ja. Und er weiß es."

Vallentine kaute nachdenklich an der Unterlippe, setzte sich dann gerade hin und schnippte mit den Fingern, als hätte er sich plötzlich an etwas Lebenswichtiges erinnert. „Aha! Ich habe eines! Und ich muss es nicht herausschreien, um es dir zu beweisen, weil es ein Geheimnis ist, das wir beide teilen."

Ohne ihren Gesichtsausdruck zu ändern, sagte Antonia ruhig: „Du irrst dich, Mylord. Denk noch einmal nach."

# ZWANZIG

Wie es der Zufall wollte (obwohl Antonia sicher war, dass es Absicht war), nutzte der Herzog diesen Moment, um sich abzuwenden und seine Kaffeeschale und Untertasse einem herumstehenden Diener zu übergeben, was Antonia die Gelegenheit gab, seine Lordschaft mit grünen Augen anzufunkeln und ihm ohne Worte zu vermitteln, dass er mit seiner Erklärung einen eklatanten Fehler begangen hatte.

Sie wusste sehr wohl, dass das Geheimnis, auf das er anspielte, der flehende Brief des Comte de Salvan war, den er ihr über ihre Großmutter geschickt hatte, den sie anschließend im Garten den Flammen übergeben hatte, nachdem sie ihn Lord Vallentine gezeigt und ihn gezwungen hatte, dem Herzog nichts von seiner Existenz zu erzählen.

Es störte sie, dass sie dem Herzog diesen Brief vorenthalten hatte, aber nicht so sehr, dass es sie nachts wachgehalten hätte, denn es ihm zu sagen, hätte eine Reihe von Ereignissen ausgelöst, von denen nicht das geringste war, dass der Herzog seine Drohung wahrmachen und sein Wort halten würde, Salvan zu töten. Sie wollte nicht, dass er in die Provinz reiste, um sich mit dem Comte zu duellieren, der weder die Zeit noch die Energie des Herzogs wert war. Noch wichtiger, was wäre, wenn ihm etwas auf der Reise zustoßen würde, oder er einen taktischen Fehler in seiner Fechtkunst machen und verletzt werden, oder schlimmer noch, getötet werden würde! Salvan zu ignorieren und den Brief für sich zu behalten, war das kleinere von zwei Übeln, und Vallentine hatte ihr zugestimmt, was ihr das

Vertrauen gab, dass er weiterhin das Geheimnis zwischen ihnen und vor dem Herzog bewahren würde.

„Wenn ich recht darüber nachdenke, hast du recht, Mme la Duchesse", verkündete Vallentine, als hätte er darüber nachgedacht, und fügte einen resignierten Seufzer hinzu. „Schieb es auf die späte Stunde. Der Schlafmangel hat meinen Verstand verwirrt und ich entschuldige mich dafür."

„Entschuldigst du dich bei Madame la Duchesse dafür, dass du – äh – die Katze aus dem Sack gelassen hast", fragte der Herzog seinen besten Freund, drehte sich zum Kamin zurück und begegnete dem Blick Seiner Lordschaft, ohne mit der Wimper zu zucken. „Oder weil du wirklich keine Geheimnisse zu bewahren hast?"

„Ich habe keine Katzen in irgendwelchen Säcken, wenn du das fragst."

„Ich bin erleichtert, das zu hören. Aber nein, das war nicht, was ich gefragt habe, oder?"

„Nicht?"

„Nein."

„Was hast du dann gefragt?"

„Ob du Geheimnisse hast."

„Ich habe gerade gesagt, dass ich keine haben."

„Nein. Du hast gesagt, du hast keine Katzen in Säcken."

Vallentine zog eine Grimasse und zuckte die Achseln. Aber seine Handflächen hatten angefangen zu schwitzen und innerlich zitterte er. „Ist doch dasselbe."

Der Herzog hielt inne und starrte seinen besten Freund gleichmütig an. Schließlich sagte er: „Wenn dir plötzlich einfallen sollte, dass du ein Geheimnis hast, das es wert ist, – äh – verraten zu werden, wäre dies jetzt die perfekte Gelegenheit, alles zu beichten."

Vallentine krümmte sich auf dem Polster des Sessels, dann rutschte er vor, um seine Kaffeeschale auf den niedrigen Tisch zu stellen. Er ließ seinen Blick nicht einmal zur Herzogin huschen, sondern blickte mit einem Armsündergesicht zum Herzog hinüber, und öffnete schon die Lippen, um etwas zu sagen. Zu seiner großen Erleichterung wurde er durch eine rechtzeitige Unterbrechung gerettet. Sie ließ ihn zusammensinken und mit einer Hand über sein Gesicht streichen.

„Ich weiß nicht, warum du denkst, dass Lucian dir ein Geheimnis vorenthalten könnte, Roxton", verkündete Estée mit einem ungläubigen Hüsteln und kam aus den Schatten, um sich der Familie am Kamin anzuschließen. „Wenn er kein Geheimnis vor seiner Frau bewahren kann, dann erst recht nicht vor meinem Bruder!“

„HE, Schätzchen! Warum bist du um diese Zeit noch wach?“, rief Vallentine mit einem unbewussten Seufzer der Erleichterung aus, sprang schnell auf und bot seiner Frau den Arm.

Estée war in der Bibliothek angekommen, zwei ihrer Frauen folgten dicht hinter ihr, eine mit einer Porzellanschale, die andere mit Riechsalzen und einem Taschentuch. Zerzaust von einem unruhigen Schlaf trug sie eine Nachthaube, den dicken, schwarzen Zopf über ihrer Schulter mit einer dicken Seidenschleife zusammengebunden, und über ihrem Nachthemd war ein seidener Morgenrock zugeknöpft, der wenig dazu beitrug, ihren wachsenden Leib zu verstecken.

„Glaubst du, dein Sohn wird mir erlauben, die Nacht durchzuschlafen?“, murrte sie und erlaubte seiner Lordschaft, sie in den Ohrensessel zu setzen. Als sie die Reste des Nachtessens über den Couchtisch verteilt stehen sah, drückte sie ein Taschentuch mit Spitzenrand auf ihre Nase und ihren Mund, bevor sie mit einem würgenden Atemzug sagte: „Bitte lasst dieses Essen sofort entfernen, bevor ich grün werde!“

Lord Vallentine zögerte, da er wusste, dass Martin Ellicott noch keines der Gerichte auch nur probiert hatte, aber Martin stellte höflich seinen sauberen Teller beiseite und ging stattdessen zum Teewagen, um sich eine Schale Kaffee einzugießen. Der Herzog gab ein Zeichen, dass der niedrige Tisch abgeräumt werden sollte und entließ dann die Diener.

Madames Ankunft und die darauf folgende Geschäftigkeit der Diener boten Antonia die Möglichkeit, ihre Gelassenheit wiederzuerlangen, verunsichert darüber, dass Vallentine kurz davor gewesen war, mit einem Geständnis über Salvans Brief herauszuplatzen. Sie kehrte zum Herzog auf das Sofa zurück, schleuderte ihre Pantöffelchen von den Füßen und versteckte ihre bestrumpften Füße unter ihren Röcken. Und als er ein Gobelinkissen an seine Seite legte und sie einlud, sich daran zu kuscheln, nahm sie sein Angebot eifrig an. Doch wenn sie sich nicht täuschte, verbarg sich hinter dem Lächeln, das seine Einladung begleitete, ein Hauch von Enttäuschung. Sie fühlte sich elend und war sicher, dass er doch wusste, dass Salvan ihr geschrieben hatte. Warum hatte sie auch nur einen Augenblick geglaubt, dass er es nicht erfahren würde? Sie fühlte sich nicht nur erbärmlich, sondern auch wie eine kleine Närrin. Doch die nächste Bemerkung des Herzogs riss sie aus ihren innerlichen Selbstbeschuldigungen und verdrängte Salvans Brief zumindest für eine Weile in den Hintergrund ihrer Gedanken.

„Ich nehme an, es gibt einen bestimmten Grund, warum du uns angrinst, Lucian?", fragte Roxton.

Seine Lordschaft war nicht in der Lage, sein albernes sentimentales Lächeln zu unterdrücken.

„Wenn jemand vor zehn Jahren – nein! zweien! – zu mir gesagt hätte, wir würden es uns am Kamin gemütlich machen, wir beide verheiratet, beide mit Söhnen – nun, du mit einem Sohn und Erben, und ich, so Gott will, bald auch – ich hätte denjenigen als reif für das Irrenhaus erklärt! Aber hier sitzen wir!"

„Vielleicht bin ich es, die in dieses Irrenhaus gehört", klagte Estée, „weil ich aus einem warmen Bett aufstehe und zu dieser Stunde hierher komme."

„Warum bist du gekommen, Liebes? Wenn unser Sohn dich wach hält, dann wäre es besser, auf dem Teppich in unserem Zimmer auf und ab zu gehen, wo es warm ist, statt die Treppe zu riskieren."

„Wenn Roxton wie alle Franzosen Schlafgemächer im Erdgeschoss eingerichtet hätte, hätte ich die Treppe nicht benutzen müssen."

„Pardon, Madame", entgegnete Antonia. „Aber wenn unsere Schlafgemächer hier wären und nicht dort oben, dann wäre die Bibliothek oben und du hättest heraufkommen müssen, nicht herunter, und damit doch wieder die Treppe gehen, ja?"

„Das kann ich nicht bestreiten!", verkündete Vallentine lachend.

Estée hob verärgert die Hände. „Ich will überhaupt nicht streiten. Oder über Schlafgemächer oder Bibliotheken oder *Treppen* sprechen. Und wenn ich bis zum Morgen hätte warten können, wäre ich in meinem Zimmer geblieben. Aber ich wusste, dass es keine Garantie gab, dass einer von euch zum Frühstück erscheinen würde." Ihr vorwurfsvoller Blick wanderte von Antonia zum Herzog und wieder zurück. „Ihr habt die Angewohnheit, zu den seltsamsten Zeiten – ich kann keinen Finger auf ein Muster oder einen Umstand legen – ohne Vorwarnung in eure Räume zu verschwinden, und wir – eure eigene Familie – dürfen euch beide tagelang nicht sehen! Es ist höchst unpraktisch!"

„Das muss es sein", antwortete der Herzog mitleidlos. „Aber da wir nicht beabsichtigen, unsere Gewohnheit zu ändern, musst du es so gut wie möglich ertragen."

„Es ist wahr, *ma très chère belle-sœur*. Wir mögen unsere eigene Gesellschaft. Wenn es aber eine Sache gäbe, von der M'sieur le Duc Kenntnis haben sollte, so würden die Diener ihn *immédiatement* darauf aufmerksam machen." Sie drehte ihren Kopf auf dem Kissen, um den Herzog anzusehen. „Nicht wahr, Monseigneur?"

„Ganz genau, *mignonne*", stimmte der Herzog zu.

„Aber ich verstehe nicht, warum ihr überhaupt verschwinden müsst ...", begann Estée sich zu beschweren, nur um von ihrem Mann unterbrochen zu werden, der er ihre Hand drückte und in ihr Ohr sprach.

„Welches frisch verheiratete Paar möchte keine Zeit füreinander haben, he?"

Estée blinzelte ihn verständnislos an und runzelte dann die Stirn in Richtung des herzoglichen Paars. Als sie nichts weiter erläuterten, platzte sie heraus: „Was du mit deiner Zeit machst, wenn du allein bist, ist deine Angelegenheit ..."

„So ist es", stellte der Herzog fest.

„Aber was du in der Öffentlichkeit tust, geht alle an", fuhr sie mit einem selbstzufriedenen Lächeln fort. „Das ist es, was mich interessiert, denn ich habe heute Abend bereits zwei Briefe erhalten, und ich weiß nicht, was ich glauben soll."

„Das ist es, was dich wach hält?", fragte Seine Lordschaft ungläubig. „Klatsch und Tratsch über deinen Bruder?"

Estée hob ihr Kinn. „Es ist kein Klatsch, wenn es wahr ist."

„Doch, wenn es etwas ist, was sie nichts angeht", entgegnete ihr Mann, „und deine Briefschreiber es herumtratschen!"

„Deshalb muss ich wissen, ob es wahr ist oder nicht, damit ich meine Antwort schreiben kann, bevor es sich weiter verbreitet."

„Gestatte mir, die Identität eines deiner Briefschreiber zu erraten", sagte der Herzog. „Mein lieber – äh – Freund Armand, Duc de Richelieu ...?"

Estée war so überrascht, dass sie nur nicken konnte.

„Ich bin sicher, dass er begierig darauf war, dir seine Version der Ereignisse zu schildern, in der Hoffnung, dass es diejenige sein wird, die verbreitet wird."

„Darf ich ihnen alles über unser Abendessen mit dem König erzählen, Monseigneur?", fragte Antonia, setzte sich auf und legte die Hände in den Schoß.

„Auf jeden Fall, *ma fée*. Es wird viel angenehmer sein, den Abend durch deine wohlgesetzten Worte noch einmal zu erleben."

Antonias Augen funkelten. „Ich glaube nicht, dass M'sieur le Duc de

Richelieu dir zustimmen wird, Monseigneur. Tatsächlich wissen wir, dass er es nicht getan hat, oder?" Sie wandte sich an die Vallentines und Martin und sagte ernst: „Ich werde gleich zu Beginn sagen, dass Monseigneur M'sieur le Duc de Richelieu gewarnt hat, aber er wollte nicht zuhören und bestand darauf, mit Madame de Pompadour und mir am Spiel des *bullet puddings* teilzunehmen."

„*Bullet pudding*?" Vallentine spitzte die Ohren. „Dieses Spiel mit einem Haufen Mehl und einer Kugel und jeder versucht, sie auszugraben und es entsteht ein unheiliges Durcheinander?"

„Eben das!"

„Aber ist das nicht ein Weihnachtsspiel?", fragte Vallentine.

„Da die Weihnachtszeit vor der Tür steht, fand ich es ein ausgezeichnetes Vergnügen, es Seiner Majestät und dem Hof vorzustellen", erklärte Antonia. Sie lächelte den Herzog an. „Und Monseigneur stimmte mir zu."

„Mon Dieu!", hauchte Estée schockiert. Sie sah zu ihrem Bruder. „Du hast ihr doch nicht erlaubt, dieses Spiel mit dem König zu spielen?"

„Nicht mit dem König, sondern *für* den König", korrigierte der Herzog.

„Armand hat das in seinem Brief nicht erwähnt", sagte Estée. „Nur, dass es ein *souper* gab und danach Kartenspiel."

„M'sieur le Duc de Richelieu wünscht sich nichts lieber, als seine Teilnahme am *bullet pudding* Spiel – äh – aus dem kollektiven Gedächtnis gelöscht zu wissen."

„Aber das können wir nicht zulassen, oder, Monseigneur?", antwortete Antonia mit einem strahlenden Lächeln.

„Nein. Das dürfen wir nicht. Vor allem, da *Sa Majesté* erklärte, dieser Abend wäre einer seiner amüsantesten gewesen …"

„… weil sein Erster Kammerherr den Abend mit Mehl bedeckt beendete, ja?"

Der Herzog lächelte über eine Erinnerung vor seinem inneren Auge. „Zweifellos trugen Armands – äh – Schwierigkeiten zum *bonne humeur* Seiner Majestät bei, *ma vie*. Aber du solltest deine Wirkung auf den König nicht unterschätzen …"

Antonia war aufrichtig überrascht. „Aber ich habe kaum mehr getan, als Seine Majestät dazu zu bringen, sich wohlzufühlen."

Der Herzog drückte sanft ihre Hand. „Du bist zu bescheiden, *mignonne*. So viele Höflinge haben sich an dieser einfachen, aber auch außerordentlich schwierige Aufgabe versucht und sind gescheitert."

Antonia schloss die anderen in ihre Antwort ein, als sie vertraulich sagte: „M'sieur le Duc sagte mir, dass Seine Majestät sich sehr schnell langweilt, weshalb ich mich entschied, ihn mit dem Spiel des *bullet puddings* bekanntzumachen."

„Mme la Duchesse, vielleicht möchtet Ihr uns die Szene beschreiben, in der das Spiel stattfand und wer anwesend war ...?", schlug Martin vor.

„Oh ja! Verzeiht mir, ich greife vor", stimmte Antonia zu. „Aber bitte unterbrecht mich nicht, denn es ist spät und es besteht die Möglichkeit, dass ich etwas Wichtiges vergesse, wenn ihr es tut. Aber wenn doch, musst du es mir sagen, Monseigneur." Als der Herzog nickte, wandte sie sich an ihr Publikum und erzählte ihnen alles über ihren Abend.

# EINUNDZWANZIG

„ICH BIN SICHER, ihr wisst das", fuhr Antonia fort, „aber du vielleicht nicht, Martin: Jeder, der mit dem König speisen möchte, sucht um eine Einladung an und wird auf einer Liste eingetragen, aus der der König dann auswählt, mit wem er seinen Tisch teilen möchte. Und obwohl es keine Garantie gibt, dass jemandes Name vom Zeremonienmeister aufgerufen wird, warten alle erwartungsvoll auf der hinteren Treppe, an der Tür zu den Räumen, in denen das *souper* stattfinden soll. Es ist sehr voll dort, und die Lakaien rennen ständig auf und ab und fuchteln mit den Händen, um Ruhe und Ordnung zu verlangen. Monseigneur und ich wussten bereits, dass wir aufgerufen werden würden, weil der König Monseigneur einige Tage zuvor geschrieben hatte, um uns zum *souper* einzuladen."

„Deshalb waren wir auf den Abend vorbereitet."

„Damit meint M'sieur le Duc, dass wir unsere Diener und Kleidung zum Wechseln mitgenommen haben und alles, was notwendig ist, um Seine Majestät nach dem Abendessen mit einer Partie *bullet pudding* zu unterhalten", erklärte Antonia. „Madame de Pompadour wusste ebenfalls bereits, dass dies die Unterhaltung war, die ich gewählt hatte. Und nachdem ihr das Spiel und seine Regeln erklärt worden waren und welche Vorkehrungen ich getroffen hatte, um sicherzustellen, dass wir nicht von Kopf bis Fuß mit Mehl bedeckt würden, stimmte sie zu, das Spiel mit mir zu spielen."

„Das habe ich nicht erwartet", warf Estée ein und verzog das Gesicht. „Dass die Pompadour bereitwillig an solch einem dummen Spiel teilnimmt, überrascht mich. Aber vielleicht liegt das daran, dass sie immer im Mittelpunkt für den König stehen muss und es dir daher nicht erlauben konnte, allein auf der Bühne zu stehen."

„Armand möchte, dass du glaubst, die Marquise würde so denken", sagte der Herzog. „Aber sie ist überraschend bescheiden."

Estée schnaubte verächtlich. „Und das sollte sie auch sein, *bourgeoise*, die sie ist."

„M'sieur le Duc de Richelieus Eifersucht auf die Geliebte des Königs ist so grenzenlos, dass es ihn in Verlegenheit bringt", sagte Antonia vertraulich und ignorierte die oberflächliche Beleidigung ihrer Schwägerin gegenüber der Marquise. „Und ich werde euch später mehr darüber erzählen, aber um mit dem ersten Teil unseres Abends fortzufahren ...

„M'sieur le Duc de Roxton und ich als Comtesse de Roucy wurden vom Zeremonienmeister in das Speisezimmer des Königs gerufen. Und hier ist etwas, von dem ich sicher bin, dass nur diejenigen, die in diese privaten Räume eingeladen wurden, sich dessen bewusst sind und überrascht sein werden, es zu erfahren. Ich selbst war erstaunt. Die Zimmer der Privatgemächer Seiner Majestät sind schön eingerichtet und verfügen über jeden Komfort, aber sie sind so sehr klein. *Oh là là!* Kleiner als die Zimmer hier in dieser Villa. Es ist wahr, Madame. Wenn Seine Majestät wüsste, wie wir leben, wie groß die Zimmer im *hôtel* sind, oder wenn er jemals Treat besuchen würde, wäre er unglaublich neidisch. So ist es gut, dass er die Häuser und den großen Reichtum von M'sieur le Duc nicht kennt. Obwohl ich denke, was ihn am meisten verärgern würde, ist die Freiheit, die wir haben, um zu leben, wie wir wollen, die er nicht hat." Sie schüttelte den Kopf. „Monseigneur, du bist König deines eigenen Reichs ohne die notwendige Last des öffentlichen Lebens, die Seine Majestät ertragen muss. Was mich freut, denn obwohl du einen sehr guten König abgeben würdest, würde ich es dir nicht wünschen."

Mit einem leichten Anflug von Verlegenheit auf den Wangen sagte der Herzog ruhig: „Wenn ich König wäre, hätte ich dich natürlich als meine Königin."

„Verzeihung, Monseigneur, aber ich will nicht deine Königin sein. Ich wäre dann deine Mätresse ..."

„Antonia!", ermahnte sie ihre Schwägerin schockiert. „Sei nicht albern. Natürlich musst du seine Königin sein."

Antonia schüttelte den Kopf. „Nein, Madame. Die Königin lebt ein ganz anderes Leben, als ich es mir mit dem König wünschen würde. Aber als seine Mätresse würden wir unsere Zeit zusammen in den Privatgemächern verbringen, wie Louis es mit Madame de Pompadour tut. Sie in einer so intimen Umgebung zu sehen, bedeutet, zu wissen, dass sie wirklich verliebt sind. Nicht wahr, Renard?“

„So ist es. Das *souper, ma fée?*“, animierte der Herzog sie zum Weiterreden.

„Sechzehn von uns drängten sich um die Tafel des Königs, und der König wurde sehr lebhaft und lustig und erzählte viele Witze. Das muss ich über Louis von Frankreich sagen. Wenn er mit seinen Freunden zusammen ist, ist er ein völlig anderer Mann als der, der in den großen öffentlichen Räumen zu sehen ist. Es ist wahr, dass er bei Fremden schüchtern ist, und er war anfangs auch ein wenig schüchtern mit mir. Aber ihn mit M'sieur le Duc zu sehen, in dessen Nähe er sich wohlfühlt, ist ein Privileg.

„Nachdem wir gegessen hatten, entließ der König die Diener, und – ihr müsst mir glauben, wenn ich euch das sage – er ging in ein kleines Zimmer neben dem Speisesaal und bereitete dort den Kaffee für uns alle selbst zu …“

„Er beaufsichtigte die Diener?“, berichtigte Estée.

„Nein, Madame. Da waren keine Diener. Der König bereitete den Kaffee mit seinen eigenen Händen zu.“

„*C'est vraiment incroyable!*“

„In der Tat, Madame. Zum Kaffee gab es Teller mit Makronen und Nougat und Früchten der Saison. Die Makronen waren köstlich, so lecker, dass ich den König nach dem Rezept fragte …“

„Natürlich würdest du das tun“, witzelte Vallentine und fügte lachend hinzu: „Sag uns nicht: Louis macht nicht nur Kaffee, sondern er backt auch!“

„Nicht diese speziellen Makronen, nein“, antwortete Antonia ernst. „Aber er vertraute mir an, dass er seinem Koch bei der Herstellung zusah. Zu seinen Privatgemächern gehört eine Küche, und manchmal backt Seiner Majestät auch. Er sagt, dass er das beruhigend findet.“

„Nun, wenn dein Koch jemals krank wird, Roxton“, fügte Vallentine süffisant hinzu, „weißt du, wen du rufen kannst!“

„Im Austausch für das Rezept für seine Makronen“, fuhr Antonia im gleichen ernsten Ton fort, „bot ich dem Küchenchef von *Sa Majesté* das Rezept für Vallentines geliebten *Nougat aux amandes* an.“

„Das hast du tatsächlich?“ Seine Lordschaft hob das Kinn. „Kein

Zweifel, als er hörte, dass der führende Schwertkämpfer in ganz Frankreich und England einen Lieblingsnougat hat, stürzte sich Seine Majestät auf die Gelegenheit, das Rezept zu bekommen."

„Er stürzte nicht so sehr", antwortete der Herzog mit einem Zucken seiner Mundwinkel, „als in seinen Kaffee zu prusten."

„Warum sollte er das tun?"

„Antonia fühlte sich gezwungen, Seine Majestät zu warnen, wie sich dieser besondere Nougat auf dich auswirkt."

Vallentine wurde weiß. Er starrte Antonia peinlich berührt an. „Das hast du nicht getan!"

„Aber natürlich, Lucian", antwortete Antonia. „Ich könnte Seiner Majestät nicht guten Gewissens ein Rezept für Nougat anbieten, ohne ihm zu sagen, dass du, wenn du es isst, schrecklich unter *ballonnements* leidest, weil es ihn auf die gleiche Weise beeinträchtigen könnte." Sie wandte sich an den Herzog und fragte, als wäre es ihr nie in den Sinn gekommen: „Das war doch richtig, nicht wahr, Monseigneur?"

„Natürlich! Alles, was der König isst und trinkt und erlebt, ist von entscheidender Bedeutung, nicht nur für seine Ärzte, sondern für das Land, und das ist seit seiner Geburt so. Frankreich muss einen starken und gesunden König haben, und nicht einen, der unter irgendetwas leidet – schon gar nicht unter *ballonnements et flatulences*. Er dürfte deine Sorge um sein Wohlergehen geschätzt haben, *mignonne*."

„Geschätzt?" Vallentine grummelte. „So sehr, dass seine Ärzte gedacht haben müssen, er leide an einem Schlaganfall, als er auf meine Kosten in seinen Kaffee prustete! Ich werde ihm nie wieder ins Gesicht sehen können!"

„Aber du hast *Sa Majesté* noch nie ins Gesicht geschaut, Lucian", widersprach seine Frau, in deren blauen Augen Lachtränen standen. „Tatsächlich bist du heute nur bei Hofe erschienen, weil Antonia vorgestellt wurde. Sonst hast du gesagt, nichts und niemand würde dich dorthin zerren können!"

„Deine Fähigkeiten als Fechter stehen nicht in Frage", sagte der Herzog und fügte mit einem schiefen Lächeln hinzu, „Obwohl ... wenn ich ein Gegner wäre und die Oberhand haben wollte, würde ich dir vor einer Begegnung sicherlich etwas Nougat anbieten."

„Erstes Abendessen mit dem König und es ist *mein* Ruf, der in Scherben liegt!" Vallentine schmollte und warf einen vorwurfsvollen Seitenblick auf die Herzogin. Er sah zu Martin hinüber. „Wenn Ihr irgendwelche Beschwerden wegen Lebensmitteln habt, rate ich euch, sie für Euch zu behalten, oder Seine Majestät wird davon erfahren!"

„Ich sehe überhaupt nicht, was das Problem sein soll zu wissen, dass Martin eine Abneigung gegen Spargel hat, genau wie Monseigneur", sagte Antonia offenherzig. „Sie mögen den Geschmack nicht. Nicht wahr, Martin?"

Martin neigte den Kopf. „Genau, Mme la Duchesse."

Der Herzog zog fragend eine Augenbraue hoch. „Gibt es nichts, was Mme la Duchesse nicht über dich weiß?"

„Wenn nicht jetzt, wird sie es bald tun!", verkündete Seine Lordschaft mit einem Augenrollen, bevor Martin antworten konnte. „Sie wird irgendwann jede letzte Überraschung aus uns herausholen!"

Antonia zuckte mit den Schultern und schmunzelte selbstgefällig. „Das werde ich, aber nur, wenn du es mir sagen willst."

„*Touché*, mein Lieber", applaudierte Estée.

„Jetzt ermutige du sie nicht auch noch, Schätzchen!", erwiderte Vallentine düster, doch die Heiterkeit in seinen blauen Augen straften seine Verärgerung Lügen.

„Vallentine, bitte mach dir keine Sorgen, dass der König oder diejenigen, die beim *souper* anwesend waren, sich an den Nougat erinnern", beruhigte Antonia ihn. „M'sieur le Duc de Richelieu kam bei seiner Begegnung mit dem *bullet pudding* viel schlechter weg, und das ist es, was jeder von diesem Abend in Erinnerung behalten wird." Sie sah zum Herzog. „Hast du nicht gesagt, dass Seine Majestät viel mehr gelacht hat, als wir *bullet pudding* gespielt haben, als zu jeder anderen Zeit am Abend?"

„Ja. Und M'sieur le Duc de Richelicus öffentliche – äh – Empörung über seine Verlegenheit war definitiv der Höhepunkt eines jeden Abendessens des Königs, an dem ich teilnehmen durfte. Ich habe mich noch nie so amüsiert. Dank dir, *ma vie*."

Antonia strahlte. „Das macht mich glücklich!"

„Obwohl ich denke, dass wir feststellen werden, dass Richelieu in seiner Eigenschaft als Erster Kammerherr dafür sorgen wird, dass *bullet pudding* niemals wieder auf der Liste einer der Unterhaltungen Seiner Majestät stehen wird."

Antonia seufzte, war aber nicht enttäuscht. „Monseigneur, du hast M'sieur le Duc de Richelieu mehrmals davor gewarnt, sich am *bullet pudding* zu beteiligen. Aber je mehr du ihm davon abrietest, desto entschlossener war er, sich uns anzuschließen."

„Hahaha!" Vallentine schüttelte den Kopf über den Herzog. „Ich habe keinen Zweifel, dass du sehr darauf bestanden hast, dass er *nicht* mitspielen sollte!"

Der Herzog wirkte untröstlich, aber seine dunklen Augen funkelten. „Ich versichere dir, Lucian, ich habe mein Bestes gegeben, um ihn zu warnen, aber leider ohne Erfolg."

„Ich werde es euch von Anfang an erzählen", verkündete Antonia und wartete darauf, dass sich ihre Familie beruhigte.

# ZWEIUNDZWANZIG

„Ich hatte Kittel für Mme de Pompadour und mich mitgebracht, die wir über unseren Kleidern tragen sollten, damit die Mehlwolken nicht über uns fallen und unsere Kleider ruinieren“, erzählte Antonia ihnen und lächelte zufrieden. „Das war sehr klug von mir, ja? Und wir zogen unsere Schuhe aus und spielten in unseren Strümpfen. Wir banden Hauben über unsere Haare, so dass nur unsere Gesichter sichtbar waren. Wir sahen aus wie Waschfrauen, aber Seine Majestät und Monseigneur machten uns Komplimente und sagten, wir sähen sehr ansprechend aus. Natürlich wussten wir, dass sie höflich waren, denn wir sahen uns in einem Spiegel, und Madame kicherte wie ein kleines Mädchen über unser dummes Aussehen. Keiner von uns war auch nur im Geringsten um unser Äußeres besorgt, da wir beide gespannt auf das Spiel waren.“

„Ich wünschte, wir wären alle dort gewesen, um dich zu sehen“, bemerkte Estée mit einem Seufzer der Enttäuschung. „Bitte. Erzähle uns den Rest!“

„Seine Majestät hatte keine Ahnung, was kommen würde“, fuhr Antonia fort. „Aber Monseigneur sehr wohl, weil ich ihm schon erzählt hatte, wie ich zur Weihnachtszeit mit Theo bei *grandmère bullet pudding* gespielt hatte. Als Monseigneur Seiner Majestät und dem Rest der Gesellschaft empfahl, ihre Stühle an den Rand des Salons zu bringen, zögerte Seine Majestät zunächst, weil er so nah wie möglich am Pudding sein wollte. Aber als er erkannte, dass es die Möglichkeit gab, bei unserem

Spiel über und über mit Mehl bestäubt zu werden, ließ er bald die Lakaien alle Stühle an die Wände rücken.

„Madame und ich blieben in der Mitte des Raumes zurück, das Mehl war zu einem Hügel auf einem Tablett getürmt, das auf einem Podest stand. Das bedeutete, dass wir uns frei um den Pudding bewegen konnten und jeder uns deutlich sehen konnte. Auf dem Hügel wurde eine Kugel leicht platziert, so dass sie dort sichtbar lag. Jeder von uns hatte ein Buttermesser und schnitt abwechselnd eine Scheibe des Mehlpuddings weg, mit dem Ziel, dass die Kugel so lange wie möglich oben bleibt, ohne herabzufallen.

„Aber sobald die Kugel durch die Bewegung des Messers, das in den Pudding schnitt, in das Mehl fiel, musste die Person, die das ausgelöst hatte, im Mehl herumstochern und sie herausholen, nicht mit dem Messer oder den Händen, sondern mit den Zähnen.“

„Mon Dieu! Ich kann nicht glauben, dass du so etwas tun könntest, wie dein Gesicht in einen Haufen Mehl zu stecken“, kommentierte Estée atemlos.

„Kein Wunder, dass das Mehl in Wolken aufstieg“, fügte Martin schmunzelnd hinzu.

„Genau!“, stimmte Antonia zu. „Aber was ihr euch vorstellen müsst, ist, dass wir, als wir einen großen Teil des Mehlpuddings weggeschnitten hatten – Madame und ich – in einem großen Zustand der Erregung waren und unser Bestes gaben, um die Kugel nicht zu bewegen! Je kleiner der Pudding wurde und je wackeliger die Kugel auf dem, was vom Hügel übrig war, lag, desto nervöser und ungeschickter wurden wir. Wir mögen in unserer Nervosität gekreischt haben – ich erinnere mich nicht mehr genau. Ich weiß, dass wir gekichert haben, was die Aufgabe umso gefährlicher, aber auch spannender machte.“ Antonia strahlte und fügte stolz, aber unnötig hinzu. „Wir waren sehr albern, nicht wahr, Monseigneur?“

Der Herzog nickte, seine Schultern bebten vor Heiterkeit bei der Erinnerung. Er hustete in seine Faust, um sich zu räuspern, und sagte mit schwankender Stimme: „Bevor die Kugel fiel, haben wir alle mit euch gelacht. Seine Majestät und ich waren in Tränen aufgelöst und konnten kaum sprechen.“

„Aber wo war Richelieu, he?“, fragte Seine Lordschaft. „Ich dachte, er hat sich in dieses Spiel hineingedrängt?“

„Oh ja, Vallentine“, versicherte Antonia ihm. „Aber bevor ich erzählen kann, wie M'sieur le Duc de Richelieu mit Mehl bedeckt wurde, musstet ihr wissen, wie das Spiel gespielt wurde und wie sehr Madame und ich uns amüsierten." Sie lächelte den Herzog an und fügte vertraulich zu den anderen hinzu: „Es war gut, dass die Ärzte Seiner Majestät nicht anwesend waren, denn ich bin sicher, sie hätten das Spiel abgebrochen, aus Angst, ihr königlicher Herr könnte Herzschmerzen bekommen!

„Aber um euch von M'sieur le Duc de Richelieu zu erzählen ... Madame de Pompadour und ich hatten den Mehlpudding auf ein Drittel seiner Größe geschnitzt und es dabei geschafft, das Mehl nicht zu Wolken aufsteigen zu lassen. Das war, bevor wir nervös wurden und kicherten. Aber das war der Moment, als Richelieu beschloss, mitzuspielen. Monseigneur sagt, er hätte das gemacht, weil der König sich amüsierte, und der *bullet pudding* ein großer Erfolg war, und sich nicht Richelieu diesen Spaß ausgedacht hatte. Außerdem, und wahrscheinlich am wichtigsten, ist er sehr eifersüchtig auf Madame de Pompadours Einfluss auf seinen König.

„Wie wir euch gesagt haben, hatte Monseigneur ihn davor gewarnt, mitzumachen, weil er keinen Kittel oder eine Mütze hatte. Aber Richelieu ist auch sehr stolz, und er sagte, er brauche solche lächerlichen Hüllen nicht, weil er keine schwache Frau sei. Er prahlte damit, dass er als Gentleman die Kugel holen würde, ohne auch nur einen Hauch von Mehl aufzuwirbeln."

„Natürlich ermutigte ich ihn, seine Prahlerei wahr zu machen", näselte der Herzog, „als Gentleman, und weil er als Erster Kammerherr Seiner Majestät die Pflicht hatte, dafür zu sorgen, dass alle Unterhaltungen des Königs sich in einem passenden Rahmen halten."

„Ich bin sicher, Ihr habt die Falle für M'sieur le Duc kunstvoll aufgestellt", sagte Martin lachend.

„Falle?", fauchte Estée mit einem Hauch von Abwehr. „Jagd hat nichts zu tun mit ..."

„Vor allem, da seine Arroganz es erforderte, dass er sich, ohne nachzudenken, darauf einließ", antwortete Roxton Martin und sagte dann nebenher zu seiner Schwester: „Wenn du überfordert bist, halte deine Krallen eingezogen, meine Liebe." Und zu Antonia fuhr er mit sanfterer Stimme fort: „*Mignonne*, bitte erzähle uns von M'sieur le Duc de Richelieus Versuchen, beim *bullet pudding* zu gewinnen."

„Wir hatten es geschafft, die Kugel auf dem zu halten, was vom Mehl übrig war", fuhr Antonia fort. „Und dann trat M'sieur le Duc de Richelieu mit seinem eigenen Messer heran und fuhr fort, den Sockel zu umrunden, aus jedem Winkel zu betrachten, was vom Mehl noch übrig war, und die bestmögliche Art und Weise zu bestimmen, das Messer einzuführen, um einen Schnitt zu machen und die Kugel im selben

Moment zu erwischen! Madame und ich traten zurück. Wir lasen auch die Gedanken der anderen, weil wir dicht zusammenstanden und uns an den Händen hielten, um das Ergebnis von M'sieur le Ducs Vorführung schweigend abzuwarten! Ich sah Monseigneur zufällig an, und ich konnte sehen, dass er derselben Meinung war! Er lachte mit dem König, und Madame und ich waren so glücklich, sie in so guter Laune zu sehen, dass wir anfingen zu kichern. Und dann – *Ça s'est passé!*

„M'sieur le Duc de Richelieu war so zuversichtlich, dass er, als er sich dem Podest näherte, über seine eigenen Füße stolperte und mit dem Gesicht zuerst in den Pudding fiel. Puff! Augenblicklich stieg eine Mehlwolke in die Luft und rieselte auf ihn herab. Nicht nur, dass sein Gesicht im Mehl verschwand, sondern auch sein seidener Rock, im Schwarz der Trauer und so prächtig mit schwarzen Perlen bestickt wie Monseigneurs Rock, wurde mit einem Staub aus Mehl bedeckt, so dass er ganz in Grau gekleidet aussah –"

„*Oh là là!* Armer Richelieu!", rief Estée, halb lachend, halb nach Luft schnappend und mit wenig Mitleid für den Ersten Kammerherrn des Königs.

„Im Schrecken über seinen Sturz vergaß er, den Mund zu schließen, und atmete stattdessen ein, als er vorwärts in das Mehl fiel", fuhr Antonia mit einem tiefen Atemzug fort, um den dramatischen Effekt zu erhöhen. „Und als er sich zum Atmen aufrichtete, stotternd und würgend, grub er seine Fingerknöchel in seine Augenhöhlen und schnaubte Mehlklumpen aus seinen Nasenlöchern!"

„Ich wette, dass zu diesem Zeitpunkt der ganze Raum in Aufruhr war!", rief Seine Lordschaft und schlug sich auf die Knie. „Ich wünschte, ich wäre dort gewesen, um es zu sehen!"

„Ich wünschte auch, du wärst dort gewesen, Vallentine", antwortete Antonia. „Es gab viel Gekreische und Gelächter von unserem Publikum, aber Madame und ich waren so darauf bedacht, das Spiel zu beenden, dass wir an M'sieur le Duc vorbeieilten, der weiterhin wie ein Blinder herumtaumelte, um zu dem zu gelangen, was vom *pudding* übrig war. Ohne zu zögern ließen wir unsere Gesichter in das Mehl fallen, aber mit geschlossenen Augen und Mündern, jede entschlossen, die Erste zu sein, die die Kugel zwischen den Zähnen halten würde!" Sie lehnte sich zurück, die Hände in ihrem Schoß. „Und das war es! Unser Abend, an dem wir vor dem König *bullet pudding* spielten." Sie wandte dem Herzog lächelnd das Gesicht zu. „Wir hatten so einen wundervollen Abend, nicht wahr, Renard?"

„Oh ja. Wir alle. Dank dir.“

„Nun? Wer hat die Kugel zuerst gefunden?“, wollte Seine Lordschaft wissen. „Und was ist mit Richelieu passiert, nachdem er sich das Mehl aus den Augen gerieben hatte?“

„Madame de Pompadour erwischte die Kugel. Sie überreichte sie Seiner Majestät unter Applaus“, erzählte Roxton ihnen.

„Du hast ihr erlaubt, sie zu finden!“, beschuldigte Vallentine Antonia.

„Nein, Vallentine. Ich wollte die Kugel sehr“, konterte Antonia. Sie zuckte mit den Schultern. „Aber vielleicht wollte Madame sie mehr, damit sie nicht in den Besitz von M'sieur le Duc de Richelieu gelangte.“

„Aber es war unwahrscheinlich, dass er sie bekommen würde, oder, nachdem er vom Mehl geblendet war und seinen Anzug völlig ruiniert hatte!“, überlegte Vallentine. „Narr!“

„Seiner Majestät die Kugel vor seinen engsten Freunden zu präsentieren, und Armand zuschauen zu lassen, war Madame de Pompadours *coup de grâce*.“ Der Herzog lächelte und zwinkerte Antonia zu. „Dafür wird sie ihrer guten Freundin, der Comtesse de Roucy, immer dankbar sein.“

„Monseigneur, ich mag sie sehr und deshalb bin ich froh, dass sie die Kugel gefunden und Richelieu in seine Schranken gewiesen hat.“

„Das Gefühl beruht auf Gegenseitigkeit, *ma chérie*. Du hast in der *maîtresse-en-titre* des Königs eine mächtige Verbündete gewonnen.“

„Ich frage mich, wie die Königin die Freundschaft deiner Frau mit *La Pompadour* sehen wird“, fragte Estée den Herzog mit einem Hochziehen ihrer perfekt gewölbten Brauen. „Tante Philippe wird sicherlich etwas darüber zu sagen haben, dass ein Familienmitglied einen Posten als Hofdame der Königin antritt und mit diesem bürgerlichen Emporkömmling in enger Beziehung steht. Diese beiden Dinge sollten sich doch gegenseitig ausschließen?“

Antonia blickte von ihrer Schwägerin zu ihrem Mann und zurück zu Estée.

„Tante Philippe oder die Königin brauchen sich keine Sorgen zu machen, Madame, denn ich habe nicht vor, Hofdame zu sein.“

Estée war verblüfft.

„Wie kannst du nicht?“, widersprach sie mit einem misstrauischen Blick auf ihren Bruder. „Sicherlich hat Roxton dir doch gesagt, dass dein Titel als Comtesse de Roucy mit Pflichten und Verantwortung verbunden ist. Die Königin wird von dir erwarten, dass du diese Pflichten erfüllst, so wie es jeder andere Höfling tun muss.“ Sie lachte spöttisch. „Du kannst zu Ihren Majestäten nicht einfach *nein* sagen.“

„Aber das habe ich, Madame. Keine Stunde werde ich als Hofdame bei der Königin verbringen, denn das würde bedeuten, eine Stunde von Monseigneur und Julian entfernt zu sein. Und das wäre *insupportable*.“

Estée blickte erstaunt von Antonia zum Herzog. „Roxton! Sag es ihr. Sie kann sich nicht vor ihren Pflichten drücken!“

Der Herzog war ungerührt. „Das kann ich nicht. Und das will ich auch nicht.“

# DREIUNDZWANZIG

„NATÜRLICH DENKST DU als Herzogin, dass du tun kannst, was du willst", argumentierte Estée. „Und warum solltest du das auch nicht glauben, wenn Roxton dich so verwöhnt. Aber ich muss euch beide daran erinnern, was passiert ist, als ein Mitglied unserer Familie das letzte Mal einen königlichen Befehl missachtete – und ich spreche von meiner Mutter, nicht von Jean-Honoré –, was mit ihrer Schande und Verbannung endete –"

Vallentine unterdrückte ein Gähnen und sagte am Ohr seiner Frau: „Das Mädel braucht um zwei Uhr morgens keine Predigt."

„Vielleicht hast du wieder einmal das Unmögliche geschafft", fuhr Estée fort, ignorierte ihren Mann und wandte sich an ihren Bruder. „Ich habe gehört, dass du im Spiegelsaal eine ziemliche Vorstellung gegeben hast, um die Duras-Valfons in ihre Schranken zu weisen – *c'est bien pour vous* – ich bin sicher, Louis hat dir diese Verstöße gegen die Etikette vergeben, weil auch er wünscht, dass Thérèse gefügig gemacht wird. Aber *là!* Nicht einmal seine große Freundschaft würde ihn dazu bringen zuzusehen, dass deine Frau ihre Pflichten bei Hof vernachlässigt ..."

Der Herzog starrte seine Schwester an, ohne einen Hinweis auf seine Gedanken, und nachdem er einen Brandy von Martin entgegengenommen hatte, sagte er zu ihr, bevor er seinen ersten Schluck nahm: „Wenn du müde und überfordert bist, kocht dein Salvan-Blut wie verbrühte Milch auf und über und lässt die Luft sauer werden ..." Er nippte an der goldenen Flüssigkeit und richtete seinen Blick wieder auf seine Schwester. „Hast du wirklich geglaubt, dass ich meiner Frau und meiner Familie eine solch langweilige Tortur zumuten würde, wie wir sie heute durchgemacht haben, wenn ich nicht schon eine Antwort auf dieses Problem hätte?"

„Ich werde ihnen alles über deine Klugheit erzählen", verkündete Antonia fröhlich.

„Auf jeden Fall, *ma fée*. Ich bin durch dein Eingreifen schon jetzt in besserer Laune."

Nachdem Antonia und er ein liebevolles Lächeln gewechselt hatten, wandte sie sich an das Paar gegenüber und nahm Martin in ihre Erklärung auf, als sie ihnen sagte: „Es gibt einen oft verwendeten Brauch am Hof, dass ein Platz nicht vom Amtsinhaber, sondern von einem Familienmitglied eingenommen wird. Es ist dieses Familienmitglied, das die Pflichten erfüllt, und zwar gegen ein gewisses Honorar." Sie blickte zum Herzog und dann wieder zurück zu dem Paar. „So bleibt ein Hofamt über Generationen hinweg in derselben Familie. Das Wichtigste ist, dass die Aufgabe ausgeführt wird, nicht, wer sie ausführt. Dann sind alle zufrieden. Nur wenn es niemanden gibt, der die Pflichten des Amtes erfüllt und es vakant wird, kann der König es, wenn er dazu geneigt ist, konfiszieren und an den Meistbietenden weiterverkaufen."

„Pardon, Mme la Duchesse", fragte Martin neugierig. „Aber das Amt, das Eure Großmutter – die frühere Comtesse de Roucy – am Hofe innehatte, ist bis jetzt vakant geblieben ...?"

„So ist es, Martin", antwortete Antonia. „*Grand-mère* starb zehn Jahre vor meiner Geburt, und es gab keine weibliche Verwandte, die ihre Stellung einnahm."

Estée lachte spöttisch. „Und ich nehme an, es ist einfach so, dass niemand am Hofe, am allerwenigsten die Königin, bemerkt hat, dass sie seit dem Tod deiner Großmutter eine Hofdame weniger hat?"

Der Herzog lächelte schmallippig. „Tatsächlich nicht. Niemand bemerkte es. Ludwig war noch ein Junge und noch nicht mit Marie Leszczyńska verheiratet, als die Comtesse starb."

„Das erklärt das dann!" Vallentine verkündete selbstbewusst, ohne zu wissen, was gelöst worden war. Dann schaffte er es, eine passende Frage zu stellen, die alle überraschte: „Welche unglaublich wichtige Aufgabe erfüllt die Comtesse de Roucy als Hofdame Ihrer Majestät, Mädel?"

„Oh, sie ist *très importante*, Vallentine", sagte Antonia ernst, ihr Ton stand im Widerspruch zu dem Funkeln in ihren grünen Augen. „Die Comtesse de Roucy ist für die Handschuhe Ihrer Majestät zuständig –"

„*Handschuhträgerin?* Ich wusste es!" Vallentine ließ sich auf das Sofa fallen und klatschte die Hand an die Stirn. „Lieber Gott! Den ganzen Morgen herumstehen und warten, nur um ein Paar Handschuhe über die königlichen Hände zu streifen, und dann am Abend herbeirennen, um sie wieder auszuziehen! Wenn das nicht die Definition von geisttötender Langeweile ist, weiß ich nicht, was sonst!" Er zwinkerte Antonia zu. „Ich wette, ihr habt euch einen schlauen Plan ausgedacht, der dafür sorgt, dass du die königlichen Handschuhe nicht so schnell in die Hand nehmen wirst."

„*C'est* ça. Wir werden mit unserem Leben weitermachen, und ich werde keine einzige Stunde im Palast anwesend sein müssen. Das habe ich euch doch gesagt. Monseigneur ist sehr klug. Alles ist arrangiert, und zur Zufriedenheit aller, sogar Ihre Majestäten sind zufrieden. Mme de Pompadour ebenfalls. *Voilà!*"

„Du beabsichtigst, deine Pflichten als Comtesse de Roucy von einem anderen Familienmitglied wahrnehmen zu lassen?", fragte Estée langsam und nahm sich einen Moment Zeit, um zu verdauen, was Antonia ihr gerade erklärt hatte.

„Ja, Madame."

„Kann immer darauf zählen, dass dein Bruder eine Antwort findet", verkündete Vallentine und hob sein Brandyglas in Richtung des Herzogs. „Und warum solltet ihr einen einzigen Moment voneinander getrennt verbringen wollen, was? Trotzdem bin ich fasziniert, wie du es geschafft haben, irgendeine Verwandte, von denen ich weiß, dass ihr Verstand nur erbsengroß ist, davon zu überzeugen, ein so unglaublich langweiliges Amt zu übernehmen –"

„Wie kannst du das sagen, Lucian", fuhr seine Frau sofort verärgert auf. „Die Position der Hofdame der Königin ist etwas, wofür jede Frau am Hofe, in der Tat jede Adlige, ihren besten Zahn opfern würde, um sie zu bekommen …"

„Wenn sie nur Zähne hätten", murmelte Seine Lordschaft, und lehnte sich zurück. Aber die Spitzen seiner Schulterblätter hatten sich kaum an die tiefe Samtpolsterung geschmiegt, als die nächsten Worte seiner Frau ihn sich kerzengerade aufrichten ließen und sein Brandy wild herumschwappte.

„… und eine, die anzunehmen mir eine Ehre sein wird."

„HÄ?" Vallentine wirbelte zu seiner Frau herum, die Farbe schwand aus seinen Wangen bei ihrem selbstgefälligen Lächeln. „Was? Du?" Er schüttelte heftig den Kopf. „Oh nein! Oh nein! Nein! Nur über meine Leiche!"

Estée wehrte die dramatische Reaktion ihres Mannes mit einem Winken ab und verdrehte ihre schönen Augen. „Sei nicht so überrascht, Lucian. Wer sonst wäre besser geeignet, ein so angesehenes Amt zu übernehmen, wenn nicht die Schwester von M'sieur le Duc und die Schwägerin der Comtesse de Roucy?"

„Angesehen?" Die Stimme seiner Lordschaft war hoch und dünn. „Es ist nichts Angesehenes daran, Handschuhe zu betreuen!"

„So wenig weißt du darüber", antwortete Estée süffisant. „Handschuh, Strumpf, Band oder Fächer. Das Objekt und die Aufgabe sind von geringerer Bedeutung, wenn man dagegen die Nähe der Hofdame zum Ohr Ihrer Majestät bedenkt. Und man kann ihr kaum näher kommen als die Handschuhträgerin. Nicht wahr, Roxton?"

Bevor der Herzog Zeit hatte zu antworten, wandte sich Vallentine ihm zu und sprang auf seine Füße und deutete mit einem langen knochigen Finger in seine Richtung. „Was habe ich dir angetan, um das zu verdienen?", fauchte er.

„Ist das eine rhetorische Frage, Lucian?" erwiderte der Herzog kühl.

„Vallentine! Es ist unhöflich, mit dem Finger auf M'sieur le Duc zu zeigen", beschwerte sich Antonia und runzelte die Stirn.

„Antonia hat recht. Zeige nicht auf meinen Bruder", verlangte Estée von ihrem Mann. „Ich verstehe nicht, warum du wütend bist, wenn diese große Ehre, die mir zuteilwird, nichts mit dir zu tun hat!"

„*Nichts* mit mir zu tun, was?", wiederholte Vallentine zähneknirschend. „Das glaubst du! Es hat *alles* mit mir zu tun!"

„Setz dich, Lucian", befahl der Herzog leise.

„All dieser Unsinn früher über Katzen in Säcken, und jetzt wäre ein guter Zeitpunkt, um dir zu sagen, ob ich ein Geheimnis habe! Ha!", fuhr Vallentine fort und ignorierte den Befehl, sich zu setzen, wedelte mit den Armen und warf wütende Blicke auf den Herzog. „Ich verstehe, worum es dir geht! Du wirst deine Schwester so lange mit dieser törichten Vorstellung spielen lassen, eine Stellung bei Hof einzunehmen, wie es dauert, um mich elend genug zu machen, um dir alles zu gestehen ..."

„Lucian, du kannst meinen Bruder nicht beschuld..."

„Nein! Nein, Weib!", fauchte Seine Lordschaft, einen Finger an seinen

Lippen, bevor er eine Hand ausstreckte, um sie zum Schweigen zu bringen. „Du hast alles gesagt, was du wolltest, jetzt bin ich dran. Ich weiß, wie das Spielchen hier ausgehen wird. Dein Bruder gewinnt immer – am Ende." Er wandte sich wieder dem Herzog zu. „Aber ich möchte, dass du weißt, Roxton, dass Ellicott keine Rolle in diesem kleinen Drama hatte – keine!"

Der Herzog blickte zu Martin hinüber, der wie versteinert am Teewagen verharrte, die Brandykaraffe in der Hand, um so unauffällig wie möglich zu bleiben. Der Herzog richtete seinen Blick wieder auf Vallentine und sagte leise: „Ich bin mir dessen bewusst, aber danke, dass du es festgestellt hast."

Seine Lordschaft lächelte schief. „Natürlich wusstest du es! Wie du immer alles weißt!"

Der Herzog neigte sein Haupt in Anerkennung der Wahrheit in dieser Erklärung und nippte wieder an seinem Brandy, aber er gab keinen weiteren Kommentar von sich.

Estée betupfte ihre feuchten Augen und sah verwirrt zu Antonia hinüber: „Ich verstehe überhaupt nicht, was los ist, *ma très chère belle-sœur.* Sprechen wir immer noch über dein Amt als Hofdame oder reden sie über etwas ganz anderes? Ich bin völlig verwirrt!"

„Ich denke, wir haben uns davon entfernt, Madame", gestand Antonia flüsternd. „Obwohl Vallentine überzeugt zu sein scheint, dass es einen Zusammenhang zwischen dem Hofamt und dem, was er Monseigneur gestehen wird, gibt."

Seine Lordschaft schluckte einen Kloß in seinem Hals herunter und zwang sich, Antonia nicht nur anzusehen, sondern auch ihren klaren grünen Augen zu begegnen. Sie waren ohne Arglist, und sein Gesicht war von Schuldgefühlen überflutet. Er machte ihr eine kleine Verbeugung und fühlte sich elend. „Ich bitte um Verzeihung, Mme la Duchesse, aber ich bin dabei, dein Vertrauen zu verraten ..."

# VIERUNDZWANZIG

A LS ANTONIA SICH AUFSETZTE, die Augen aufriss und ihr Mund sich zu einem stillen *Oh* formte, wusste er, dass sie verstand, und seine Verzweiflung nahm zu. Aber es hielt ihn nicht davon ab, sich an seinen besten Freund zu wenden und sein Geständnis abzulegen.

„Es ist spät. In der Tat ist es früh morgens, und ich bin sicher, dass wir alle gerne vor Sonnenaufgang in unseren Betten wären, also komme ich gleich auf den Punkt: Ich habe dir etwas verschwiegen." Er ließ seinen Blick zur Herzogin schweifen, bevor er sich erneut an den Herzog wandte. „Das liegt daran, dass ich Mme la Duchesse versprochen habe, dir nichts darüber zu erzählen – Salvans Brief. Das hätte ich nicht tun sollen. Aber wir dachten damals beide – wenn du mir glauben willst –, dass es das Richtige war."

Er seufzte und ließ seine Hände herabfallen.

„Aber das wusstest du doch schon, oder? Du hast es wahrscheinlich fast von dem Moment an gewusst, als sie ihn mir gezeigt hat, und ich habe ihr dieses Versprechen gegeben. Aber weißt du was?" Er hob sein kantiges Kinn. „Während ich es bereue, ein Geheimnis vor dir zu bewahren, bereue ich es nicht, ihr ein Versprechen gegeben zu haben." Er sah Antonia an und deutete dann mit einem Finger in Roxtons Richtung. „Und ich habe es für dich getan. Sie... ich ... *wir* hatten gehofft, dich zu schützen. Genau! *Dich* zu schützen. Und was hältst du nun von *mir*, weil ich das getan habe? Dass ich ein verräterischer Schurke bin, wie!"

„Ich denke nichts dergleichen, Lucian", entgegnete der Herzog, und in einem Ton, der durchblicken ließ, er wäre beleidigt von einer solchen Anschuldigung.

„Welcher Brief von Salvan? Worüber plapperst du, Lucian?" verlangte Estée zu wissen, schaute von ihrem Mann zu ihrem Bruder und dann zu ihrer Schwägerin und schließlich zurück zum Herzog. „Wir haben über Antonias Hofamt gesprochen, aber jetzt redet Lucian über etwas, das extrem lächerlich ist! Salvan müsste – müsste *verrückt* sein, um Antonia zu schreiben, da er weiß, dass du dein Wort halten und ihn töten würdest. Nein! Das glaube ich nicht. Er würde es nicht riskieren. Jemand anderes hat seine Unterschrift nachgeahmt und möchte, dass du denkst, dass er es war. Es dürfte jede Menge Verwandte geben, nicht zuletzt die alten Tanten, die so etwas Böses tun würden. Schließlich, wenn du Salvan tötest, dann wird Montbelliard Comte sein, und das würde der Familie sehr gut passen. Nein. Salvan ist ein erbärmliches schwaches Geschöpf, aber sicherlich ist er kein Idiot. Lucian! Antonia! Ihr habt euch beide hinters Licht führen lassen. Lucian! Setz dich sofort neben mich, sonst wird mir wirklich übel, und das wird das Baby aufwecken, und wir werden keiner Ruhe haben!"

„Du irrst dich, werte Gemahlin. Salvan *ist* ein Idiot, und er *hat* an Antonia geschrieben", sagte Vallentine, immer noch innerlich kochend. „Und ich werde mich nicht setzen, bevor ich nicht das Wort deines Bruders habe, dass er dich nicht als königlichen Lakaien zu Hofe schicken wird, um mich für meinen Verrat zu bestrafen!" Er wandte sich von seiner Frau ab und sah zum Herzog. „Und nachdem ich jetzt alles gestanden und mich entschuldigt habe, bist du hoffentlich damit fertig, mich zu verhöhnen und wirst mir versichern, dass du eine deiner verrückten Salvan-Verwandten ausgewählt hast, um Antonias Hofamt auszufüllen."

„Vallentine", sagte Antonia leise, „all das ist ganz meine Schuld. Du darfst nicht wütend sein auf M'sieur le Duc, sondern auf mich. Er ist völlig schuldlos, und wenn du denkst, dass er seine Schwester an den Hof schicken würde, um dich zu bestrafen, dann kennst du ihn überhaupt nicht! *C'est le début et la fin de l'affaire.*"

Sie erhob sich vom Sofa auf ihre bestrumpften Füße, drehte sich zum Herzog, mit dem Rücken zu den anderen und legte ihre Hände auf seine gekreuzten Knie. Sie hob ihren Blick auf seine dunklen Augen und da war wieder dieser Schimmer in seiner Augen – Enttäuschung. Sie fühlte sich erbärmlich und holte zitternd Atem, doch sie hielt den Kopf hoch und sagte schlicht: „Monseigneur, du kannst Lucian nicht tadeln. Er tat nur, was ich von ihm verlangte. Ich weiß jetzt, dass ich ihn oder dich nicht in eine so schwierige Lage hätte bringen dürfen. Aber er sagt die Wahrheit, wenn er sagt, wir wollten dich nur beschützen. Also darfst du ihn nicht ausschimpfen, nur mich." Ihr Lächeln war zitternd. „Du weißt – du musst es wissen – es gab keinen anderen Grund, Salvans Brief vor dir geheim zu halten, als dass ich dich mehr liebe, als Worte es ausdrücken können."

Der Herzog bedeckte ihre Hand mit seiner und nahm sich einen Moment Zeit, um seine Gefühle unter Kontrolle zu bringen, dann sagte er leise: „Das weiß ich, *ma vie*. Aber du und ich – wir dürfen keine Geheimnisse voreinander haben. Die Ehe hat uns zu einem Wesen gemacht. Was bedeutet, dass wir *alles* teilen. Geheimnisse zu bewahren, würde uns auf einen Weg führen, den keiner von uns gehen will. Es gibt Leute, die immer Unheil stiften werden, die versuchen werden, sich zwischen uns zu stellen. Wenn nicht heute, dann morgen oder übermorgen.

„Der heutige Tag war dafür ein Paradebeispiel. Die Comtesse Duras-Valfons versuchte, einen Keil des Zweifels zwischen uns zu treiben, scheiterte aber. Sie konnte es nicht, weil wir immer offen miteinander waren, was sie betrifft. Das gab dir das Selbstvertrauen, mit ihr umzugehen, als sie dich ansprach, sicher in dem Wissen, dass sie nichts sagen oder tun konnte, was eine Kluft in unserer Ehe verursachen könnte. Ich bin sehr stolz darauf, wie du mit ihr umgegangen bist. Aber auch Geheimnisse voreinander zu haben, kann denen schaden, die wir lieben."

„Zum Beispiel Vallentine zu zwingen, zwischen uns wählen zu müssen?"

„Genau."

Sie nickte. „Das verstehe ich jetzt. Ich hatte es nicht so bedacht, aber du hast recht." Sie schaute von da auf, wo sie mit seinen Fingern spielte. „Niemand wird jemals zwischen uns kommen, Freund oder Feind. Das werde ich niemals zulassen."

„Wir – zusammen – werden das niemals zulassen." Er zog sie näher an sich und sagte leise, so dass nur sie hören konnte: „Wir werden unter vier Augen weiter reden. Aber zuerst muss ich Lucian aus seinem Elend befreien und die große Anmaßung meiner Schwester in Bezug auf deine Hofpflichten korrigieren." Er lächelte in ihre grünen Augen. „Und dann können wir in unser Bett gehen und in den Armen des anderen bis zum Nachmittag schlafen."

„Das würde mir sehr gefallen. Monseigneur! Es war der Herr der Spione, der dir gesagt hat, dass Salvan mir geschrieben hat.“

Es war keine Frage, und der Herzog zögerte nicht, seinen Kopf in Anerkennung ihrer Aussage zu beugen. „Mir wurde auch mitgeteilt, dass es deine Großmutter war, die der Vermittler in dieser Korrespondenz war. Ich werde mich zur rechten Zeit auch mit Augusta befassen.“

„Warum hast du mir nicht vorher gesagt, dass du es weißt?“, fragte sie neugierig.

„Und deine Vorstellung bei Hof und die Erinnerungen an diesen Tag verderben? Das konnte ich nicht.“

„Ah, Monseigneur, du bist so rücksichtsvoll“, antwortete sie kleinlaut und schnüffelte Tränen zurück. Bevor sie beiseitetrat, beugte sie sich vor und küsste leicht seine Wange. „Ich wollte dich nicht enttäuschen, aber ich weiß, dass ich es getan habe, und es tut mir wirklich leid.“

„Keine Geheimnisse mehr.“

„Keine Geheimnisse mehr“, wiederholte sie mit einem Lächeln und fügte fröhlich hinzu: „Und da es bereits morgen ist, wird die Erinnerung an gestern unberührt bleiben, und wir werden uns immer daran erinnern, ja?“

„Immer.“

Sie nickte und sagte nichts weiter darüber, nahm ihren Platz neben ihm wieder auf und legte ihre Hände in den Schoß ihrer voluminösen schwarzen Seidenröcke. Sie entschuldigte sich bei den anderen dafür, dass sie ihnen den Rücken gekehrt hatte, und fügte unnötigerweise hinzu: „Aber es ging nicht anders, weil dies unter uns hier und jetzt gesagt werden musste.“

# FÜNFUNDZWANZIG

„NUN, ICH BIN FROH, dass ihr euch beide besser fühlt nach eurem *tête-à-tête*", verkündete Seine Lordschaft mit einem schiefen Lächeln, „aber das lässt den Rest von uns nicht weniger elend und verwirrt zurück!"

„Lucian, wir kennen uns seit Eton", sagte der Herzog. „Dennoch gibt es Zeiten, in denen du dich so benimmst, als ob du mich überhaupt nicht kennst. Antonia hat recht. Du solltest mich gut genug kennen, dass das Letzte, was ich tun würde, ist, dich unglücklich zu machen. Ich würde auch nie mein Wort zurücknehmen, dass ich meiner Schwester verbiete, ein Hofamt zu übernehmen. Wie ich euch erklärt habe, war Antonias Vorstellung eine Formalität, die ertragen werden musste, weil ich möchte, dass sie mit mir an Louis' kleinen *soupers* teilnimmt. Ich habe nicht den Wunsch, und sie auch nicht, sie in irgendeiner anderen Eigenschaft am Hofe zu sehen."

Er schaute zu seiner Schwester. „Obwohl deine Abstammung makellos ist und zweifellos Ihre Majestäten und deine Verwandten Salvan es gutheißen würden, dass du eine Hofdame der Königin wirst, bist du für eine solche Rolle nicht erzogen und nicht abgehärtet genug. Mir liegt zu viel an dir und an Lucian, als dass ich dich je in diese Schlangengrube werfen würde. Um in solch einer giftigen Umgebung unbeschadet zu gedeihen, bedarf es einer wachen Intelligenz und einer Hinterlistigkeit, die über deine Fähigkeiten hinausgeht."

„Du hältst mich für dumm!" Estée schmollte und schnüffelte.

„Nein. Aber dir ist eine – äh – ausgesprochen zerbrechliche Sensibilität eigen", antwortete der Herzog höchst diplomatisch, „die sich besser dazu eignet, eine elegante Gastgeberin eines Pariser Salons zu sein als eine adlige Dienerin der Krone, die in die Hintertreppenmachenschaften der unteren Etagen eines Palastes verwickelt wird."

Das besänftigte Estée. Während sie das Prestige genossen hätte, das mit der Stellung als Hofdame der Königin einherging, war sie pragmatisch genug, um zu wissen, dass die Neuheit innerhalb einer Woche verblassen und sie danach unglücklich sein würde. Und als sie weiter darüber nachdachte, stimmte sie ihrem Bruder zu, dass die französischen Adligen kaum mehr waren als bessere Dienstboten ihres Königs. Er hatte ihr einmal gesagt, dass der Großvater des jetzigen Königs, Louis XIV, seine Adligen von ihren Landgütern weggelockt hatte, indem er ihnen prestigeträchtige, aber banale Ämter am Hof gab und ihre Macht effektiv beschnitt; und der Herzog hatte hinzugefügt, dass der englische Adel niemals auf solch ein hinterhältiges Verhalten ihres Monarchen hereinfallen würde. Das letzte Mal, als ein Stuart-König etwas Ähnliches versuchte, wurde er über den Ärmelkanal geschickt, wonach die englischen Adligen den Thron seiner Tochter und seinem Schwiegersohn anboten.

Zu jener Zeit war ihr französisches edles Blut durch seine Darstellung zutiefst beleidigt gewesen, aber als sie später darüber nachdachte, musste sie ihm widerwillig zustimmen. Vernünftig, wenn es ihr gefiel, war sie froh, dass nur die Hälfte ihres Blutes französisch war, und sie sich einer Verwandtschaft zu einem englischen Herzogshaus rühmen konnte. Außerdem war die Vorstellung, jemandes Dienstbote zu sein – sogar einer Königin – unter ihrer Würde.

Trotzdem nagte es an ihr, dass man ihr nicht die Wahl gelassen hatte, das Amt als Handschuhbewahrerin der Königin abzulehnen, sondern sie zugunsten wem auch immer, die ihr Bruder für geeigneter hielt, um die Pflichten der Comtesse de Roucy zu übernehmen, übergangen hatte. Deshalb, obwohl sie bereit war, nachzugeben und nicht mehr mit ihm zu streiten, fuhr sie fort zu schmollen und fragte boshaft:

„Also welche schwachköpfige Salvan-Cousine, die in bösen finanziellen Schwierigkeiten steckt, hat darum gebettelt, ein solche minderes Amt im Haushalt der Königin übernehmen zu dürfen?"

Der Herzog lächelte dünn, nicht überrascht von ihrer grollenden Reaktion, aber erleichtert, dass es keine schwesterliche Hysterie mehr geben würde. Dennoch war er darauf vorbereitet, dass sie alles andere als ruhig bleiben würde, wenn er die betreffende Salvan-Cousine nennen würde. Daher, auch für Vallentine und Martin, die noch nichts wussten, sorgte er dafür, eine umfangreiche Erklärung abzugeben, bevor er einen Namen nannte.

„Sie ist weder schwachköpfig noch von Armut geplagt. Sie hat auch nicht gebettelt. Tatsächlich war es eine Überraschung für sie, als Mme la Duchesse und ich fragten, ob sie an diesem Amt interessiert wäre. Während es banal erscheinen mag – Ihrer Majestät ihre Handschuhe zu reichen ist in der Tat einfach – bringt die Nähe zur Königin diese Hofdame in den Mittelpunkt des königlichen Haushalts. Von einem solchen Standpunkt aus ist sie in der einzigartigen Position, über alles zu berichten, was sie sieht und hört ...“

„Eine Spionin?“, unterbrach Estée. „Für dich?“

„Für mich und andere ...“

„Für unseren alten Schulfreund Ned Shrewsbury wette ich ...“ sagte Vallentine mit einem Knacken seiner Fingerknöchel.

„Ned?“ unterbrach Estée, voller Unverständnis.

„Edward, Lord Shrewsbury, ist Englands neu ernannter Herr der Spione, Schätzchen. Und er war mit Roxton und mir in Eton. Wir nannten ihn Spaniel – aus offensichtlichen Gründen.“

„Es ist für mich nicht offensichtlich“, sagte Estée ernst.

Seine Lordschaft berührte seine Nase und sagte mit bedeutungsvoller Stimme: „Seine Ohren waren immer nahe am Boden.“

„Er hat große Ohren?“

„Nein. Na ja, irgendwie schon. Wenn ich darüber nachdenke, hat er große Ohren. Aber das ist nicht der Grund, warum wir ihn Spaniel genannt haben. Spaniel graben im Dreck herum, entdecken Dinge, die vor dir verborgen sind, was Ned gut dazu geeignet macht, die Geheimnisse der Menschen auszugraben, *compris?*“

Als sich die Augen von Estée verstehend weiteten, hielt Martin Ellicott es für eine ideale Gelegenheit, den Moment zu nutzen.

„Verzeihung, M'sieur le Duc, aber würde eine Französin bereitwillig für die Engländer spionieren?“

Seine Frage beendete die Abgelenktheit des Paares, und Estée drehte sich empört um, Martin anzustarren. „Eine Salvan würde niemals ihren König verraten!“

„Das ist eine ausgezeichnete Frage. Alles, was ich von ihr verlangt habe, ist, mir sachliche Berichte über das Leben am Hof zu schicken“, erklärte der Herzog und ignorierte den Ausbruch seiner Schwester. „Was ich mit diesen Berichten mache – im Code geschrieben und ohne Unterschrift – ist meine Angelegenheit, und sie möchte es nicht wissen.“

„Und im Gegenzug für diese – ähm – Berichte, ist sie damit zufrieden, die Handschuhbewahrerin der Königin zu sein?“, fragte Seine Lordschaft. Er beugte sich zu Roxton und deutete mit dem Zeigefinger auf seine Schläfe. „Bist du sicher, dass sie nicht ein wenig dumm ist?“

Der Herzog grinste über die Absurdität dieses Gedankens, und nach einem Augenzwinkern zu Antonia, sagte er zu Vallentine: „Mme la Duchesse wird mir zustimmen, dass die betreffende Dame nicht nur eine der intelligentesten ist, die ich je kennengelernt habe, sondern dass sie mit mir durch Blut verbunden ist, ist erfreulich. Ich habe vollstes Vertrauen, dass sie mit ihren Fähigkeiten ihre neue Stellung erfolgreich bekleiden wird, sonst wäre sie ihr nicht angeboten worden.“

„Nun, es ist erfreulich, wie du sagst, zu wissen, dass nicht alle Salvans Hohlköpfe sind!“

Estée fuhr sofort auf. „Lucian! Du vergisst, dass ich und mein Bruder beide Salvans sind.“

„Ich habe es hundertmal gesagt – du und er seid die Besten von ihnen. Und du bist keine Salvan, du bist eine Hesham. Von englischem Blut, das mit einem Tropfen französischem verschmutzt wurde ...“

„Wenn ich noch eine Frage stellen darf?“, erkundigte sich Martin und ignorierte das streitende Paar. Als der Herzog mit der Hand winkte, fügte er hinzu: „Ich kann mir nicht vorstellen, dass eine intelligente Frau die Chance nutzen würde, der Königin zu dienen, die nach allen Berichten ein liebes, aber langweiliges und frommes Geschöpf ist. Daher wird das Senden von Berichten ihr kaum eine interessante Aufgabe geben. Aber was erhofft sie sich persönlich von einer solchen Position?“

„Aha. *Le parrain de Julian* ist scharfsinnig, nicht wahr, Monseigneur“, antwortete Antonia fröhlich. „Darf ich das beantworten?“ Und als der Herzog nickte, sagte sie zu Martin: „Eine Stelle am Hof wird sie täglich in engen Kontakt mit Madame la Pompadour und dem König und ihren Freunden bringen. Ihr großer Wunsch ist es, Madames Freundin zu werden und durch ihre Freundschaft den Ehrgeiz ihrer Familie, aber vor allem ihres Schwiegervaters, zu fördern. Er hat auch den großen Wunsch, ein Freund der Marquise zu sein.“ Sie lächelte den Herzog an. „Wir haben vollstes Vertrauen, dass die neue Handschuhbewahrerin der Königin großen Erfolg bei all ihren Bemühungen haben wird, für uns und für das Fortkommen ihrer Familie, nicht wahr, Monseigneur?“

„Allerdings. Ich gehe davon aus, dass sie und die Marquise in der Tat gute Freunde werden. Sie mag als Salvan geboren worden und ihr Vater ein Herzog und General sein, aber Madame Haudrys Schwiegervater ist ein Steuerpächter, und deshalb hat sie großes Verständnis für die Mätresse des Königs. La Pompadour braucht eine Verbündete am Hof, die die feindliche Umgebung versteht, in der sie sich befindet. Ich sehe voraus, dass der König dem Herrn Steuerpächter noch vor dem Sommer einen hochrangigen Regierungsposten anbieten wird."

„Und ich sage voraus, dass daraus *nichts* wird! Tante Philippe verabscheut die bürgerliche Mätresse des Königs", widersprach Estée. „Also kann ich nicht sehen, dass sie es einer ihrer Verwandten erlaubt, sich mit der Kreatur anzufreunden ..."

„Tante Philippe wird tun, was ich ihr sage", sagte der Herzog mit Endgültigkeit. Er schaute zu Seiner Lordschaft hinüber, einen Blick auf Martin, um ihn einzuschließen. „Ihr müsst morgen an einer Hochzeit teilnehmen, also braucht ihr ein paar Stunden Schlaf vor dieser – äh – Tortur."

Er machte Anstalten, sich zu erheben, schüttelte seine großen, samtenen Ärmelaufschläge aus – ein Zeichen dafür, dass der Abend beendet war. Als er stand, streckte er seine Hand nach der Herzogin aus. Aber als seine Schwester ein Geräusch in ihrem Rachen machte, als würde sie ersticken, wandte er sich mit einer hochgezogenen Augenbraue zu ihr.

„Haudry? *Michelle Haudry?*", krächzte Estée schockiert, die Augen weit aufgerissen vor Unglauben, als der Name schließlich in ihr Bewusstsein eindrang. „Das ist also dein *hinterhältiger Plan* für die in Schande geratene Tochter des Duc du Touraine, Hofdame der Königin zu sein – und sie hat zugestimmt, für dich zu *spionieren?*" Sie konnte es nicht glauben. „Tante Philippe und unsere Salvan-Cousins mögen gezwungen sein, sich deinen Plänen zu fügen, Roxton, aber nicht einmal du in deiner großen Arroganz kannst wirklich glauben, dass du einen solchen Einfluss auf die Königin und ihre Hofdamen hast, dass sie deine Kandidatin für die Position der Handschuhbewahrerin akzeptieren werden!"

„Oh doch, Madame", antwortete Antonia fröhlich, als sie vom Sofa hüpfte, um ihre bestrumpften Füße in ihre Samtpantoletten zu schieben. Sie legte ihre Hand in den warmen Griff des Herzogs. „Und du brauchst dir nicht unnötig Sorgen zu machen. Es ist alles geklärt und zur Zufriedenheit aller. Nachdem ich der Königin vorgestellt worden war, und vor unserem *souper* mit dem König, wurden M'sieur le Duc und ich in den Privatsaal der Königin eingeladen, und dort wurden wir Zeuge, wie

Madame Haudry anmutig das Amt als Hofdame Ihrer Majestät annahm. *Bonne nuit, très chère famille.*"

Und damit verschwanden sie und der Herzog in der kleinen dunklen Nische des Treppenhauses, das zu ihrem Schlafgemach führte. Auf der zweiten Stufe drehte sie sich um und warf ihre Arme um seinen Hals und wurde in eine liebevolle Umarmung gezogen.

„Endlich allein! Und du, *mon homme adorable*, bist längst überfällig, diese Kleider wegzuwerfen, um deine große Arroganz nur für mich zur Schau zu stellen."

# SECHSUNDZWANZIG

ALS SEINE LORDSCHAFT und Martin Ellicott am darauffolgenden Nachmittag unter der *porte-cochère* der Villa abgesetzt wurden, kehrten sie von der Hochzeit von Hubert Gabriel Louis Hyacinth Salvan Montbelliard mit Elisabeth-Louise Salvan Gondi Touraine zurück.

Der Butler bat sie in die Bibliothek, wo sie den Herzog an seinem Schreibtisch sitzend vorfanden. Er war für einen Tag daheim angekleidet, einen Morgenrock aus chinesischer Seide über ein frisches weißes Leinenhemd geworfen, das mit einer Krawatte aus ähnlich feinem Stoff zusammengehalten wurde, dazu eine schwarze Seidenweste und Samtkniehosen, die bestrumpften Füße in einem Paar ledernen Hausschuhen. Er schloss die gefalteten Seiten eines Briefes mit dem in warmes Wachs gepressten herzoglichen Siegel. Als er fertig war, legte er diesen Brief, zusammen mit einem halben Dutzend anderen, auf ein Silbertablett, das von einem livrierten Diener gehalten wurde, der sich dann verabschiedete, um die Briefe vom schnellsten Kurier seines Herrn überbringen zu lassen. Die beiden Lakaien, die an den Flügeln der Tür standen, wurden entlassen und ließen den Herzog mit Seiner Lordschaft und Martin allein.

Sie setzten sich an den Kamin, wo die Kaffeekanne und der Teewagen schon früher bereitgestellt worden waren. Vallentine bedurfte noch des Schlafes, er legte seine Wange auf eine Hand, um seinen Kopf zu halten, und schloss kurz die Augen. Er schätzte, dass er weniger als drei Stunden geschlafen hatte, und es war weniger als zehn Stunden her, seit er am selben Morgen an genau dieser Stelle gesessen hatte. Aber was ihn umso müder machte, waren die vier Tassen starken Punsches, die er beim Hochzeitsfrühstück heruntergegossen hatte. Daher war starker schwarzer Kaffee unerlässlich, um ihn wach zu halten.

Er spürte eine leichte Hand an seine Schulter und öffnete die Augen, wo er sah, dass Martin ihm eine Schale Kaffee eingegossen hatte. Und während er schweigend das Gebräu genoss, war er seinem Begleiter bei der Hochzeit dankbar, dass dieser dem Herzog alles, was sich an diesem Morgen ereignet hatte, berichtete – sowohl bei der Zeremonie in der Kirche Notre-Dame in der *rue de la Paroisse* und danach beim kleinen Hochzeitsfrühstück auf der anderen Straßenseite im eleganten Stadthaus von M'sieur Haudry in der *rue Hoche*, das er hin und wieder benutzte, wenn er geschäftlich in der Stadt war oder seine Familie besuchte.

„Die Einzige von den Salvans, die an der Zeremonie teilnahm, war Mme Haudry, wie von Euch angewiesen, Euer Gnaden", sagte Martin. „Und da die Schwestern von Montbelliard viele Meilen entfernt leben, wurde die Anwesenheit Seiner Lordschaft vom Bräutigam sehr geschätzt. Obwohl – und ich bin sicher, dass er zustimmen wird – das junge Paar so glücklich war, endlich vor dem *curé* zu stehen, dass sie kaum bemerkten, wer anwesend war."

„Eine Stunde und vierzig Minuten! Eine volle Stunde und vierzig Minuten, verdammt!", stöhnte Vallentine. „Ohne die Zeit vorher oder danach bei diesem Hochzeitsfrühstück zu zählen. Ich weiß nicht, wie es Euch geht, Ellicott, aber als wir aus der Kirche entkamen, war ich bereit, mehr als meinen gerechten Anteil am Punsch zu beanspruchen!"

„Was hieltest du von dem Hochzeitsfrühstück?"

Vallentine zog ein Gesicht und raffte sich genug auf, um zu antworten.

„Soweit ich das beurteilen konnte, waren es die gewöhnlichen gierigen Verwandten, die gekommen sind, um ihre Magenwürmer aus ihrem Elend zu befreien und ihre Nasen dorthin zu stecken, wo sie nicht erwünscht sind. Dass die Salvans sich unter dem opulenten Dach eines Steuerpächters wiederfanden, musste eine neue Erfahrung für sie sein und ließ sie alle grün vor Neid werden!" Er warf Martin einen Seitenblick zu. „Eine passende Einschätzung, meint Ihr nicht auch, Ellicott?"

Martin lächelte. „Durchaus, Mylord …"

„He! He!" Vallentine drohte mit dem Finger. „Was habe ich Euch gesagt?"

„Ich würde … *Vallentine*", berichtigte Martin sich und wurde rot.

„Besser", antwortete Seine Lordschaft und schloss die Augen, als er sich tiefer in die Kissen zurücklehnte.

Der Herzog wandte sich an Martin und sagte vertraulich, als ob sein bester Freund nicht im Raum wäre: „Es mag dich überraschen, zu erfahren – was ich über Lucian gelernt habe, als wir noch in Eton waren –, dass er, wenn er über ein für andere unerträgliches Maß hinaus getrunken hat, am scharfsinnigsten ist."

Das überraschte Martin, aber dann machte er eine eigene Beobachtung. „Dann war es auch gut, dass ihr einander Gesellschaft leistetet, wenn Eure Freunde zu viel tranken, denn ich habe es bei Euch, Euer Gnaden, nie erlebt, dass Ihr bis zur Bewusstlosigkeit getrunken hättet."

„Glaubt nicht, dass wir nicht versucht haben, ihn betrunken zu machen!", bemerkte Vallentine aus der Tiefe des Ohrensessels.

„Die Ironie, meine Lieben", näselte der Herzog mit einem schiefen Lächeln und einer erhöhten Farbe auf seine mageren Wangen, „ist, dass es am besten ist, die Zerstreuung in all ihren Formen nüchtern zu genießen." Als er das Gespräch auf das zurückbrachte, was ihn vorrangig interessierte, fragte er Martin: „Aus Lucians Schätzung der Anzahl der Gäste beim Hochzeitsfrühstück muss ich schließen, dass M'sieur Haudry mein Verbot nicht über die Zeremonie hinaus beachtet hat. Er hat den gesamten Clan der Salvans eingeladen, seine Großzügigkeit zu genießen ...?"

„Ausgewählte Mitglieder, Euer Gnaden", antwortete Martin. „Mme Haudry legte großen Wert darauf, mir zu versichern – sie war sich bewusst, dass ich als Euer Vertreter anwesend war und sie daher durch mich mit Euch sprach – dass die Einladung ihres Schwiegervaters an die Familie der Braut keine Erwähnung der Hochzeit machte und nur für ihre engsten Blutsverwandten bestimmt war. Es war ihre Großmutter, Madame Touraine-Brissac, die dafür sorgte, dass ihre Verwandten die Einladung für sich behielten. Aus meiner Beobachtung der Anwesenden muss gesagt werden, dass Eure Tanten scheinbar nicht wussten, warum sie dort waren, und sich im Haus eines Steuerpächters sehr, wie das Sprichwort sagt, wie Fische auf dem Trockenen fühlten. Es wurde erst klar, als die Braut und der Bräutigam ankamen – die letzten, die den Salon betrat und mit dem *curé*, und M'sieur Haudry einen Trinkspruch auf ihre gute Gesundheit und ihr Glück ausbrachte."

„Ich beneide dich beinahe um deine Anwesenheit bei diesem verheißungsvollen Treffen", kommentierte der Herzog mit einem zufriedenen Grinsen. „Die alten Tanten dürften ihren viereinhalb Jahrhunderte alten Adel beschworen haben, um sie vor der durch M'sieur Steuerpächter zur

Verfügung gestellten opulenten Umgebung zu schützen. Dass die Einladung ihrer weiteren Familie und ihren Freunden vorenthalten wurde, rettete sie vor vollständiger Demütigung. Ich schätze, Tante Philippe war ausreichend gedemütigt, dass sie ihren beiden Enkelinnen den angemessenen Respekt erwies. Schließlich ist jetzt die eine die Frau des Erben des Comte de Salvan, und die andere die einzige Salvan mit einem Hofamt ...“ Er ertappte Martin bei einem Stirnrunzeln. „Was beunruhigt dich?“

„Nicht so sehr mich, Euer Gnaden, als Madame Haudry. Sie bemerkte, dass Madame Touraine-Brissac nicht sie selbst wäre ... dass die Stimmung ihrer Großmutter ungewöhnlich fröhlich wäre.“

„Auf welche Weise?“

„Mme Haudry sagte, dass ihre Großmutter mit einem Funkeln in den Augen und einem Lächeln auf ihrem Gesicht bei dem Empfang ankam, als gäbe es ein Geheimnis von Bedeutung, das nur ihr bekannt wäre. Sie sagte, die Marquise hätte einen Hauch von – und das waren ihre Worte – *geheimnisvoller Selbstgefälligkeit.*“

„Hat sie einen Grund für diesen – äh – Hauch vermutet?“

Vallentine raffte sich auf, darüber eine Bemerkung zu machen.

„Dass ihre unverheiratbare Enkelin schließlich doch heiratet, noch dazu den Erben des Comte de Salvan, könnte dafür verantwortlich sein.“

„Sehr wahr, Mylor – Vallentine“, stimmte Martin zu, sagte aber zu dem Herzog, „Mme Haudry hörte ihre Großmutter M'sieur Haudry fragen – und auf die charmanteste Weise – ob er seine Großzügigkeit für das Paar soweit ausdehnen würde, ihnen zu erlauben, für eine Woche, möglicherweise zwei in seinem Stadthaus zu bleiben. Sie sollten eigentlich nur die Hochzeitsnacht und eine weitere dort verbringen, bevor sie nach Arles aufbrachen.“

„Tante Philippe hat diese Bitte direkt an den Steuerpächter gerichtet?“

„Genau, Euer Gnaden.“

„Wie demütigend für sie“, antwortete der Herzog mitleidslos. „Welchen Grund hatte sie für das Paar, ihre Reise zu verschieben und hier zu bleiben?“

„Sie erzählte M'sieur Haudry, dass sie in der kommenden Woche Neuigkeiten erwarte, Nachrichten, die das Paar aus erster Hand hören sollte, und nicht in den Tiefen der Provinz“, sagte Martin ihm. „M'sieur Haudry stimmte ihrer Bitte ohne zu zögern zu und stellte dem Paar das Stadthaus so lange zur Verfügung, wie es wollte. Er erkundigte sich, ob die Nachricht sein könnte, dass der Vater der Braut – M'sieur le Duc du Touraine – dem Brautpaar einen Besuch abstatten wollte. Darauf antwortete die Marquise mit einem höflichen Lachen, dass, obwohl ihr Sohn von seinen militärischen Pflichten festgehalten würde, die Möglichkeit bestünde, dass, wenn auch er die Nachricht erführe, die sie erwartete, er sehr gut bei *Sa Majesté* eine Beurlaubung beantragen könnte, um persönlich seiner Tochter und seinem neuen Schwiegersohn seine Glückwünsche auszusprechen.“

„Glückwünsche?“, wiederholte Roxton mit leichter Überraschung. „Das war das Wort, das sie verwendet hat?“ Als Martin nickte, lehnte sich der Herzog zurück und grübelte einen Moment. „Ich frage mich…“ Dann äußerte er seine Gedanken. „Es ergibt sehr wohl Sinn, dass das Paar seine Reise nach Arles verzögert, wenn meine Tante von Salvans Brief weiß …“

„Was?“, platzte Vallentine heraus und setzte sich auf, wacher, als er seit dem Betreten der Bibliothek gewesen war. „Wie könnte sie wissen, dass dieser widerliche Wurm an Antonia geschrieben hat?“

„Sie ist nicht unintelligent, und sie verfügt über politischen Scharfsinn“, antwortete der Herzog sanft. „In der Abwesenheit ihres Sohnes füllt sie seit Jahren die Stellung des Oberhaupts der Familie Touraine aus. Und seit Salvans Verbannung ist sie in seinem Namen hier und in Paris aufgetreten …“

„Würde Salvan ihr seine Absicht, an Madame la Duchesse zu schreiben, anvertrauen?“, überlegte Martin laut. „Sicherlich würde Madame Touraine-Brissac von einem solchen selbstmörderischen Unterfangen abraten.“

„Oder es ermutigen“, antwortete Roxton kryptisch. „Aber sie hat andere – äh – hinterhältige Wege, um Informationen zu erhalten.“

„Wege?“, fragte Vallentine. „Welche?“

„Mitglieder der französischen Geheimpolizei stehen in ihrem Sold“, erklärte der Herzog. „Ich weiß das, weil ich mehr bezahle. Ich stehe auch auf besserem Fuße mit dem Generalleutnant der Pariser Polizei, M'sieur de Marville. Während er mir dies noch bestätigen muss, können wir sicher davon ausgehen, dass Tante Philippe durch diese Kontakte von Salvans Brief erfahren hat.“

„Sie könnte von seiner Existenz wissen, aber würde sie wissen, was das Wiesel schrieb?“, fragte Vallentine.

„Der Sinn der Bezahlung der Geheimpolizei ist es, genau das herauszufinden“, antwortete der Herzog. „Sobald der Brief Salvans Besitz verließ und Paris erreichte, fand er seinen Weg zum Schreibtisch eines Schreiberlings, der in der Polizeibehörde arbeitete und dessen spezifische Aufgaben darin bestehen, die Korrespondenz des Adels und anderer Personen, die der König für interessant hält, zu überprüfen.

„Und als in Ungnade gefallener Höfling, der durch einen *lettre de cachet* verbannt wurde, ist Salvan eine solche Person von Interesse. Die Geheimpolizei öffnet diese Briefe, liest sie, und diejenigen, die sie einer Meldung für Wert hält, werden kopiert. Diese Kopien werden dann gebündelt und täglich an M'sieur le Marquis de Maurepas gesendet, der als Minister des Königshaushalts dafür verantwortlich ist, *Sa Majesté* diese Informationen zu überbringen. Der Originalbrief wird fachmännisch wieder versiegelt und auf den Weg geschickt, ohne dass die Korrespondenten etwas davon ahnen.

„Die Ironie ist, dass die Geheimpolizei kein Geheimnis ist und auch ihre Methoden nicht. Es wird davon ausgegangen, dass alle Briefe, die das Pariser Postsystem durchlaufen, möglicherweise geöffnet werden können. Deshalb beschäftige ich meine eigenen Kuriere und habe Informanten in ihren Reihen, die über andere informieren.

„Um zu Salvans Brief zurückzukehren ... Sobald er gelesen und Kopien angefertigt worden waren, wurde er wieder verschlossen und nach England an Antonias Großmutter geschickt, damit sie ihn dann ihrem eigenen Schreiben an Antonia beilegen konnte."

„Verzeihung, Euer Gnaden", unterbrach Martin, der alles, was Roxton ihnen erklärt hatte, verarbeiten und begreifen musste. „Da die Engländer auch über ein ausgeklügeltes Netz von Spionen und eine Abteilung innerhalb der Regierung verfügen, die sich mit Spionage befasst, nehme ich an, dass ein Brief eines in Ungnade gefallenen Franzosen an die Großmutter der Herzogin von Roxton die entsprechenden Schreiberlinge alarmieren würde."

„So war es. Und so kam ich zu dem Wissen, dass Salvan Antonia geschrieben hatte."

„Es hätte ich sein sollen und nicht Spaniel, der es dir sagte", sagte Vallentine beschämt, mit einem verlegenen Seitenblick auf Martin. „Verdammt, Roxton", knurrte er und schlug auf die gepolsterte Armlehne des Ohrensessels. „Mein Magen kocht jedes Mal, wenn ich daran denke, dass ich dich nicht gewarnt habe!"

„Wie tröstlich, dass mindestens eines deiner Organe Reue zeigt", näselte der Herzog. Er atmete aus und setzte sich auf. „Aber er wird nicht mehr lange kochen müssen; du kannst es bald wiedergutmachen, da ich deine Dienste benötige ..."

„Sag mir, was ich tun soll, ich bin dein Mann!"

„Das weiß ich, Lucian. Ich danke dir."

„Schade, dass der Schreiberling der Pariser Geheimpolizei dir nichts von Salvans Brief erzählte, bevor er nach London geschickt wurde", bemerkte Seine Lordschaft beiläufig.

„In der Tat schade", schnurrte der Herzog und zeigte seine Zähne. „Aber du kannst sicher sein, es ist nur ein Stolperstein in meinem Netzwerk von Informanten. In diesem Moment kümmert man sich bereits um dieses Versäumnis."

„Gut. Nichts ist schlimmer als ein unfähiger Faulpelz!"

„Du bist beunruhigt, Martin", sagte der Herzog. Er lächelte schief. „Ich werde den unfähigen Faulpelz nicht töten, sondern nur von seinem Posten entfernen lassen."

„Ich habe überhaupt nicht an diese Person gedacht, Euer Gnaden", gab Martin zu. „Inkompetenz sollte zügig und Untreue hart bestraft werden."

„Bravo dazu!", warf Vallentine ein.

„Ich war von Eurer früheren Bemerkung betroffen", fuhr Martin fort. „Dass Mme Touraine-Brissac Salvan vielleicht ermutigt haben könnte, an Mme la Duchesse zu schreiben, da sie sich bewusst ist, dass eine solch gefährliche Aktion eine Kette von Ereignissen auslösen würde, die zu seinem Tod führen würde."

„Drückt Ihr Euch immer so gewunden aus, Ellicott?", fragte Seine Lordschaft erstaunt.

„Das tut er", sagte der Herzog mit einem Lächeln der Befriedigung.

„Ich glaube, ich verstehe, worauf Ihr hinauswollt", sagte Vallentine. „Aber lasst es mich deutlicher ausdrücken: Ihr meint, Tante Philippe hat wahrscheinlich Salvan auf die Idee gebracht, diesen Brief zu schreiben, wohl wissend, dass, wenn er es täte, Roxton seine Drohung, ihn zu töten, wahrmachen würde?"

Der Herzog beugte den Kopf. „Haargenau."

Vallentine und Martin sahen sich im selben Moment an, lächelten über ihre ähnlichen Reaktionen, und Seine Lordschaft fragte unverblümt: „Warum? Warum sollte sie das tun? Er ist ein widerlicher Wurm, aber er ist immer noch ihr Neffe."

„Denk nach, Lucian", sagte der Herzog. „Wenn Salvan durch mein Schwert stirbt, erbt Montbelliard nicht nur den Titel des Comte de Salvan, sondern er kann auch das Vermögen der Familie mehren und ihre Hofämter wieder aufleben lassen. Er ist auch jung, und Tante Philippe glaubt, dass sie ihn manipulieren kann, viel besser, als sie es jemals bei Jean-Honoré konnte."

„Du hast gesagt, sie wäre politisch scharfsinnig", sagte Seine Lordschaft. „Und wenn sie hinter diesem Brief steckt, dann ist sie hinterlistiger, als ich ihr zugetraut hätte! Und ich werde dir noch etwas sagen – ich habe noch keine Großmutter getroffen, die ich mag!"

# SIEBENUNDZWANZIG

„TANTE PHILIPPE UND Augusta Fitzstuart haben Ähnlichkeiten, das stimmt", antwortete der Herzog. „Sie sind sowohl intelligent als auch gerissen. Aber während die Erstere diese Eigenschaften benutzt, um durch die Hallen von Versailles zu rauschen und das Familienvermögen voranzubringen, kultivierte Letztere ihre Eitelkeit und ihre fleischlichen Gelüste, und ließ zu, dass ihre Intelligenz stagnierte und ihre List in eifersüchtiger Bosheit erstickte. Beide sind bei der Wahl der Mittel, die ihre Ziele rechtfertigen, völlig skrupellos. Tante Philippe wird alles in ihrer Macht Stehende für ihre Familie tun, Augusta alles für sich selbst. Keine von ihnen gibt einen Penny für die, die ihnen im Wege stehen.

„Aber ich schweife ab. Lucian, du wirst mich nach Limoges begleiten, insbesondere zum Chateau d'Ambert. Ich habe M'sieur le Comte de Salvan geschrieben und den Brief mit meinem schnellsten Kurier geschickt. Er wird bald genug wissen, dass ich komme, um mein Wort zu halten und seinem Leben ein Ende zu setzen. Ich will dich als meinen Sekundanten ..."

„Natürlich! Es wird mir eine Ehre sein", sagte Seine Lordschaft. „Es wird ein einseitiger Kampf werden, und vorüber sein, bevor er richtig begonnen hat. Ein schnelles Ende ist nicht das, was ich für Salvan im Sinn hatte, aber er wird in seinen Strümpfen zittern, sobald er deinen Brief liest, und in einem Zustand des Entsetzens leben, bis alles vorbei ist. Ich bin damit zufrieden. Aber was ich mich frage, ist, ob es in Frankreich einen Gentleman gibt, der bereitwillig vortreten würde, um als Sekundant dieses Wiesels zu fungieren. Wenn niemand gefunden werden kann, wie willst du diese Affäre zu einem befriedigenden Abschluss bringen? Und das setzt voraus, dass Salvan bereit ist, dir gegenüberzutreten."

„Das wird er. Er hat keine Wahl. Und verzweifle nicht. Ein Sekundant wird sich finden. Ich habe an den Duc du Touraine geschrieben und ihn gebeten, bei dem Duell anwesend zu sein. Sein Bataillon steht derzeit nur einen halben Tag von Limoges entfernt. Ich habe ihn beauftragt, einen Soldaten unter seinen Männern zu finden, der als Salvans Sekundant fungieren wird, einen Mann von makelloser Ehre, so gut wie die seine. Auf diese Weise wird alles ohne Befangenheit und Fehler durchgeführt, aufgezeichnet und gemeldet werden. Ich werde meinen guten Namen nicht besudeln, noch Salvans Tod durch mein Schwert verherrlichen lassen."

Als der Herzog sich erhob, standen auch Vallentine und Martin auf. Seine Lordschaft rieb sich die Hände.

„Wann reisen wir ab?"

„Übermorgen. Die Vorbereitungen für unsere Reise und für die Rückkehr unserer Frauen nach Paris sind im Gange." Roxton schaute zu Martin. „Ich möchte, dass du der Herzogin Gesellschaft leistest. Sie wird dich brauchen; umso mehr, wenn das – äh – Undenkbare geschehen würde. Und Lucian", fügte er schnell hinzu, bevor einer der Männer ihn unterbrechen konnte, „Ich fürchte, der heutige Abend und der morgige Tag werden nicht angenehm für dich werden, sobald du Estée sagst, was wir vorhaben."

„Sagst du es ihr nicht?" fragte Vallentine, sofort voller Angst vor dem Bild seines inneren Auges über die übermäßig dramatische Reaktion seiner Frau. Es würde Tränen geben, viele von ihnen, und geworfene Kissen, und böse Worte. „Du bist das Familienoberhaupt und ihr Bruder, und derjenige, der das Duell mit Salvan austrägt."

„Ich kann dir nicht das Recht eines Ehemannes verweigern, deine Frau über seine Absicht zu informieren, als mein Sekundant zu handeln", näselte der Herzog. „Noch so überheblich sein, meinen – äh – Rang auszunutzen, um dich zu übergehen."

„Da wählst du einen feinen Moment, um Demut zu zeigen!", grummelte Vallentine.

„Und das ist mein Recht, als Familienoberhaupt", antwortete der Herzog und machte seinem Schwager eine höfliche Verbeugung. Dann klopfte er ihm auf die Schulter und sagte ungekünstelt: „Ich habe zwei

Nächte und einen Tag mit meiner Frau und meinem Sohn, bevor du und ich losziehen. Ich möchte diese Zeit mit ihnen allein und ohne Unterbrechung verbringen. Ist das zu viel verlangt?"

Vallentine schüttelte den Kopf. „Nicht im Geringsten. Ich bin ein egoistischer Trottel."

„Wenn ich eine Empfehlung abgeben darf, Mylord?", sagte Martin Ellicott leise. Als Vallentine nickte, schlug sie vor: „Um Lady Vallentines Besorgnis zu verringern und ihre Gedanken davon abzuhalten, sich die schockierenderen möglichen Folgen für ihren Bruder vorzustellen, der mit ihrem Cousin ein Duell austrägt, lenkt ihre Gedanken auf die bevorstehenden umfangreichen Renovierungen Eurer Appartements im *hôtel*. Damit könntet Ihr die Zeit, um ihre Ängste und makabren Vorstellungen zu zerstreuen, verkürzen. Habt Ihr mir nicht gesagt, dass Ihr Euch noch auf eine endgültige Farbauswahl für ...“

Vallentines blaue Augen weiteten sich bei einer plötzlichen Erkenntnis. Er schnippte mit den Fingern. „Die Farbmuster! Verdammt! Das ist eine ausgezeichnete Idee!"

Er trat zum Schreibtisch des Herzogs und riss eine untere Schublade auf. Er zog einen Samtbeutel, der mit Stoffmustern und Farbkarten gefüllt war, heraus und hielt ihn hoch, als wäre es ein preisgekrönter Hirsch, den er gerade abgeschossen hatte.

„Ich weiß, was ich machen werde. Werde ihr die Neuigkeiten über Limoges erzählen, und im nächsten Atemzug, während sie das noch durchdenkt, und bevor sie alle Arten von schrecklicher Fantasien heraufbeschwören kann, werde ich diese Tasche hervorziehen und ihr sagen, dass ich immer noch nicht sicher bin wegen der Farben, die sie gewählt hat. Ich könnte sogar stur werden und während sie sich deswegen aufregt, werde ich eine Finte machen, indem ich behaupte, dass ihre Auswahl mir nicht gefällt." Er stieß ein unruhiges Kichern aus. „Sie wird sich auf mich stürzen, aber ich schätze, das wird sie ausreichend ablenken – Nein! Sie wird wütend auf mich sein – hoffentlich, bis wir nach Limoges abfahren. Das wird sie davon abhalten, sich unnötig Sorgen zu machen. Danke, Ellicott. Ihr seid unbezahlbar."

„Und du, Lucian, bist ein mutigerer Mann als jeder von uns", scherzte der Herzog.

Lord Vallentine strahlte. „Das bin ich, nicht wahr!"

Und mit dieser Erklärung und dem Samtbeutel, der über eine Schulter geschleudert wurde, schritt Seine Lordschaft von dannen, um mit seiner Frau verbal die Klingen zu kreuzen.

ALS VALLENTINE das Zimmer verlassen hatte, kehrte der Herzog an seinen Schreibtisch zurück und setzte sich dahinter, um Martin den Stuhl gegenüber anzubieten. Auf der Schreibunterlage vor ihm lag das goldgeprägte *portefeuille* aus rotem Leder, auf dem das herzogliche Wappen prangte. Der Herzog legte seine schlanken Finger über dieses Symbol seines Ranges und seines Reichtums und blickte auf seinen ehemaligen Diener.

„Es gibt mehrere Dokumente, von denen ich möchte, dass du sie für mich sicher verwahrst, während ich weg bin – eines davon ist eine Kopie meines letzten Willens und Testaments – sollte das Undenkbare passieren und nur meine sterblichen Überreste nach Paris zurückgebracht werden …“

„Euer Gnaden, bitte! Es besteht nicht die geringste Möglichkeit, dass dies geschieht!“

„Ich erwarte durchaus nicht, dass dies der Fall sein wird, aber wir wissen, dass Salvan nicht ehrenhaft ist. Er wird alles tun, um seinen sterblichen Kadaver auf Kosten seiner unsterblichen Seele zu retten. Somit ist alles möglich.“ Roxtons Lächeln war schief. „Und so muss man für alle und alle Eventualitäten planen – real oder eingebildet.“

„Und Ihr wollt *mich* zum Hüter dieser Dokumente machen? Warum nicht Seine Lordschaft, oder – oder einen geschätzten Verwandten?“

„Und warum nicht dich? Ich vertraue dir …“

„Vielen Dank, Euer Gnaden. Aber Vallentine ist Euer bester Freund!“

„Ich habe viele Freunde und geschätzte Verwandte, aber ich kann die, denen ich vertraue, an den Fingern einer Hand abzählen. Und du vergisst, dass Valentine bei mir sein wird.“ Der Herzog nahm seine Finger von der Ledertasche und lehnte sich zurück. „Wenn Antonia dir Salvans Brief gezeigt und dich gebeten hätte, kein Wort zu mir zu sagen, was hättest du dann getan?“

Martin antwortete ohne das geringste Zögern. „Ich hätte von solchem Verhalten abgeraten und mein Möglichstes getan, um sie davon zu überzeugen, Euch den Brief zu bringen.“

„Und wenn sie deinen Rat nicht befolgt und den Brief trotzdem verbrannt hätte?“

„Das hätte mich nicht davon abgehalten, es Euch zu sagen und Mme La Duchesse von meiner Absicht zu erzählen, dies zu tun.“

„Genau das dachte ich mir. Ich glaube, wenn sie sich dir anvertraut hätte, hätte sie deinen Rat befolgt“, der Herzog atmete tief ein und setzte sich wieder auf seinen Stuhl, „und diese Situation, in der wir uns befinden, wäre schneller und mit weniger Komplikationen gelöst worden. Aber ich bin mir bewusst, dass sie immer ihrem Herzen folgen wird, und dafür bin ich ewig dankbar. Daher bin ich nicht allzu beunruhigt darüber, wie sich alles entwickelt hat.“

„Ihr wusstet, dass der Tag kommen würde, an dem Ihr Eure Drohung, Salvan zu töten, würdet wahrmachen müssen?“

„In der Tat.“

„Ihr habt mir gesagt, dass dieses *portefeuille* Euren letzten Willen und Testament enthält, Euer Gnaden, aber darf ich wissen, welche anderen Dokumente ich aufbewahren soll?“

„Neben meinem Testament und mehreren Briefen gibt es ein Dokument – eine Liste mit Anweisungen, wenn du so willst – für die Herzogin. Es handelt sich um mehrere unbelastete Grundstücke, Verwandte und Gefolgsleute, die meine Gunst genießen, bestimmte Mitglieder meines Haushalts hier in Frankreich und in England, die besondere Geschenke erhalten sollen. Und da sind meine Wünsche bezüglich der Erziehung meines – *unseres* – Sohnes …“

Roxton hielt inne und es folgte ein langes Schweigen. Martin wusste, dass der Herzog mit einem inneren Aufruhr zu kämpfen hatte und dass es alles mit der Herzogin und ihrem kleinen Sohn zu tun hatte. Im Falle seines Todes würde der Herzog eine untröstliche junge Witwe mit einem Säugling zurücklassen. Martin war sich durchaus im Klaren, und er war sich sicher, dass dies auch für den Herzog galt, dass sich in diesem Falle die Familientragödie wiederholen würde.

In seiner Position als Diener war Martin es gewohnt, dass der Herzog seine Gedanken für sich behielt, und er sprach erst, wenn er angesprochen wurde. Aber in seiner neuen Rolle als Freund und Vertrauter musste er das Gespräch vorantreiben, damit der Herzog seine Fassung wiedergewinnen konnte.

„Euer Gnaden, Ihr habt Briefe erwähnt…? Was möchtet Ihr, was ich mit diesen tue … sie abschicken?“

„Nein. Du kannst sie selbst übergeben. Zwei sind für die Herzogin, der andere für meinen Sohn, den sie ihm geben soll, wenn sie ihn für alt genug hält, um seinen Inhalt zu lesen. Im Übrigen kannst du ebenso gut jetzt erfahren, dass die Testamentsvollstrecker Mme la Duchesse, der Duc du Touraine, Lord Vallentine und deine geschätzte Person sein werden …“

„Gütiger Gott! Ich?“

Die Mundwinkel des Herzogs zuckten.

„Du siehst entsetzt aus. Ich habe dich schon wieder überfordert. Aber ich entschuldige mich nicht dafür." Er seufzte und fügte etwas verschmitzt näselnd hinzu: „Der Preis, den du dafür zahlst, ein Teil einer so illustren Familie, und der vertrauenswürdige Freund ihres illustren Oberhaupts zu sein. Eine schwere Bürde für dich, aber nicht für mich."

„Ich – ich fühle mich wirklich geehrt, Euer Gnaden", antwortete Martin und ignorierte den Sarkasmus. „Ich werde Euch oder Mme la Duchesse nicht enttäuschen."

„Das weiß ich, Martin oder wir würden dieses Gespräch nicht führen. Wenn du nicht unterbrechen würdest, hätte ich mehr zu sagen ..."

„Natürlich, Verzeihung!"

„Die Testamentsvollstrecker haben die Entscheidungsbefugnis über die wesentlichen Vermögensgegenstände und Einkünfte, die treuhänderisch verwaltet werden, bis mein Sohn seine Volljährigkeit erreicht", erklärte der Herzog. „Und Antonia habe ich freie Hand gelassen über den Rest meiner Geschäfte und Ländereien, die nicht zum Fideikommiss gehören, zu entscheiden. Das wird nicht allen gefallen. Das ist verständlich, wenn man bedenkt, dass sie jung und eine Frau ist. Viele halten mich wegen meiner Ehe mit ihr schon für senil. Aber ich gebe keinen roten Heller auf die Ansichten anderer, wenn es um meine Ehe geht. Und wie du weißt, tue ich alles zu meinem Gefallen.

„Aber indem ich ihr diese Freiheit gebe, sollte sie Witwe werden, bedeutet das, dass sie von fast allen mit Widerstand und Hindernissen zu rechnen haben wird. Um diese zu überwinden, braucht sie einen Vertrauten, jemand, dem sie bedingungslos vertrauen kann, der bis zum Letzten loyal ist, der aber nicht davor zurückschreckt, ihr die Wahrheit zu sagen, und der ihr Wohl und das meines Sohnes als seine allererste Herzensaufgabe sieht. Und für meinen eigenen Seelenfrieden muss ich wissen, dass sie diesen Jemand in ihrem Leben hat – für immer. Ich glaube, dass du dieser jemand bist, Martin ... nicht wahr?" Als der Mann blinzelte, Tränen zu verbergen suchte und seinen Kopf senkte, fügte Roxton leise hinzu: „Ich muss dich das sagen hören."

„Das bin ich! Ja, Euer Gnaden. Mit – mit jeder Faser meines Seins."

Der Herzog stand auf. Martin ebenfalls. Aber bei Martins nächsten Worten setzte sich der Herzog wieder.

# ACHTUNDZWANZIG

„DA IHR MIR so gnädig vertraut und mich mit diesen Verantwortlichkeiten geehrt habt, sollte das Undenkbare geschehen, frage ich mich, ob Euer Gnaden mir erlauben würden zu erklären, was ich über meine Zukunft entschieden habe." Martin lächelte schüchtern. „Es wird nur wenige Momente dauern."

Als er dem Beispiel des Herzogs nicht folgte und seinen Platz nicht wieder einnahm, war Roxton gezwungen zu fragen: „Du willst stehen bleiben, um zu sagen, was du zu sagen hast?"

„Ja, Euer Gnaden."

Daraufhin lehnte sich der Herzog zurück und bedeutete ihm mit der Hand fortzufahren.

Martin räusperte sich in die Faust, um seinen trockenen Hals zu benetzen. Er war nervös, nicht nur, weil er sich fragte, ob sein Vorschlag angenommen werden würde, sondern ob der Herzog es für eine große Anmaßung halten könnte. Aber er würde es nie erfahren, wenn er seine Pläne nicht darlegen würde.

„Nachdem Ihr und Mme la Duchesse mein Leben für immer verändert habt, indem Ihr mich zu einem Gentleman mit unabhängigem Vermögen gemacht habt, fiel Euch vielleicht auf, dass ich dies vielleicht eher verfluchen könnte, anstatt Euch dafür zu danken. Nachdem ich keine Notwendigkeit mehr habe, meinen Lebensunterhalt zu verdienen und leben kann, wie ich mag, fragtet Ihr Euch, wie ich meine Tage ausfüllen würde. Ich habe seitdem darüber nachgedacht und habe eine Antwort.“

„So schnell?“

„Ja, Euer Gnaden.“ Als der Herzog nichts weiter sagte, fuhr Martin fort. „Ich fragte mich, wie ich Euch Eure Freundlichkeit und Großzügigkeit vergelten könnte...“

„Das wollen die Herzogin und ich nicht. Du hast deine Zeit verschwendet.“ Der Herzog lächelte schief. „Aber da du mit deiner Zeit tun kannst, was du willst, kannst du sie verschwenden, wie du willst.“

„Mein Wunsch ist es, Euch und Mme la Duchesse von Nutzen zu sein“, fuhr Martin ernsthaft fort. „Und ich glaube, ich habe einen Weg gefunden.“

„Sprich weiter.“

„Mein Vorschlag, wenn er für Euch beide akzeptabel ist, würde es mir ermöglichen, einen Beitrag zu dieser geschätzten Familie zu leisten und meine Tage mit einer guten Beschäftigung zu füllen.“ Martin konnte ein Lächeln nicht unterdrücken. „Ich glaube, ich werde mich nie wieder langweilen. Jeder Tag wird neue Herausforderungen und interessante Erfahrungen bringen, und zweifellos Überraschungen.“

„Ah, jetzt werde ich neugierig.“

„Ihr habt vielleicht noch nicht an die Zeit gedacht, wenn Julian seine ersten Hosen bekommen wird. Ich jedoch schon. Ich weiß, wenn mein Patensohn seine erste Hose anzieht, wird er das Kinderzimmer und die ausschließliche Gesellschaft von weiblichem Personal verlassen und seinen langen Weg beginnen, ein Mann zu werden.

„Als Euer Erbe wird er seinen eigenen Haushalt in einem Teil der vielen Häuser haben, die Ihr bewohnt, wo seine jeweiligen Bedürfnisse erfüllt werden, um Euer Erbe zu sein: Gelehrte Tutoren, ein Fechtmeister, ein anderer für Benehmen und Tanz, einer für Musik, für Reiten und all die anderen vielen und vielfältigen Ausbilder, die für die Erziehung eines zukünftigen Herzogs von Roxton notwendig sind. Und dann sind da die Diener, die nötig sind, um einen solchen Haushalt zu führen, von den Kammerdienern zu den Köchen, zu den Dienern und bis zu einem Schneider. Ich muss es Euch nicht sagen, Euer Gnaden, aber ich erwähne das alles, damit Ihr seht, dass ich all meine Überlegungen angestellt habe, und damit Ihr über meinen Vorschlag nachdenken könnt.“

„Und der wäre ...?“

„Als Julians Pate wäre ich geehrt, die Rolle des Majordomo seines Haushalts zu übernehmen“, sagte Martin. „Natürlich würde ich niemals eine Entscheidung über sein Wohlergehen treffen, ohne Euer Gnaden zu konsultieren, aber die Entscheidungen, die den täglichen Betrieb seines Hauses erfordern, sich mit Dienern, Menüs, Einteilung der Zeit für die verschiedenen Meister und Tutoren zu regeln, würde ich Euch gerne ersparen – vor allem Mme la Duchesse.

„Als seine Mutter wird sie natürlich besorgt sein, sobald Julian seinen eigenen Haushalt hat, obwohl ihr Sohn immer noch unter dem gleichen Dach wohnt. Und verzeiht mir, dass ich eine solche Vermutung anstelle – aber als die Tochter eines – wie manche ihn nannten – *radikalen* Arztes, der ihr die Erziehung eines Jungen und eine einzigartige Erziehung angedeihen ließ, wird Mme la Duchesse vielleicht nicht verstehen, dass Julian als Euer Erbe auf eine bestimmte Weise erzogen werden muss, damit er seinen Platz als sechster Herzog einnehmen kann. Ich bin zuversichtlich, dass Mme la Duchesse ihre eigene besondere Perspektive in die Erziehung ihres Sohnes einbringen wird, und Julian wird es damit umso besser gehen. Aber ich glaube, wenn ich der Majordomo seines Haushalts bin und derjenige, den sie wegen der täglichen Angelegenheiten zu Rate zieht, wird sie weniger dazu neigen, sich Sorgen zu machen, Ihr werdet Euch um weniger zu kümmern haben und die Ruhe, die Ihr unter Eurem Dach erwartet, wird erhalten bleiben.“

„Liebe Güte, Martin, du hast sicherlich intensiv über diese Angelegenheit nachgedacht. Darf ich fragen, was du in der Zwischenzeit zu tun gedenkst – obwohl es mich natürlich nichts angeht. Du kannst tun, was du willst, wann du willst. Aber ich bin sicher, du hast berechnet, dass es vier oder fünf Jahre dauern wird, bevor du die Verantwortung für den Haushalt meines Sohnes übernehmen kannst.“

„Das habe ich in der Tat bedacht, Euer Gnaden“, antwortete Martin, setzte sich unbewusst auf den Rand des Stuhles und lächelte über den Schreibtisch hinweg den Herzog an. „In diesen wenigen Jahren werden, so Gott will, weitere Kinder in Euer Kinderzimmer hinzukommen. Ich hoffe, dass ich Mme La Duchesse, in welcher Eigenschaft auch immer, nützlich sein kann, während sie all die Bedürfnisse ihrer Kinder zu erfüllen sucht, solange sie klein sind. Und, verzeiht die Anmaßung – ich kann ihre Bedenken glätten, damit sie sicher sein kann, wenn die Zeit gekommen ist, dass Julian das Kinderzimmer verlassen soll, ich derjenige sein werde, der für den Haushalt ihres Sohnes verantwortlich ist.“

Martin holte Luft. Unerschrocken über die Unergründlichkeit des Herzogs – eine Eigenschaft, mit dem er sich zwei Jahrzehnte lang auseinandergesetzt hatte und die geringere Männer in ihren Stiefeln zittern ließ – fuhr er fort.

„Ich weiß, dass Euer Gnaden an allen Gesprächen mit Mme la Duchesse beteiligt sein wird, wenn es um Eure Kinder geht, aber da Ihr Euch noch um andere Angelegenheiten bezüglich der Ländereien und Staatsangelegenheiten in England kümmern müsst, würde meine Beteiligung Euch zumindest von einem Teil der Notwendigkeit entbinden, an den Vorgesprächen bezüglich Eures Kinderzimmers teilzunehmen."

„Und das würde deine Zeit ausreichend und befriedigend in Anspruch nehmen?"

„Ja, Euer Gnaden. Ich werde vielleicht von Zeit zu Zeit ein paar Monate in Moran Hall verbringen. Aber abgesehen davon habe ich keine anderen Pläne, als Teil dieser Familie zu sein."

Der Herzog glaubte ihm, und doch fühlte er sich gezwungen zu fragen: „Und es ist dein aufrichtiger Wunsch, Majordomo des Haushalts meines Sohnes zu sein?"

„Es wäre mir eine große Ehre, Euer Gnaden."

Der Herzog stand auf, und Martin auch.

„Ich werde mit Mme La Duchesse über deinen Vorschlag sprechen, aber ich glaube, ich weiß, was sie sagen wird ..."

„Ich hoffe aufrichtig, dass er ihr recht sein wird."

„Recht?", wiederholte Roxton und stieß einen kleinen Seufzer der Dankbarkeit aus. „Sie wird, wie ich, überglücklich sein, weil sie weiß, dass das Wohl unseres Sohnes nicht in besseren Händen liegen könnte."

„Das ist sehr erfreulich, Euer Gnaden. Ich danke Euch."

Der Herzog streckte seine Hand über den Schreibtisch, und Martin ergriff sie herzlich.

# NEUNUNDZWANZIG

FRÜHER AN DIESEM Nachmittag hatte der Herzog Antonia in ihrem Bad gelassen, mit ihren *femmes de chambre*, die das Pulver aus ihren hüftlangen, honigfarbenen Locken wuschen und sie von dem Parfüm, dem Pulver und der Schminke befreiten, die notwendig gewesen waren, um den Hof zu besuchen. Jetzt, nachdem er mit Martin gesprochen hatte, kehrte er in ihre Wohnung zurück und erwartete, dass sie ihre Haare am Feuer trocknete und las.

Stattdessen betrat er ihr Schlafgemach und sah ihre Geburtstagssänfte, die vor den hohen Fenstern abgestellt war. Die Tragstangen fehlten, und die Tür stand weit offen mit Blick auf die königliche Parklandschaft. Er hörte seine Frau und seinen Sohn, bevor er sie sah. Sie las laut vor, und das Kind quietschte vor Freude.

Sie waren nicht allein. Zwei Zimmermädchen sammelten die letzten der feuchten Handtuchstreifen in einem Korb, nachdem sie die Haare der Herzogin ein zweites Mal eingebunden hatten, und ein Diener war damit beschäftigt, Kaffeezubehör und eine silberne Kanne auf ihrem Untersatz zu arrangieren. Als sie den Herzog sahen, huschten sie alle davon.

Roxton bückte sich unter die Tür des Tragstuhls und nahm sich einen Moment Zeit, um sich die bezaubernde Szene seiner Frau und seines Kindes einzuprägen, die völlig von der Welt abgeschieden schienen.

Antonia saß auf dem samtgepolsterten Sitz zusammengerollt und lehnte sich mit hochgezogenen Knien an die seidenverkleidete Wand.

Sie war nur halb bekleidet, einen seidenen Morgenmantel über ihr Hemd und ihre Strümpfe gezogen, dazu in einen Kaschmirschal gehüllt. Ihr Haar war zu einem langen dicken Zopf über einer Schulter geflochten, fest mit frischen Handtuchbändern umwickelt, um beim Trocknen zu helfen. Auf ihrem Schoß war ihr kleiner Sohn.

Eine Faust hielt er um ein Stück breites Satinband geschlossen, das um die Enden des Zopfes seiner Mutter gebunden war, und in der anderen steckte ein silberner Beißstab aus Korallen, der von einem Ring aus kleinen silbernen Glocken umgeben war. Jedes Mal, wenn er seine Hand bewegte, klingelten sie, und er quietschte vor Freude.

*„Bonjour, ma très chère famille."*

„Monseigneur! Du bist endlich zu uns zurückgekehrt! Und gerade rechtzeitig. Celeste oder Cecile werden bald hier sein, um Julian wieder an die Brust zu legen." Sie runzelte die Stirn. „Er hat letzte Nacht überhaupt nicht gut geschlafen. Celeste hat mir das nicht gesagt, aber ich kann es spüren. Er ist trotz seines Quietschens nicht guter Laune. Ich glaube, das Zahnen hält ihn wach."

„Niemand, der Zahnschmerzen hat, ist jemals guter Laune", antwortete er. Er nahm seinen Sohn in seinen Armen und trat zurück, um es Antonia zu ermöglichen, aus dem Stuhl zu krabbeln. „Muss ich mich fragen, warum deine Tragsessel für die Stadt in unserem Schlafgemach ist?"

„Ich habe Julian darin zu mir bringen lassen", sagte sie schlicht, als sie in ihre Brokat-Pantoffeln glitt. „Auf diese Weise wird er nicht vergessen, dass er es genießt, in dem Stuhl seiner *maman* getragen zu werden." Sie hob ihr Kinn, um einen Kuss zu erhalten. „Ich danke dir. Wir haben dich vermisst."

„Wie ich euch", sagte er und tupfte einen weiteren, leichteren Kuss auf ihre Stirn.

Er ging mit ihr zum Sofa am Feuer, und als sie sich niedergelassen hatte, legte er ihren Sohn wieder auf ihren Schoß. Er blickte auf das Buch, das sie auf den niedrigen Tisch abgelegt hatte, einen kleinen, versiegelten Brief zwischen zwei Seiten geklemmt, um als Lesezeichen zu dienen, und fragte im Gespräch: „Welche besondere Geschichte aus *Les Contes des Fées* hast du ihm vorgelesen?"

„Monseigneur, ich bin nicht überzeugt, dass Madame d 'Aulonys Geschichten für Kinder geeignet sind", antwortete sie mit einem schweren Seufzer.

Dies ließ den Herzog sich von der Vorbereitung des Kaffees abwenden und sie nachdenklich betrachten, den Porzellan-Milchkrug in der Hand.

„Dem stimme ich zu. Einige ihrer Geschichten sind nicht einmal für Erwachsene geeignet. Und diese wäre, *ma fée* ...?"

„*Le Mouton*. Ich hatte sie noch nie gelesen. Es geht um einen Prinzen, der von einer hässlichen Fee in einen Widder verwandelt wird, und um eine Prinzessin, deren Vater, der König, ihren Tod befiehlt. Aber der Waldarbeiter kann die Befehle des Königs nicht ausführen. Eines der Tiere der Prinzessin, ihr Hund, opfert sein Leben, um sie zu retten. Es gibt noch viel mehr an der Geschichte, aber ich kann es nicht ertragen, dir den Rest zu erzählen, nur dass der Widder sich in diese Prinzessin verliebt, und als sie zu spät zu ihm zurückkehrt, stirbt er an einem gebrochenen Herzen."

„Das ist in der Tat zu traurig, *ma belle*. Aber du musst dich mit der Tatsache trösten, dass unser Sohn zu jung ist, um zu verstehen, was du ihm vorliest. Er genießt nur den Klang deiner Stimme."

„Deshalb habe ich vorgegeben, glücklich zu sein, als ich vorgelesen habe, um seinetwillen. Ich wollte weinen, weil der Hund mich an den armen Tan erinnerte ... Renard, ich habe mir so gewünscht, dass die Geschichte gut endet."

„... dass der Widder sich wieder in den gutaussehenden Prinzen verwandeln würde, damit er und die schöne Prinzessin glücklich bis an ihr Lebensende leben können?"

Antonia küsste die rosige Wange ihres Sohnes und lächelte den Herzog an. „Ja. Genau wie wir!"

Roxton stieß ungewollt ein leises Lachen aus. „Genau wie wir"

Er ging zurück, um ihren Kaffee zu machen, und brachte ihn auf einem silbernen Tablett, mit zwei Kaffeeschalen und einem kleinen Teller mit feinem Gebäck darauf. Er stellte dies auf den niedrigen Tisch vor dem Sofa und setzte sich neben sie. Dann nahm er seinen kleinen Sohn auf seinen Schoß, damit Antonia ihren Kaffee trinken konnte.

„Ich denke, ich werde ihm wieder aus Tacitus vorlesen", verkündete Antonia. „Oder Suetonius, oder Livius – jeder der alten Autoren wäre besser als diese grausigen Märchen."

„Die Julio-Claudianer sind weit weniger schrecklich", spottete der Herzog.

„Monseigneur, du hast es selbst gesagt. Julian macht es nichts aus, was ich laut vorlese, nur dass ich es tue." Sie lächelte unverhohlen. „Also werde ich lesen, was mir gefällt." Sie nippte an ihrem Kaffee und sagte auf einen Gedanken eindringlich: „Ich glaube nicht, dass dein Vater dir Madame d'Aulonys Geschichten vorgelesen hätte.“

„Ich erinnere mich nicht daran, dass er es tat, sondern nur, dass er mir oft vorgelesen hat.“

„Das sind schöne Erinnerungen. Aber nein, er hätte nicht die *Contes des Fées* vorgelesen.“

„Du klingst so überzeugt. Warum? Weil die Geschichten – äh – unangenehm sind?“

„Die meisten würden sagen, weil sie nur Märchen sind und nicht geglaubt werden, spielt es keine Rolle, ob sie schrecklich sind“, argumentierte Antonia. „Aber es gibt immer ein Element der Wahrheit in jeder Geschichte. Doch diese besonderen sind nicht nur der Stoff von Alpträumen, sie sind sehr traurig.“ Sie traf seinen Blick. „Und für deinen Vater wären sie noch unangenehmer gewesen, weil sie ihn an seinen Vater erinnert hätten.“

„Wie das, *mignonne*?“

„Weil dein Großvater in diesen Märchen in vielen schrecklichen Gestalten auftritt.“

„Dann werden wir Madame d'Aulonys Erzählungen in die Bibliothek schicken, wo sie Staub sammeln können.“

Antonia konnte sich nicht helfen … sie kicherte hinter ihrer Hand. „Pardon, Monseigneur. Aber es wird dich nicht glücklich machen zu erfahren, wo Jean-Luc dieses Buch gefunden hat. Im Staub!“

Roxton tat so, als wäre er schockiert. „*Mon Dieu*, es gibt *Staub* in meiner Bibliothek?“

„Der Staub scheint dich viel mehr zu entsetzen als die Märchen.“

„Aber natürlich, *ma vie*.“ Seine Mundwinkel zuckten, aber er sagte ganz ernst: „Mein Großvater war ein Monster, aber selbst er hatte – äh – Prinzipien. Ah! Und jetzt ist es an der Zeit, dass mein Erbe in sein Kinderzimmer zurückkehrt“, fügte er mit einer ganz anderen Stimme hinzu, und auf Englisch, als er eine *nourrice* erblickte und eines der Kindermädchen, die an der *Gobelinportière* warteten. „Und damit seine Eltern etwas Zeit für sich haben – endlich.“

# DREISSIG



S ie tranken ihren Kaffee in geselligem Schweigen und Antonia sagte, als sie ihre leere Schale beiseite stellte: „Mit deiner Erlaubnis möchte ich, dass Jean-Luc mit uns nach Paris kommt.“

„Gibt es einen bestimmten Grund für seine Anwesenheit?“

„Damit er etwas mehr Zeit mit den *nourrices* und ihren Kindern verbringen kann. Sie alle lieben ihn, und er genießt ihre Gesellschaft. Er liest den Kindern vor. Er ist auch bestrebt, alle Bücher, die wir mitgebracht haben, wieder richtig einzustellen und die Aufgaben auszuführen, die dein Bibliothekar von ihm erwarten mag. Ich glaube nicht, dass es gut für ihn wäre, ihn hier in einem leeren und stillen Haus allein zu lassen.“

„Dann muss er mit dir fahren.“

„Danke, Monseigneur. Das wird – oh, alle freuen!“

„Martin wird dich und Estée auch zurück zum *hôtel* begleiten, während Vallentine und ich fort sind.“

„Ich bin froh, dass Lucian bei dir sein wird, aber Madame wird von seiner Abwesenheit nicht erfreut sein.“

„Eine Untertreibung, *ma fée.* Sie wird den ganzen Weg von hier bis zum *pont neuf* jammern. Deshalb werdet ihr in getrennten Kutschen reisen. Ich habe auch angeordnet, dass die Möbel- und Gepäckkarren und die Kutschen für das Personal zwischen euch im Konvoi sind.“

Antonia lächelte. „Das ist sehr aufmerksam von dir. Martin und ich haben vielleicht doch eine angenehme Reise.“ Sie seufzte schwer. „Aber in

Wahrheit glaube ich nicht, dass ich Madames Gejammer bemerken würde, weil ich zu sehr mit Sorgen um dich beschäftigt sein werde."

„Komm her, *ma belle*", lockte der Herzog. Als sie vom Sofa geglitten war, um in seine Arme genommen zu werden, sagte er sanft: „Ich kann dir nicht befehlen, dir *keine* Sorgen zu machen. Natürlich wirst du das. Ich bitte dich nur, nicht zuzulassen, dass deine Gedanken zu Vorstellungen wandern, die vom gleichen Stoff wie Madame d'Aulonys Märchen sind. Ich werde unbeschadet zu dir und Julian zurückkehren. Ich gebe dir mein Wort. Und ich halte immer mein Wort, nicht wahr?"

„Ich weiß in meinem Herzen, dass du zu uns zurückkehren wirst. Aber mit Salvan ist nichts jemals unkompliziert. Er ist wie einer der bösen mythischen Wesen, die auf den Seiten von *Les Contes des Fées* zu finden sind. Er ist zu großer Bosheit fähig. Deswegen mache ich mir Sorgen. Und da wir von ihm sprechen, habe ich etwas für dich."

Als sie sich in seinen Armen bewegte, ließ er sie gehen und sie griff nach dem Buch auf dem niedrigen Tisch. Sie entfernte das Lesezeichen und hielt es ihm hin. Es war eine kleine, versiegelte Nachricht.

„Das habe ich in der Schachtel mit den Taschentüchern gefunden, die Tante Victoire mir zu meinem Geburtstag geschickt hat. Ich habe das Siegel nicht aufgebrochen, als ich es erkannte. Zuerst wusste ich nicht, was ich damit machen sollte, also ließ ich es in der Box und versuchte zu vergessen, dass es da war." Ihr Lächeln war zitternd. „Aber unser Versprechen aneinander, keine Geheimnisse zu haben, erinnerte mich daran, dass ich es immer noch hatte, und nun hast du es und kannst damit tun, was du willst. Keine Geheimnisse, *mari bien-aimé*."

Der Herzog drehte das Briefchen herum. In das rote Wachs war das Siegel des Hauses Salvan gepresst. Er knirschte mit den Zähnen. Sein erster Gedanke: Dass er es kaum erwarten könne, mit seinem Cousin Schwerter zu kreuzen, um endlich seiner heimtückischen Einmischung in sein Leben ein Ende zu setzen. Und dann erstickte er schnell seinen Zorn, denn er wollte seine Wut auf Salvan nicht in diese kostbarste Zeit mit seiner Frau eindringen lassen. Er wollte auch nicht noch einmal über seinen Cousin nachdenken, bis es Zeit war, nach Limoges aufzubrechen.

Zu diesem Zweck stand er auf und streckte seine Hand aus.

Sie traten zum Kamin hinüber, und dort übergab der Herzog Salvans Nachricht ungelesen dem Feuer. Sie standen da und beobachteten, wie die engen Falten des Pergaments schwarz wurden, sich kräuselten und in Flammen aufgingen. Als sie zu Asche geworden waren, war es Antonia, die das Schweigen brach. Sie legte ihre Hände an die Vorderseite des

seidenen Morgenmantels des Herzogs und schaute zu ihm auf. Was sie als
Nächstes sagte, war überraschend, weil es das *Letzte* war, was ihm in den
Sinn kam.

„Renard, ich glaube nicht, dass du einen Spion in unserem Haushalt
finden wirst, weil es kein Spion im wahrsten Sinne des Wortes ist."

Der Herzog dachte kurz darüber nach und sagte dann: „Wenn nicht
ein Spion, wer hat dann vermutlich über unser Leben berichtet, nicht nur
meinen alten Tanten, sondern auch deiner *grand-mère*?"

Sie lächelte fröhlich und nahm seine Hand und führte ihn zurück
zum Sofa. „Ich wusste, du würdest es *immédiatement* verstehen!" Sie rollte
sich auf den Polstern zusammen, sah ihn an und fuhr ebenso lebhaft fort.
„Ich wusste das nicht, aber ich bin mir sicher, du schon! Die meisten,
wenn nicht alle unsere Diener sind die Schwestern oder Brüder, Tanten
oder Onkel – irgendwelche Verwandten – anderer Diener in anderen
großen Häusern. Ich wusste, dass dein ehemaliger Kutscher Baptiste der
Schwager unseres Butlers Duvalier ist, aber ich konnte mir nicht vorstellen, wie komplex die Verflechtung der Beziehungen der Dienerschaft ist,
die der Adel hier in Frankreich beschäftigt. In England muss es genauso
sein, ja? Oh! Und nicht nur beim Adel, sondern auch in den Häusern der
Steuerpächter." Ihre Augen weiteten sich. „Das habe ich entdeckt, als
Gabrielle mir erzählte, dass *alle* ihre Schwestern Dienstmädchen in
adligen Haushalten hier und in Paris sind! Es ist *incroyable*, ja?"

„Gabrielle? Wie viele Schwestern deiner Zofe stehen anderweitig im
Dienst?"

„Drei. Yvette ist die Älteste. Sie ist Madames Zofe. Giselle ist die
Nächste und sie ist die Zofe von Elisabeth-Louise Salvan Gondi Touraine
—oh! die jetzt Madame Montbelliard ist. Rose ist die Zofe von Elisabeth-
Louises Schwester Michelle – Madame Haudry. Und dann ist da noch
meine Gabrielle, die jüngste. Gabrielle erzählte mir, dass es kein Zufall ist,
dass Michelle Haudry in der Villa neben unserer wohnt, weil sie es war,
die ihrer Schwester Rose, der Zofe von Mme Haudry, erzählt hätte, dass
das Haus zu vermieten wäre."

Der Herzog dachte einen Moment darüber nach und sagte dann:
„Estée muss ihre Zofe gefragt haben, als ich sie darum bat, ein Dienstmädchen für dich zu engagieren, als ich dich zum ersten Mal ins *hôtel*
brachte."

„... und Yvette hat ihre eigene Schwester Gabrielle für die Stellung
empfohlen!", rief Antonia zufrieden aus. „*Et voilà*! So arrangiert sich
alles."

Ihre Begeisterung brachte ihn zum Lächeln. Er küsste ihre Handfläche und sagte über ihre Finger hinweg: „Also sag mir, wie du denkst, dass diese Schwestern in die Berichterstattung über unser Leben an andere involviert sind?"

Antonia runzelte nachdenklich die Stirn. „Renard, ich glaube nicht, dass es böswillig oder sogar absichtlich getan wurde, sondern auf die Art, wie Klatsch von einem Mund zum anderen wandert." Sie zuckte die Achseln. „Sie sind Schwestern. Ich hatte nie eine Schwester, aber ich weiß, dass Schwestern miteinander reden. Es wäre leicht für Yvette und Gabrielle, die hier im selben Haus sind. Würden sie nicht gemeinsam in den Räumen der Dienstboten essen und einander auf der Treppe begegnen?

„Und beide haben die Möglichkeit, mehr von Rose zu sehen, weil sie nebenan bei der Familie Haudry wohnt. Aber ich glaube nicht, dass sie viel von Giselle sehen könnten. Ich traf sie im Haus von Tante Philippe, als du mich dort gefunden hast, wie ich das hungrige Kind der Comtesse stillte. Sie ist umsichtig, was mehr ist, als man über ihre Herrin Elisabeth-Louise sagen kann!"

„Also können wir Giselle als die Schwester, die Klatsch über uns verbreitet, ausschließen?"

„Ja. Aber ich habe Rose noch nie getroffen, also kann ich nichts dazu sagen, wie sie in dieses kleine Geheimnis passt."

Der Herzog lächelte nachdenklich, behielt aber einen neutralen Ausdruck aus Furcht, sie könnte ihn für unaufrichtig halten und ihre Überlegungen nicht ernst nehmen, während er tatsächlich beeindruckt war, dass ihre Hypothese über die Identität des Spions in ihrer Mitte sich sehr wohl als richtig erweisen könnte.

„Da Giselle und Rose nicht unter unserem Dach wohnen, wären sie nur die Empfänger dieses Tratsches."

„Aber könnten sie ihn dann nicht weitergeben?"

„Stimmt. Doch da Giselle umsichtig ist und Rose Mme Haudry dient und sich daher nicht in denselben Kreisen bewegen würde wie die Schwestern, die in Adelshäusern beschäftigt sind, glaube ich, dass wir sie auch ausschließen können. Was die beiden anderen Schwestern – Estées Zofe – Yvette – übrig lässt?" Als Antonia nickte, fuhr er fort: „Yvette und deine Gabrielle. Aber welcher ist die absichtslose – äh – Spionin? Oder sind es beide?"

„Monseigneur, ich kenne Yvette auch nicht, aber Gabrielle kenne ich. Sie ist jung und naiv, aber sie ist keine Spionin."

„Was ist deine Begründung, *mignonne*?" fragte er leichthin, aber diesmal konnte er sein Grinsen nicht verbergen, weil Antonias Zofe mehrere Jahre älter als sie selbst war.

Sie schien seine Gedanken zu lesen, als sie mit einem Schmollmund sagte und vorgab, beleidigt zu sein: „Ich vergesse nicht, dass Gabrielle älter ist als ich. Aber sie hat wenig Erfahrung mit der Welt, außer ihrem Zuhause und unseren Haushalten hier in Frankreich und in England." Sie verlor ihren Schmollmund und ihre Augen funkelten. „Wohingegen ich meine Erfahrung von – oh! fast allem, M'sieur le Duc de Roxton verdanke."

„Und deinem geschätzter Vater, der deine Intelligenz, unersättliche Neugier und entzückende Direktheit kultiviert hat..."

„... was M'sieur le Duc alles sehr schätzt", antwortete sie fröhlich. „Die Neugier vielleicht am meisten."

„Meinst du?"

Antonia warf ihm einen Blick aus den Augenwinkeln zu. „Oh ja, gewiss – im Schlafzimmer."

Roxton schnappte nach Luft und gab vor, schockiert zu sein. Dann zog er sie in seine Arme. „Und in jedem anderen Zimmer deiner Wahl", murmelte er und küsste sie.

„Ich bin sehr neugierig auf dieses Zimmer..."

„Kleines Luder."

Sie kicherte und er lachte leise, als sie immer tiefer in die Sofakissen sanken.

EINUNDDREISSIG

ALS SIE SCHLIESSLICH auftauchten, um Luft zu holen, zerzaust und gesättigt, war der Herzog auf dem Sofa in voller Länge ausgestreckt, eine Hand unter seinem Kopf, Antonia kuschelte sich an ihn. Sie hob ihr Kinn von seiner Brust und kehrte zum Thema Spione zurück.

„Renard, wenn wir uns privat unterhalten, tun wir das oft in englischer oder italienischer Sprache, so dass Gabrielle und unsere Diener wenig Ahnung haben können, wovon wir sprechen."

„Ich glaube nicht, dass dein Dienstmädchen im Geringsten daran interessiert ist, in welcher Sprache wir über die Julio-Claudianer oder die Ursachen der Peloponnesischen Kriege sprechen oder auf wessen Seite wir im Konflikt zwischen Scipio Africanus und Hannibal stehen. Es ist unser tägliches Leben und unser – äh – Umgang miteinander, die von Interesse sind. Und ich glaube, ich weiß, wie es vor sich geht ..."

„Ich wusste, dass du das erkennen würdest!", rief Antonia glücklich aus und kuschelte sich enger an ihn. „Bitte erkläre mir alles."

„Wir wissen, dass unser Leben – und ich spreche im Allgemeinen vom Adel – diejenigen, die uns dienen, mit einem Übermaß von Klatsch versorgt. Dieser Tratsch wird mit ihren Gefährten ausgetauscht, meist nur zum Zeitvertreib, der harmlos ist, wenn er unter ihnen bleibt. Und dann gibt es diejenigen, die weniger loyal sind, sondern bestechlich, die sich für die Weitergabe interessanter Gerüchte bezahlen lassen. Sie verkaufen sie weiter, und die Käufer dieses Klatsches haben ihre eigenen Gründe, uns schaden zu wollen."

„Bei *grand-mère* liegt es daran, dass sie boshaft und eifersüchtig ist. Und die Salvans wollen dir wegen deiner ach so großen Arroganz schaden, weil du das Oberhaupt ihrer Familie ins Exil geschickt hast, ja?"

„Genau das, *mignonne* ... Und einige haben es auf mich abgesehen, nur, weil ich zu den Vertrauten des Königs gehöre. Ehrgeizige Höflinge haben oft versucht, mich zu demütigen, in der Hoffnung, dass ich die Gunst von Louis verlieren werde."

„Aber du hast dich nie um die Meinungen anderer gekümmert, wie können sie dich dann demütigen?"

„Aber ich sorge mich sehr darum, dass *du* nicht in ihre abstoßenden Intrigen verwickelt wirst. Solche widerwärtigen Methoden werden jetzt bei Louis' Mätresse angewendet. Die Pompadour erscheint zerbrechlich —"

„Sie ist sehr schön und zart", sagte Antonia.

„Nicht annähernd so schön wie du, *ma fée*, und ihr fehlt dein Geist ..."

„Ach, ich liebe dich dafür, dass du das sagst, *mon amour*. Ihre Schönheit und Zerbrechlichkeit müssen ihre Feinde verwirren, die auch ihren Geist für zerbrechlich halten?"

„Sie werden früh genug zu ihrem Nachteil erfahren, dass eine solche Zerbrechlichkeit Nerven verbirgt, die aus Marmor gehauen sind. Die Marquise wird ihren klugen Intellekt einsetzen müssen, um ihre Gegner zu überlisten, aber sie wird siegen."

Antonia runzelte die Stirn. „Aber Renard, sicherlich würde keiner unserer persönlichen Diener uns verraten?"

„Ich bezahle ihnen auf jeden Fall genug für ihre Loyalität", scherzte der Herzog.

„Madame würde dich tadeln und sagen, das ist das Denken eines Händlers", neckte sie. „Kaufleute zahlen für Loyalität, aber Herzöge sind von edlem Blut und das sollte ausreichen, damit jeder Mann dir dienen möchte."

„Meine edlen Brüder, die auf Kredit leben und ihren guten Namen und Titel als Sicherheit verwenden, erwarten, dass diejenigen, die ihnen dienen, und die Kaufleute, die ihre Kundschaft suchen, dankbar sind, ihre Kundschaft zu haben. Ihre Rechnungen zu begleichen, ist das Letzte, was sie im Sinn haben, und oft sind es ihre Erben, die eine enorme Schuldenlast erben. Ich werde nicht zulassen, dass das unseren Kindern passiert."

„Weil du ein guter Herr und ein guter Vater bist", sagte Antonia. „Und ein wunderbarer Ehemann."

Der Herzog lächelte und umarmte sie. „Danke, dass du an mich glaubst, *ma vie*. In Wahrheit war ich schon immer pragmatisch. Ich möchte niemandem etwas schulden. Ich habe immer gut und pünktlich für außergewöhnliche Dienste bezahlt, damit ich sicher sein kann, dass alles schnell und gut erledigt wird; Loyalität ist eine zweitrangige Überlegung, obwohl ich diese ebenfalls erwarte."

„Du bist zu hart zu dir selbst, Monseigneur. Deine Diener sind treu, weil du ein gütiger Herr bist, wie dein Vater vor dir. Nachdem wir geheiratet hatten, fragte ich nach ihm und entdeckte, dass es hier in der Villa und im *hôtel* Diener gibt, die ihm gedient haben, und sie sprechen mit großer Zuneigung von Lord Alston."

„Er war sicherlich das völlige Gegenteil *seines* Vaters."

„Ich bin froh, dass wir unseren Sohn nach ihm benannt haben, und sie sind es auch. Sie sagen, es ist ein Zeichen, dass er auch ein freundlicher Herr sein wird, wie sein Großvater, und ein gütiger wie sein Vater."

„Das ist ein und dasselbe, *ma chérie*."

Antonia setzte sich auf, lächelte fröhlich und küsste ihn. „Ja. Und du bist beides. Also widersprich mir nicht!"

„Das würde ich nicht wagen!"

Während sie sich einander zugewandt bequem wieder auf dem Sofa zurücklehnten, kehrte der Herzog zu der Frage von Spionen in ihrer Mitte zurück.

„Ich glaube, du hast recht mit den Schwestern. Unser tägliches Leben wird indirekt durch die Verbreitung ihres Klatsches erzählt ... Und ich glaube, *meine* Schwester ist ..."

„Estée?" Antonia schnappte nach Luft. „*Vraiment?*"

„... der rote Faden, der alle Schwestern vereint."

Antonias grüne Augen wurden groß. „*Oh là là!* Aber natürlich! Du bist sehr klug. Darauf hätte ich selbst kommen können."

„Ich habe schon viel länger mit ihrer Art und Weise zu tun als du, *mignonne*. Wenn sie – äh – verärgert ist, ist sie äußerst sorglos mit ihren Meinungen und kümmert sich überhaupt nicht darum, wer sie hört."

„Das ist wahr", antwortete Antonia trübe. „Ich glaube nicht, dass sie ihre Diener bemerkt, bis sie sie braucht. Und du hast recht, sie denkt nie darüber nach, wenn sie alles ausspricht, was sie gerade denkt. Monseigneur!", fügte sie hastig durch einen plötzlichen Gedanken hinzu: „Vielleicht fühlte Yvette das Bedürfnis, sich bei ihren Schwestern zu beschweren, über Madames Verh..."

„Über ihre Wutanfälle? Denn genau das sind ihre Tiraden. Ja. Wer hätte nicht gern Mitgefühl einer Schwester nach einer von Estées besonders kraftvollen Schimpfkanonaden."

Antonia lehnte sich mit nachdenklichem Gesicht in die Kissen zurück und spielte unbewusst mit den Enden ihres langen Zopfs.

„Selbst wenn Yvette durch Madame Einzelheiten über uns erfahren hat und sie mit Gabrielle gesprochen hat, wie kommt dann dieser Klatsch zu Ohren einer der alten Tanten? Ich glaube nicht, dass Gabrielle es wiederholen würde. Und wenn Giselle vorsichtig ist? Sie würde kein Wort sagen ..."

Der Herzog zog ein Gesicht und zuckte die Achseln, als ob auch er genauso ratlos wäre. Aber Antonia ließ sich nicht täuschen. Sie sah das Funkeln in seinen dunklen Augen und den Hauch eines Lächelns, das seine Mundwinkel hob, und sie kroch über das Sofa, um sich an ihn zu kuscheln.

„Ich glaube, du hast mich einfach weiterschwätzen lassen!", tadelte sie spielerisch. „Du magst mir zustimmen, dass die Schwestern über uns klatschen, und dass Madame sorglos mit ihren Ansichten ist, wenn sie in einer ihrer ärgerlichen Launen ist, aber du glaubst nicht, dass deine alten Tanten oder meine *grand-mère* auf diese Weise intime Details über uns erfahren haben! Du weißt es, nicht wahr, Monseigneur, und du wusstest es die ganze Zeit und hast mich nur die ganze Zeit weiterreden lassen! Sag es mir! Ich will nicht länger in die Irre gehen!"

„Oh? Aber es war ein schöner Garten von Möglichkeiten, durch den wir gewandert sind, *mon adorable petite fée*. Und das hat uns erlaubt, zu vergessen, wenn auch nur für eine kleine Weile, was wir beide in den kommenden Tagen zu ertragen haben werden." Er zupfte spielerisch an ihrem Zopf. „Wir wollen heute nicht weiter wandern. Um ganz ehrlich zu sein, habe ich nie geglaubt, dass einer meiner Diener uns hintergehen würde. Ich nahm die ganze Zeit an, dass es ein Diener der Salvans sein muss, der sich in unseren Haushalt eingeschmuggelt hatte. Und meine Tanten wiederum hatten das, was sie erfuhren, an deine Großmutter weitergegeben." Er küsste leicht ihre Stirn. „Aber du hast mir gezeigt, dass die einfachste Erklärung oft die richtige ist. Es macht Sinn, dass die Schwestern klatschten, und vielleicht wurden sie oft von anderen belauscht, und dann klatschten sie über die Wände unserer Häuser hinaus. Aber selbst dann glaube ich nicht, dass sie zu tadeln sind."

„Wenn du eine einfachere Erklärung wünschst, glaube ich, dass es Madame ist, die mit deinen alten Tanten klatscht …"

„… und in ihrer Korrespondenz mit Augusta", sagte der Herzog und beendete ihren Satz. „Und damit hättest du recht. Deine Großmutter hat ein Händchen dafür, selbst die kleinsten Details aus ihren Briefpartnern herauszuholen, und deshalb bin ich ziemlich sicher, dass Estée ihr unabsichtlich alles gesagt hat, was sie wissen wollte."

„Danke, dass du es mir gesagt hast", antwortete Antonia leise, „auch ich habe es genossen, im Garten der Möglichkeiten mit dir zu wandern *und* mich zu wundern. Aber andererseits", fügte sie mit einem liebevollen Lächeln hinzu, „könnte ich hier den ganzen Tag schweigend mit dir sitzen und zufrieden sein."

„Warum machen wir das nicht bis zum Abendessen?"

„Oh! Das würde mir sehr gefallen", antwortete sie, überraschte ihn aber, indem sie vom Sofa hüpfte und in ihre Pantöffelchen schlüpfte. Sie entschuldigte sich. „Zuerst muss ich meine Haare trocknen und frisieren lassen."

Roxtons Blick huschte zur Tür. Im Schatten stand Gabrielle und hinter der *portière* schauten zwei der Zimmermädchen heraus. Er stand auf und zog den Morgenmantel dichter um seine breite Gestalt, dann zog er Antonia an sich.

„Ich werde unsere Bücher einsammeln", sagte er und strich mit der Hand über die Länge ihres Zopfes bis zu dem dicken Seidenband. Er wickelte ihren Zopf um sein Handgelenk. „Lass dein Haar auf jeden Fall trocknen, aber bringe mir die Bürste …"

Sie lächelte und nickte, und nachdem sie einen sanften Kuss geteilt hatten, ließ er sie gehen. Sein Blick hing an ihr, als sie zu der *portière* ging. Aber als sie nicht hinter dem Gobelinvorhang verschwand, sondern in leiser Stimme mit ihrer Zofe sprach, wartete er.

Antonia eilte zu ihm zurück, eine Falte zwischen ihren Brauen. Sie blickte besorgt auf.

„Renard, Mme Haudry ist hier. Sie sagt, sie muss mit dir reden. Dass die Angelegenheit von großer Bedeutung ist und nicht warten kann."

# ZWEIUNDDREISSIG

Der Herzog blickte ihr über den Kopf zu Gabrielle. „Madame Haudry kann übermorgen, bei Tagesanbruch, zu mir kommen, bevor ich nach Limoges aufbreche."

Gabrielle machte einen Knicks und verschwand hinter der *portière*. Antonia wollte ihr folgen, als ein Aufruhr im nächsten Raum ausbrach. Eine Tür prallte gegen die Tapete, es gab ein Crescendo von Geschwätz und andere gedämpfte Geräusche, als ob ein Gerangel ausgebrochen wäre. Schließlich drang eine tiefe, leise Stimme durch das Chaos, und alles wurde still, aber nur für einen Moment.

Das herzogliche Paar sah einander an, und dann zurück zu der *portière*. Der Herzog zog Antonia in seine Arme, und beide warteten schweigend und wunderten sich. Keiner der beiden war überrascht, als der Gobelinvorhang sich bewegte und dann aus dem Weg geschoben wurde. Der Kammerdiener des Herzogs, George Geharty, trat ein und verbeugte sich. Auf seinen Fersen folgte Gabrielle, und hinter ihr ein Lakai mit weit aufgerissenen Augen. Aber es waren die hinter ihnen Erscheinenden, die den Herzog die Zähne zusammenbeißen ließen.

„Roxton! Antonia! Oh, Gott sei Dank! *Mon Dieu*! Was für Neuigkeiten! Was für schockierende Neuigkeiten! Ich kann es kaum glauben!"

Es war Estée und auf ihren Fersen, Lord Vallentine.

„Beruhige dich, Schätzchen", befahl Seine Lordschaft besänftigend. „Ich sagte dir, es wäre das Beste, wenn ich das erledige. Es kann nicht gut für das Baby sein, sich so aufzuregen. Was ist, wenn du Wehen bekommst?"

„Mach dich nicht lächerlich, Lucian! Es dauert noch Wochen – *Monate* – bis das Baby kommt! Wie du erwarten kannst, dass ich ruhig bleibe, wenn Tante Victoire mir diese Nachricht schickt, weiß ich nicht!" Sie wedelte mit einer einzelnen Seite in der Luft und eilte zu ihrem Bruder. „Roxton! Lies das! Du wirst es nicht glauben!"

„Ihr dürft gehen", sagte der Herzog ruhig zu seinem Diener mit einem Blick auf die anderen herumstehenden Dienstboten, deren große Augen sich auf den Boden senkten, als ihr Herr in ihre Richtung schaute.

Die Diener waren kaum aus dem Zimmer geschlurft und der Gobelinvorhang wieder an seinen Platz gefallen, als Vallentine verlegen sagte: „Verzeiht, dass wir hier so eindringen. Aber es ließ sich nicht ändern."

„Muss ich bewaffnete Wachen an die Türen in meinem eigenen Haus stellen?", fragte der Herzog mit eisiger Höflichkeit. „Mit Pistolen bewaffnet, um euch aufzuhalten?"

Seine Lordschaft zuckte die Achseln. „Es würden wohl Pistolen sein müssen. Und mit dem Befehl ‚zu schießen, um zu töten', denn Estée würde mich dazu bringen, sie in einen blutigen Kampf zu verwickeln, wenn sie ein Schwert ziehen würden."

„… und für sie würdest du jeden töten, Lucian", unterbrach Antonia mit einem Lächeln.

„Das würde ich – für sie, Madame la Duchesse", antwortete er sanftmütig.

„Oh, Lucian! Du bist der tapferste, wunderbarste Mann, den ich kenne!", platzte Estée heraus, warf sich in seine Arme und brach in Tränen aus.

„Na, komm schon, das ist jetzt nicht nötig", beschwichtigte Seine Lordschaft sie. „Ich weiß, warum du überdreht bist, aber wir müssen unseren Verstand beisammenhalten, um deinem Bruder und Antonia zu erklären, warum wir es wagten, so ungehobelt hier bei ihnen hereinzustürzen."

Er blickte über ihren an seiner Brust vergrabenen Kopf und verdrehte die Augen, bevor er seinen Blick auf die Herzogin richtete. Er wünschte sich sofort, er hätte es nicht getan, weil sie nicht vollständig bekleidet war, sondern nur einen seidenen Morgenmantel über sehr wenig sonst trug, die Haare zu einem langen Zopf geflochten. Er errötete, und das vertiefte sich, als er erkannte, dass sein bester Freund ähnlich spärlich bekleidet war. Der Herzog war ohne seine Krawatte und das Band, das normalerweise seine langen schwarzen Locken zusammenhielt, war lose, Haare fielen über seine Stirn und um seine Schultern.

Vallentine ließ seinen Blick durch den Raum und bis zur bemalten Decke schweifen und machte eine harmlose Bemerkung. „Glaube nicht, dass ich jemals in diesem Teil des Hauses gewesen bin…"

„… oder jemals wieder sein wirst", witzelte der Herzog, dann stieß er einen müden Seufzer aus. „Was ist so – äh – gewaltig wichtig, dass ihr es gewagt habt, mir nicht zu gehorchen?"

Estée hob ihr Gesicht aus der Weste ihres Mannes, um ihren Bruder anzusehen. Sie streckte ihm den Brief entgegen. „Lies das, Roxton. Tante Victoire schreibt – sie schreibt, unser Cousin ist – er – er ist *tot*."

Der Herzog trat vor, er spürte seine Kehle eng werden. „Cousin? Doch nicht Alphonse?"

„Alphonse?" Estée runzelte die Stirn, schüttelte den Kopf und drückte ihm den Brief in die Hand. „Nein! Nein! Nicht Alphonse."

„*Dieu Merci*", murmelte der Herzog.

Als er zum Kamin ging, um zu lesen, beobachteten und warteten Antonia, Vallentine und Estée. Aber seine Schwester konnte nicht lange schweigen. Sie wandte sich in lautem Flüsterton an die Herzogin.

„Deshalb mussten wir kommen. Deshalb ich Lucian dazu gebracht, uns den Zutritt zu erzwingen. Es tut mir leid, aber dieser Brief ändert *alles*."

„Ich verstehe nicht, Madame", antwortete Antonia. „Was ändert es? Wer ist gestorben?"

Der Herzog drehte sich um und sah sie an. Sein Gesicht war weiß. Er fragte leise: „Ist Mme Haudry noch in der Villa?"

„Sie ist hier? Warum?" Es war eine Überraschung für Estée, und auch für Vallentine, der mit den Schultern zuckte.

„Danke, dass du mir das gebracht hast", sagte Roxton. „Wir werden uns später heute Abend beim Abendessen unterhalten …"

„Du beendest eure Isolation und ihr schließt euch wieder der Familie an?", fragte Seine Lordschaft.

„Nach dieser Nachricht muss ich das. Sei so freundlich, mir einen Lakaien zu schicken."

„Ich verstehe das nicht! Warum werden wir weggeschickt? Ich habe den Brief gebracht! Ich muss jetzt mit dir darüber reden. Wir können nicht gehen. Wir …"

„Komm, Liebes", redete Seine Lordschaft ihr zu, legte einen Arm um die Schultern seiner Frau und führte sie langsam durch den Raum. „Du hast deinen Bruder gehört. Er sagte, wir sprechen uns später beim Abendessen. In dieser Minute braucht er Zeit, um es zu begreifen und herauszufinden, ob es tatsächlich wahr ist.“

„Tante Victoire würde nie über etwas so Unglaubliches wie dies lügen!?“, protestierte Estée. „Verstehst du nicht, dass es eine Todsünde ist, …“

„Oh, was ich verstehe, ist, dass wir eine Todsünde begangen haben, indem wir hier hereingeplatzt sind!“

Bevor sie wusste, wo sie war, hatte Vallentine seine Frau zu dem Vorhang geschoben. Er hob ihn auf und führte sie in den nächsten Raum, redete und stritt immer noch mit ihr, ließ den Herzog und die Herzogin wieder allein, aber nur für einen Moment. Ein Lakai erschien in der Türöffnung.

„Bring Mme Haudry zu mir. Wenn sie nach Hause zurückgekehrt ist, holt sie zurück. Lasst sie in der Bibliothek warten. Wir werden dort zu ihr kommen.“

Roxton drehte sich dann zu seiner Herzogin um und gab ihr den Brief.

„Es ist Salvan. Er ist tot.“

# DREIUNDDREISSIG

M ADAME HAUDRY NIPPTE an einer zweiten Tasse Kaffee, als das Herzogspaar schließlich zu ihr in die Bibliothek kam.

Beide hatten Kleidung angelegt, die ihrem hohen Rang entsprach.

Der Herzog trug ein Ensemble aus weichstem schwarzem Samt mit einer Weste, die von silbernen Pailletten übersät war, und flache schwarze Lederschuhen mit großen, diamantbesetzten Schnallen. In den Falten seiner weißen Leinenkrawatte steckte eine goldene Nadel und sein rabenschwarzes Haar war aus dem hageren, gutaussehenden Gesicht zurückgekämmt, der lange Zopf mit weißen Seidenbändern gebunden, eines am Nacken, das andere am Ende des Zopfes in der Mitte seines Rückens.

Die Herzogin war ähnlich prächtig gekleidet, in einem seidenen Volante-Kleid in Tönen von gedecktem Mauve und Silber mit Kaskaden zarter Spitze, die ihr vom Ellenbogen zum Handgelenk fielen. Der tiefe, V-förmige Ausschnitt des Mieders, mit einem Vorsteckmieder voll silberner Spangen, passte zur Weste ihres Gatten und stellte ihren beeindruckenden Busen perfekt zur Schau. Sie trug keinen Schmuck. Als strahlende Schönheit brauchte sie das nicht.

Kein Wunder, dass sie Michelle Haudry über eine Stunde hatten warten lassen. Es war offensichtlich, dass das Herzogspaar durch Kleidung mit solcher Sorgfalt und in solch opulenten Stoffen der Gelegenheit die formale Feierlichkeit verliehen, die angemessen war.

Sie stellte ihre Kaffeeschale und Untertasse ab und war vom Sofa aufgesprungen und versank in einen tiefen Knicks mit all der Anmut, die von einer neu ernannten Hofdame der Königin erwartet werden konnte.

„Ich bitte um Verzeihung, dass ich Eure Zeit in Anspruch nehme, M'sieur le Duc. Aber dies konnte nicht warten."

„Ist es wahr?", fragte der Herzog und gab ihr ein Zeichen mit der Hand, sich wieder zu setzen. Er wartete darauf, dass Antonia ihr voluminöses Kleid arrangierte, bevor er die Schöße seines Rocks hob, um sich neben ihr niederzulassen. Er hob seine dunklen Augen zu ihrem Gast und fragte: „Der Comte de Salvan ist tot?"

Michelle Haudry schaute ihm in die Augen und erwiderte mit ruhiger Stimme. „Ich bin hier, um Euch mitzuteilen, *M'sieur le Duc et Mme la Duchesse*, dass Jean-Honoré Louis Gabriel de Salvan, der Comte de Salvan, tot ist. Er – er ..." Sie zögerte und verstummte, als die Herzogin seufzte und gegen den Arm des Herzogs sank.

Antonia erholte sich jedoch schnell und murmelte eine Entschuldigung, der Herzog murmelte ihr etwas zu, das Michelle Haudry nicht verstand, bevor er seine Aufmerksamkeit wieder auf ihre Besucherin richtete.

„Wie habt Ihr dies erfahren, Madame?"

„Ein Bevollmächtigter meines Schwiegervaters war in Limoges ...“

„... und war zufällig genau im Moment von M'sieur le Comtes Tod dort? Welch glücklicher Zufall."

„Verzeihung, M'sieur le Duc, das Treffen war vorab arrangiert worden und sollte den Comte über die finanziellen Vorkehrungen informieren, die mein Schwiegervater für den Chevalier Montbelliard und meine Schwester getroffen hat." Sie lächelte zaghaft. „Er hielt es für vorsichtig, den Comte auf diese Vorkehrungen aufmerksam zu machen."

„M'sieur Haudry ist immer klug", bemerkte der Herzog und nickte ihr zu, dass sie fortfahren sollte.

„Als der Bevollmächtigte am angegebenen Tag und zu der angegebenen Zeit im Schloss ankam, fand er den Haushalt des Comte in einem Zustand großer Aufregung. Das Wort, das er benutzte, war *Aufruhr*. Ihr Herr hatte sich drei Tage zuvor in seine Zimmer eingeschlossen, und seitdem hatte niemand auf dem Schloss, nicht einmal das Mädchen, das die Asche ausräumt, Zugang zu den Zimmern des Comte erhalten."

„Hat dieser – äh – Bevollmächtigte den Grund entdeckt, warum Salvan sich eingesperrt hatte?"

„Niemand konnte eine definitive Antwort geben", antwortete Michelle Haudry. „Der Diener des Comte vertraute dem Bevollmächtigten an, dass es nicht ungewöhnlich sei, dass sein Herr Zeiten der Niedergeschlagenheit erlebe, in denen er alles Essen und Trinken ablehne – bis sein Diener, oder sein Arzt ihn dazu überreden könnten, die Tür zu öffnen. Solche Zeiten dauerten selten einen ganzen Tag, und selbst wenn er sich weigerte, jemanden zu sehen, schrie er immer noch seine Forderungen von der anderen Seite der Tür. Deshalb ließ der Arzt, als drei Tage vergangen waren und kein Ton aus den Zimmern des Comte drang, die Diener einen Rammbock einsetzen, um die Tür einzuschlagen."

„Wie mittelalterlich! Und der Grund für diese besondere Niedergeschlagenheit?"

„Der Diener meinte, dass es daran lag, dass mehrere Briefe und Pakete aus Paris und Versailles eingetroffen waren, und ihm *joyeux anniversaire* wünschten, und sein Herr hasste es, daran erinnert zu werden, dass er ein weiteres Jahr vom Tag seiner Geburt entfernt war."

„Das klingt wie Salvan, über seinen Geburtstag zu schmollen!"

„Aber, Monseigneur, das Schmollen kann ihn nicht getötet haben", argumentierte Antonia. Sie fragte Michelle Haudry: „Weiß der Bevollmächtigte, was in den Briefen und Paketen war?"

„Eine ausgezeichnete Frage, *ma vie.*"

Der Herzog und die Herzogin betrachteten ihre Besucherin in schweigender Erwartung.

„Nur ein Brief und eine Holzschachtel waren geöffnet worden. Beide waren von meiner Großmutter." Michelle Haudry blickte die Herzogin an, die aufmerksam zuhörte, Hände im Schoß, bevor sie fortfuhr. „Der Diener gab dem Bevollmächtigten den Brief meiner Großmutter, und jetzt befindet er sich in den Händen meines Schwiegervaters ...“

„Er dachte nicht daran, ihn mir zu schicken. Schließlich wisst Ihr und er, dass ich Eurer Großmutter verboten habe, mit Salvan zu korrespondieren, und dieser Brief beweist ihre Perfidie."

„M'sieur le Duc, ja und nein. Um es zu erklären: Ihr habt ihr jeglichen Kontakt zu ihrem Neffen untersagt, und ja, sie hat ihm geschrieben, nachdem sie Euch ihr Wort gegeben hatte. Aber zu ihrer Verteidigung, sie schrieb ihm, dass es das letzte Mal sein würde, dass sie Kontakt zu ihm aufnähme. Die Holzschachtel war ein letztes Abschiedsgeschenk."

„Und in der Schachtel?"

„Zwei Gläser marinierte Feigen in Stroh verpackt. Der Comte hatte sie in der Nacht geöffnet, bevor er sich in seinen Zimmern einsperrte. Der Diener erinnerte sich ausdrücklich daran, dass er, als er seinem Herrn aufwartete, bevor dieser sich für den Abend zurückzog, die zwei Gläser auf dem Schminktisch sah."

„Waren sie geöffnet?"

„Da noch nicht, nein", antwortete Michelle Haudry und die Neugier veranlasste sie zu fragen: „Darf ich wissen, warum Ihr das fragt, M'sieur le Duc?"

„Da der Diener Wert darauf legte, dem Bevollmächtigten von M'sieur Haudry mitzuteilen, dass er sich an die Feigen erinnerte, und dieser Bevollmächtigte es ihm dann sagte, und jetzt Ihr es mir sagt, scheint es, dass die Feigen eine entscheidende Rolle in Salvans Ableben spielen."

Antonia sog scharf die Luft ein. „Monseigneur! Denkst du, die Feigen hätten ihn getötet?"

Der Herzog konnte ein leises Lachen nicht unterdrücken. „Nicht buchstäblich ..."

Antonia schlug eine Hand an ihren Mund, um ein Kichern zu ersticken, dann flüsterte sie: „Du bist absurd! Danke. Dadurch fühle ich mich besser."

„Mein Vergnügen, *ma fée*", antwortete er und richtete seinen Blick mit erneutem Ernst wieder auf ihre Besucherin. „Wir sind an dem Punkt angelangt, an dem Ihr uns – ohne die Ausschmückungen des Bevollmächtigten – genau sagen werdet, wie der Comte de Salvan sein Ende fand."

„Sehr wohl, M'sieur le Duc. Es ist die Meinung des Arztes, dass der Comte an einem Herzschlag starb, durch den Verzehr einer zu großen Menge von Feigen."

„Ein Herzschlag?" Der Herzog sah nicht überzeugt aus. „Hat er beide Gläser oder nur das eine konsumiert?"

Wieder schüttelte Michelle Haudry den Kopf. „Nur ein Glas war geöffnet, und obwohl der Bevollmächtigte es seltsam fand, dass die Hälfte seines Inhalts unberührt blieb, und der Comte nur eine kleine Menge der Delikatesse gegessen hatte, blieb der Arzt fest bei seiner Diagnose."

„Hat der Arzt die Möglichkeit in Betracht gezogen, dass die Feigen mit Gift versetzt sein könnten, und es das Gift war, das einen Herzschlag auslöste?"

Antonia setzte sich auf. „Wenn es Gift war, und die Feigen ein Geschenk von Tante Philippe waren ..." Entsetzt schaute sie zu Michelle Haudry. „Pardon, Madame, ich sollte nicht annehmen, dass es Eure *grand-mère* war, die das Gift in das Feigenglas getan hat."

„Es gibt keinen Grund, sich zu entschuldigen, Madame la Duchesse", unterbrach Michelle Haudry. „Ich bin mir sehr wohl bewusst, wozu meine Großmutter fähig ist, und es würde mich nicht überraschen zu erfahren, dass sie die Feigen mit Gift versetzt hat." Sie seufzte, als müsste sie ihre Kräfte sammeln, um weiterzusprechen. „Mein Schwiegervater glaubt – und ich stimme ihm zu –, dass meine Großmutter bereits wusste, dass der Comte tot war oder es bald sein würde, als sie an der Hochzeitsfeier des Chevaliers mit meiner Schwester teilnahm. Das würde ihre gute Laune erklären und den Grund für ihre Bitte, dass das Paar ein wenig länger in Versailles bleiben sollte. Und auch das deutet auf ihre Schuld hin."

„Indem sie einen Neffen vergiftete, verweigerte die Marquise Touraine-Brissac ihrem anderen Neffen die Genugtuung, seine Ehre zu verteidigen. Dafür weiß ich ihr keinen Dank."

„Du glaubst, dass auch das Absicht von ihr war, Monseigneur – dir das zu versagen?", fragte Antonia.

Die Lippen des Herzogs kräuselten sich. „Es würde ihr eine gewisse Befriedigung geben, zu denken, dass sie uns beide überlistet hat. Dass Salvan tot ist, ist eine große Erleichterung. Und es hat mich von den Unannehmlichkeiten befreit, nach Limoges zu reisen. Aber nein, ich glaube nicht, dass dies die Hauptmotivation meiner Tante war, Salvan ein Glas mit giftigen Feigen zu schenken."

„Warum hat sie es dann getan?", fragte Antonia, immer noch verständnislos. Und dann beantwortete sie ihre eigene Frage. „Damit Montbelliard den Titel erben und ihre Enkelin viel früher als erwartet die Comtesse de Salvan werden könnte."

„Es bedeutet, dass die Familie Salvan ihre Positionen am Hof wiederherstellen wird, Mme La Duchesse", sagte Michelle Haudry.

„Ein ausreichendes Motiv, um einen Mord zu begehen", näselte der Herzog.

Antonia war nicht überzeugt und ihre Stirn blieb gerunzelt. „Aber sie hätte das gleiche Ergebnis erzielt, wenn sie abgewartet hätte, bis M'sieur le Duc sich mit Salvan duelliert hätte. Und was ist mit dem Risiko, dass sie als Mörderin entlarvt wird? Mord zu begehen ist eine Sünde, von der sie sich nie erholen kann; ihr Priester wird ihr das sicher sagen."

„Dies ist nicht das erste Mal, dass sie gesündigt hat, *ma fée*. Und selbst sie würde zustimmen, dass das Brechen des fünften Gebotes und das Hinzufügen zu ihrer langen Liste von Sünden eine bereits geschwärzte Seele kaum schwärzen wird." Er neigte seinen Kopf zu ihrer Besucherin. „Ich bitte um Verzeihung, wenn die Wahrheit für Euch schmerzhaft ist, Madame."

Michelle Haudry nahm es philosophisch auf. „Unnötig, M'sieur le Duc. Ich habe vor langer Zeit gelernt, diesen Schmerz zu ignorieren. Mein Vater vertraute mir die Ironie an, dass seine Mutter es rechtfertigen wird, jede Sünde zu begehen, die man nennen kann, wenn es darum geht, die Ehre der Familie voranzubringen. Ehre! Man könnte darüber lachen, wenn es nicht so entsetzlich wäre." Aus einer versteckten Tasche brachte sie einen Brief hervor, den sie an den Herzog weiterreichte. „Vielleicht enthält dies die Antworten, die Ihr beide über den Tod des Comte sucht."

Der Brief war mit dem Salvan-Wappen versiegelt, das in das rote Wachs gedrückt war, und ein Wort stand über die Vorderseite geschrieben: Roxton. Es war Salvans Handschrift.

Es bedurfte der gesamten Willenskraft des Herzogs, den Brief entgegenzunehmen, und dann tat er es in einer Art, als müsste er etwas äußerst Abscheuliches berühren. Er schob ihn sofort in eine tiefe Tasche seines Rocks und bewegte seine Finger, als ob er etwas Ansteckendes abschütteln wollte.

„Der Brief wurde bei seiner Leiche entdeckt", erklärte Michelle Haudry. „Der Bevollmächtigte gab ihn meinem Schwiegervater und versicherte ihm, dass niemand von der Existenz des Briefes weiß, außer dem Arzt, und er wurde gut bezahlt, um ihn zu vergessen."

„Kennt M'sieur Haudry seinen Inhalt?"

„Nein, M'sieur le Duc. Und bitte, bevor Ihr fragt, Ihr wisst so gut wie ich, dass es eine Leichtigkeit gewesen wäre, ihn öffnen, lesen und dann wieder verschließen zu lassen. Aber mein Schwiegervater ist ein ehrenwerter Mann. Er ließ das Siegel intakt und wollte, dass ich Euch das versichere. Die Übergabe dieses Briefes an Euch ist eine Geste seiner Loyalität Euch gegenüber, M'sieur le Duc, und als Dank dafür, dass Ihr mir Euer Vertrauen schenkt."

„Ich weiß seine Loyalität sehr zu schätzen, ebenso wie Eure. Aus diesem Grund laden die Herzogin und ich Euren Schwiegervater und Eure Familie ein, nach unserer Rückkehr nach Paris im *hôtel* zu speisen."

„Wir werden uns geehrt fühlen, an Eurem Tisch zu sitzen, M'sieur le Duc."

„Morgen kehren wir nach Hause zurück", fügte die Herzogin mit einem Lächeln in Richtung des Herzogs hinzu. „Und jetzt können wir das alle zusammen als Familie tun, was mir große Freude bereitet."

„Mein Schwiegervater bietet auch an, dass sein Bevollmächtigter Euch zu einem Euch genehmen Zeitpunkt aufsucht, M'sieur le Duc. Damit Ihr seinen Bericht über seinen Besuch im Château d'Ambert aus erster Hand hören könnt. Wir hatten gehofft, Euch vor allen anderen zu informieren, aber ich fürchte, meine Großmutter erhielt eine Nachricht durch einen schnelleren Kurier und die Familie wurde heute früh über den Tod des *Comte* informiert …"

„Was erklärt, wie meine Schwester durch Tante Victoire davon erfuhr", unterbrach der Herzog verärgert. „Egal. Bei Einbruch der Dunkelheit wird der Palast von nichts anderem sprechen, und es wird das einzige Gesprächsthema in den Pariser Salons am Morgen sein."

Michelle Haudry stand auf und machte einen Knicks. „Ich muss zu meinen Aufgaben im Palast zurückkehren, und da ich Euch nichts mehr sagen kann, werde ich Euch einen guten Nachmittag wünschen, *M'sieur le Duc et Mme la Duchesse*."

# VIERUNDDREISSIG

MICHELLE HAUDRY WAR kaum aus dem Zimmer, als Antonia sich in die Arme des Herzogs stürzte.

„Ich bin so froh, dass du mich nicht verlässt, um nach Limoges zu reisen! Madame wird sich auch freuen, dass Vallentine mit uns nach Paris reist." Sie runzelte nachdenklich die Stirn. „Aber ich denke, vielleicht hätte er ein paar Tage mit nur dir zur Gesellschaft genossen."

Der Herzog grinste.

„Kannst du daran zweifeln, wenn er jetzt die ganze Zeit auf der Versailler Straße knietief in Stoff- und Tapetenmustern verbringen wird?"

Sie lachten beide.

Antonia blickte durch ihre Wimpern zu ihm auf, Röte ergoss sich über ihre Porzellanwangen, als ihr Lächeln schwand, und sie gestand: „Monseigneur, es ist egoistisch von mir, aber ich fühle eine große Erleichterung, dass es nicht länger erforderlich für dich ist, mit Salvan die Klingen zu kreuzen. Ich weiß, dein großer Wunsch war es, Genugtuung zu bekommen, aber jetzt können wir mit unserem Leben fortfahren und wissen, dass er keinem von uns schaden kann."

„*Mignonne*, er war ein Fleck, eine Irritation, nichts weiter. Dass er dein Glück nicht mehr stören kann, ist eine große Erleichterung. Die einzige befriedigende Konsequenz, ihn nicht in einem Duell zu töten, ist, dass sein unedles Ende ihm einen ehrenvollen Tod verweigert hat."

„Aber du bist nicht ganz zufrieden. Ich sehe das. Es gibt etwas an

Salvans Tod, das dich immer noch stört, und ich denke, es hat mit den Feigen zu tun."

„Vielmehr mit der Frage, warum meine Tante sich gezwungen fühlte, Salvans Ende – äh – zu beschleunigen."

„Vielleicht wird der Brief, den Mme Haudry dir gab, das beantworten?"

Roxton zögerte, sich mit dem Brief seines Cousins zu befassen. Sein Inhalt könnte sich als aufschlussreich erweisen oder ihm mehr Angst bereiten. Er hätte ihn am liebsten ungeöffnet in den Kamin geworfen. Aber dann würde er es nie auf die eine oder andere Weise erfahren, also nahm er das einzelne, gefaltete Pergamentblatt aus seiner Tasche und brach das Siegel.

Als er das Blatt entfaltete, war er überrascht, dass es eine weitere gefaltete Nachricht enthielt. Er nahm sie heraus und legte sie auf die Rückseite des einzelnen Blattes und las, was der Comte geschrieben hatte. Dann öffnete er die gefaltete Notiz, die von einer anderen Hand geschrieben war, und las auch sie. Er rang nach Atem und reichte Antonia beides.

WAS DER COMTE AN ROXTON SCHRIEB:

*Mon Cousin,*

*Meine ganze Familie hat mich auf Euren Befehl hin verstoßen. Glückwunsch! Ihr habt Salvan zu einem Leben wie eine gefangene Kakerlake verurteilt.*

*Ihr werdet aus der beigelegten Nachricht der alten Vettel Tante Philippe sehen, dass sie mich aufforderte, diese zu verbrennen. Warum sollte ich das tun? Hat sie wirklich geglaubt, dass mir nicht klar sein würde, dass beide Gläser Gift enthielten? Ah! Aber sie ist eine echte Salvan! Stolz steht vor allen anderen Überlegungen. Doch ich glaube nicht, dass es sie interessiert, wer von ihrer Hinterhältigkeit weiß. Was sie beunruhigt, ist, dass jemand herausfinden könnte, dass sie tatsächlich ein schlagendes Herz besitzt! Je suis étonné! Und das seid Ihr auch.*

*Mein einziger Trost beim Verlassen dieses irdischen Daseins ist zu wissen, dass ich Euren Engel einer Frau glücklich gemacht habe, und wenn ihre Zeit kommt, um in den Himmel aufzusteigen, werden sie und Ihr für alle Ewigkeit getrennt sein.*

*Ich erwarte Euch in der Hölle.*


WAS *TANTE PHILIPPE* AN SALVAN SCHRIEB:

*Joyeux anniversaire mon neveu!*

*Ein Abschiedsgeschenk. Zwei Gläser deiner liebsten eingelegten Feigen. Welches du öffnest, ist deine Entscheidung. Aber bevor du das tust, lasse mich dir mitteilen, dass ich nicht zulassen werde, wie fern die Möglichkeit auch liegen mag, dass sich die Familientragödie, die meine Schwester Madeleine-Julie traf, wiederholt. Sie war zu jung, zu gut und freundlich, zu schön und zu sehr in ihren Mann verliebt, um vor ihrer Zeit Witwe zu werden. Und das ist Antonia Roxton auch.*

*Du könntest deinem Cousin in einem Duell gegenüberstehen und einen ehrenvollen Tod sterben, denn Roxton wird dich sicherlich töten, oder du kannst das Glas auswählen, das es dir ermöglicht, schmerzlos in einen ewigen Schlummer überzugehen, in dem Wissen, dass du endlich etwas Edles getan hast, um diesem süßen Mädchen zu ermöglichen, viele weitere Jahre des Ehelebens zu genießen.*

*Verbrenne diese Notiz, sonst wird die Welt das sehen, was wir sehen — einen jämmerlichen Feigling. Du bist eine Schande für deine Familie, und niemand wird deinen Tod betrauern. Ich weiß, welches Glas du wählen wirst. Genieße jeden Bissen. Jede Wahl führt direkt in die Hölle.*

*Adieu à vous pour toujours.*

# FÜNFUNDDREISSIG

DIE FAMILIE VERSAMMELTE sich zum Abendessen an diesem Nachmittag, gekleidet für den Anlass in ihre besten Seiden- und Satinkleider. Sie waren in einer ungewöhnlichen Stimmung – nachdenklich durch den Tod des Comte de Salvan, aber auch fröhlich und zufrieden –, ihr Aufenthalt in der Villa neigte sich dem Ende zu, nachdem Antonia am Hofe vorgestellt worden war und mit dem König gespeist hatte, was beides ein voller Erfolg gewesen war. Es gab keinen Grund, in Versailles zu bleiben. Alle freuten sich darauf, nach Paris zurückzukehren und ihr Leben in der Weite und der Pracht des *hôtel* Roxton fortzusetzen.

Vom Kopf des Tisches aus musterte der Herzog seine Familie. Die Herzogin und Martin unterhielten sich, das Thema ihres Gesprächs saß auf Martins Knie. Ein Kindermädchen näherte sich und nahm seine kleine Lordschaft, um ihn in seinen Hochstuhl, der zwischen seiner Mutter und seinem Paten aufgestellt war, zu setzen. Die Vallentines saßen gegenüber, die Köpfe zusammengesteckt und tief in der Diskussion über Tapeten versunken.

Der Herzog brachte alle Gespräche zum Stillstand, bevor das erste der abgedeckten Gerichte und Terrinen angekommen war, indem er dem Butler signalisierte, den Wein eingießen zu lassen. Und während Kristallgläser gefüllt wurden, kündigte er ruhig an:

„Ich habe beschlossen, dass es am besten wäre, wenn ihr ein paar Wochen hier in der Villa bleiben würdet.“

Die Vallentines sahen einander an und dann den Herzog, beide so verblüfft, dass keiner von ihnen sprach.

Der Herzog hob sein Weinglas auf, seine Mundwinkel zuckten. „Ich bin erfreut, keinen Widerspruch von euch beiden zu hören …“

„Moment mal! Du hast nicht gesagt, warum wir das sollten.“

„Würde es einen Unterschied machen?“

„Nein. Aber …!“

„Natürlich würde es einen Unterschied machen!“, protestierte Madame.

„Dann werde ich die Herzogin es euch erklären lassen“, antwortete der Herzog sanft und zwinkerte seiner Frau zu.

„Monseigneur, du neckst sie unnötig“, beschwerte sich Antonia, ohne Aufregung.

Der Herzog lächelte. „Ja.“

„He! Das ist unfair!“, klagte Vallentine.

„Ich glaube, dass M'sieur le Duc in einer uncharakteristisch fröhlichen Stimmung ist“, wagte Martin zu erklären. „Aus welchem Grund er Euch necken möchte.“

„*Exactement*, Martin“, stimmte Antonia zu.

Die Vallentines schauten einander an, Estée zuckte die Achseln und akzeptierte diese Erklärung. Vallentine hob eine Hand und griff nach seinem Weinglas.

„In Ordnung. Die Nachricht, die wir diesen Morgen über den Tod dessen bekommen haben, *der nicht genannt sein soll*, hat uns alle in eine gute Stimmung versetzt, also bin ich bereit für alles, was du mit mir anstellen willst! Warum bleiben wir hier?“

„Ich werde es euch sagen“, kündigte Antonia an. „Es war ganz allein meine Idee, und Monseigneur sagte, er wünschte, er hätte daran gedacht. Und so werdet ihr hier bleiben und ein paar Wochen der Ruhe und *rétablissement* genießen, während eure Räume im *hôtel* renoviert werden. Natürlich wirst du zu Besuch kommen, um zu sehen, wie es vorangeht, aber mit all den Arbeitern, die in euren Räumen herumlaufen, wird es so viel Lärm geben, und Farbe und Klebstoffdämpfe und Unruhe, um euch beiden Kopfschmerzen zu bereiten, und es wird unerträglich sein.“

„Verdammt! Das ist eine ausgezeichnete Überlegung, Madame la Duchesse!“, rief Vallentine aus. Er wandte sich an seine Frau. „In deinem empfindlichen Zustand ist das Letzte, was du brauchst, Lärm und Unruhe, Liebes!“

„Und während Madame sich tagsüber ausruht“, erklärte Antonia,

„kannst du, Vallentine, weiter mit dem Chevalier Montbelliard *La Grande Écurie* besuchen – oh! Verzeihung, mit dem Comte de Salvan." Sie sah mit einem Lächeln zum Herzog. „Wir müssen uns alle daran gewöhnen, den Namen ohne Bitterkeit zu benutzen, weil er jetzt mit einem jungen Mann in Verbindung gebracht werden soll, von dem Vallentine sagt, dass er einen makellosen Charakter hat."

„Kapitale Idee!", verkündete Vallentine begeistert, und, als er dann das Schmollen seiner Frau sah, fügte er in einem gedämpften Ton hinzu, „Ich möchte dir nicht den ganzen Tag im Weg sein. Und wenn du dich dem gewachsen fühlst, könnte ich vielleicht Montbel– *Salvan* mit seiner Braut zum Abendessen einladen …" Er hielt inne und schaute zum Herzog. „Was natürlich davon abhängt, ob wir deine Erlaubnis haben, sie zum Essen einzuladen."

„Lucian, du kannst jeden, den du willst, an deinen Tisch einladen, und dazu gehören auch der neue Comte und die Comtesse de Salvan. In der Tat bestehe ich darauf, dass du ihre Bekanntschaft machst." Er schaute zu seiner Schwester. „Wenn du meinst, dass du die Kraft dazu hast, würde ich es schätzen, wenn du die Familie beim Gedenkgottesdienst für unseren Cousin vertreten würdest."

„Natürlich", antwortete Estée. „Und wir werden hier einen kleinen Empfang für unsere Verwandten und das frisch verheiratete Paar geben, nachdem sie jetzt den Titel geerbt haben." Sie lächelte Antonia an. „Danke, dass du an uns denkst, Liebes. Mir gefällt deine Idee außerordentlich. Aber …" Sie seufzte und versuchte, desinteressiert zu erscheinen. „Wird hier genug Platz sein, um uns alle unterzubringen? Ich möchte niemandem Unannehmlichkeiten bereiten."

Ihr Mann zuckte zusammen, Martin unterdrückte ein Grinsen, die Augen des Herzogs wandten sich zur Decke.

Antonia wusste auch sofort, worauf ihre Schwägerin anspielte – würde Martin bleiben, und was war mit den Dienern und Gefolgsleuten, die immer in der Villa gewesen waren? Sie wechselte ein wissendes Lächeln mit dem Herzog.

„Es gibt keine Unannehmlichkeiten", antwortete Antonia fröhlich. „Nur eure Diener werden hier sein, und natürlich alle von Monseigneurs Haushalt aus der Villa, die ihr für eure Bequemlichkeit behalten müsst. Alle anderen – einschließlich Jean-Luc – werden mit uns ins *hôtel* kommen. Oh! Außer Martin. Aber ich werde ihm selbst Gelegenheit geben, euch seine Reisepläne zu erzählen."

Vallentine fuhr sofort hoch. „Was? Ihr verlasst uns aber nicht für lange, oder, Ellicott?“

„Nur für ein paar Monate“, antwortete Martin, sichtlich berührt von der Enttäuschung Seiner Lordschaft. „Ich habe vor, einen Monat mit meiner Mutter in Alston zu verbringen, und dann nach Bath zu reisen, um die Renovierungsarbeiten an Moran Hall zu überwachen. Ich habe auch ein paar Besorgungen für Ihre Gnaden in London zu erledigen ...“

„Aber Ihr kommt pünktlich zur Geburt zurück?“, fragte Vallentine ängstlich. Er sah seine Frau an und schloss sie mit ein, als er sagte: „Wir möchten, dass Ihr hier seid. Das muss er doch, nicht wahr, Roxton?“

„Natürlich“, beruhigte Martin ihn. „Ich würde diesen bedeutsamen Anlass um nichts in der Welt verpassen.“

„Dann ist es abgemacht“, sagte der Herzog.

„Und im Frühling“, sagte Antonia obenhin, „werden Monseigneur und ich nach Treat zurückkehren, weil unser zweiter Sohn dort geboren werden soll ...“

„Ich wusste es!“, platzte Estée mit selbstgefälliger Zufriedenheit heraus. „Du *bist* schwanger!“

Antonia wirkte nachdenklich. „Madame, ich glaube nicht...“ Ihr Lächeln war geheimnisvoll. „Aber das soll nicht heißen, dass ich es bis dahin nicht sein werde. Und es gibt viele gute Gründe, die wärmeren Monate in Treat zu verbringen.“ Sie blickte ihren kleinen Sohn mit großen Augen an, packte seine Faust, die gegen das Stuhlgestell klopfte, und drückte einen lauten Kuss darauf, bevor sie sich erneut an den Rest ihrer Familie wandte. „Erstens, wenn Martin zu uns zurückkehrt, kann er seiner Mutter seinen Patensohn vorstellen.“

„... und nach dieser Vorstellung“, unterbrach der Herzog, blickte über den Rand seines Kristallglases auf die Herzogin, ohne sich täuschen zu lassen, „wirst du dich hinsetzen, um mit Mrs. Ellicott Kuchen zu essen und über das Wetter zu reden ...?“

Martin sah unbehaglich aus, aber Antonias grüne Augen waren voller Mutwillen.

„Monseigneur, es wäre unhöflich von mir, wenn ich über den Kuchen hinweg Mrs. Ellicott nicht nach ihrer Zeit als Haushälterin im großen Haus fragen würde ...“

„Schwindlerin“, warf der Herzog liebevoll ein. „Was du am meisten von ihr willst, ist herauszufinden, was es über meine Gefangenschaft als Knabe unter dem Dach meines tyrannischen Großvaters zu wissen gibt.“

„M'sieur le Duc, du bist *très astucieux*!“

„Und du, Madame la Duchesse, bist ein Kobold!"

Das herzogliche Paar war in einen spielerischen Kampf der Geister verstrickt, der die Vallentines verblüffte. Aber nichts konnte seine Lordschaft davon ablenken, dass die Lakaien herumstanden, ihre Arme mit abgedeckten Speisen belastet, und auf die Anweisung des Butlers warteten, diese auf den Tisch zu stellen.

„Gibt es noch andere Gründe, Liebes?" fragte Estée fasziniert, aber immer noch geheimnisvoll.

Als Antonia und Martin ein wissendes Lächeln tauschten, sagte der Herzog: „Wenn es die gibt, schlage ich vor, dass du alles gestehst, *ma vie*, damit ich das Zeichen geben kann, oder Lucian wird vor Hunger ohnmächtig werden."

Antonia tat so, als würde sie zögern, und dann lachte sie.

„Na gut, um Lucian zu retten." Und alle eingeschlossen, als sie sagte: „Natürlich ist mein wichtigster Grund für einen Besuch bei Mrs. Ellicott, dass sie Julians Bekanntschaft macht. Aber sobald sie mir alles über Monseigneurs Zeit unter dem Dach seines Großvaters erzählt hat, beabsichtige ich, dass wir ein Lemuralia-Fest veranstalten. Auf diese Weise wird der böswillige Geist des vierten Herzogs für immer aus dem Haus verbannt werden."

„Und als Haushaltsvorstand erwartest du von mir, dass ich an den Riten dieses römischen Festes teilnehme, indem ich um Mitternacht – äh – barfuß herumlaufe?", warf der Herzog irritiert ein. „Schwarze Bohnen über meine Schulter werfe und die Beschwörung rezitiere: *Haec Ego Mitto; sein redimo meque meosque fabis?*"

„*Diese werfe ich, mit diesen Bohnen erlöse ich mich und meine?*", platzte Vallentine mit der Übersetzung des Lateinischen heraus. Er verzog das Gesicht. „Was für ein Kauderwelsch!"

„Und du denkst, schwarze Bohnen zu werfen ist weniger unsinnig?", entgegnete seine Frau.

„Es beeindruckt mich sehr, dass du so viel Latein kannst, Lucian", lobte Antonia ihn.

„Ich mag wie ein Trottel wirken", sagte Seine Lordschaft erhaben, Kinn erhoben, „aber ich habe es geschafft, etwas von dem Zeug, das man uns in Eton beigebracht hat, zu behalten."

„Die Lateinstunde war kurz vor dem Abendessen", erklärte der Herzog. „Und Lucian ist am wachesten, wenn er hungrig ist." Er signalisierte seinem Butler, das Abendessen zu servieren, und sagte zu seinem besten Freund: „Entschuldige, dass ich deinen Magen warten ließ."

„Entschuldigung angenommen", sagte Seine Lordschaft, ohne seinen Blick vom Tisch abzuwenden, wo die Lakaien die mit Hauben abgedeckten Speisen unterschiedlicher Größe abstellten. „Wenn du mich fragst, dieses Lem – *sowieso* – Fest ..."

„*Lemuralia*–Fest", korrigierte Roxton.

„Lemuralia–Fest – könnte *das*", fuhr Vallentine fort und schöpfte Pilzcremesuppe in seine Schüssel, „könnte genau das sein, was ein so düsterer Marmormonolith braucht. Ich bin für alles, was Treat von dem bedrohlichen Geist des vierten Herzogs befreien kann."

„Wofür du am meisten bist, Lucian, ist ein Festmahl", sagte Estée, was alle zum Lachen brachte.

Vallentine grinste. „Das auch. Aber nicht die Bohnen ..."

„Das ist weise, denn ich bin mir sehr sicher, dass Bohnen die gleiche Wirkung auf dich haben würden wie der Mandelnougat", stellte Antonia nüchtern fest.

Es gab mehr Gelächter am Tisch.

„Ich werde dich ignorieren, Mädel, und meine Suppe auslöffeln!"

„Mme la Duchesse, darf ich fragen, wie oft M'sieur le Duc diese Beschwörung wiederholen muss, während er – ähm – Bohnen über seine Schulter wirft?"

„Martin, hör auf, sie zu ermutigen", warnte der Herzog milde.

„Neun Mal! Und Martin muss mich ermutigen, Monseigneur, denn auch er möchte, dass du die Zeremonie durchführst, um den Geist deines Großvaters zu bannen."

„Das ist wahr, Mme la Duchesse", stimmte Martin zu und wich dem Blick des Herzogs aus. „Ich bin mir sehr sicher, dass meine Mutter – und diejenigen, die unter dem vierten Herzog gedient haben – diese Geste auch zu schätzen wissen würden."

„Warum bitten wir sie nicht, eigentlich alle alten Gefolgsleute, sich uns anzuschließen?" fragte der Herzog. „Ich bin sicher, dass Mme la Duchesse dafür sorgen wird, dass es genug – äh – Bohnen für alle gibt!"

„Was für eine ausgezeichnete Idee, Monseigneur", antwortete Antonia süß, ignorierte seine hörbare Ironie und tauschte ein Lächeln mit Martin Ellicott. „Genau das werde ich tun!"

Dann blickte sie um den Tisch zu ihrer Familie, die eifrig ihre Schüsseln und Teller mit Essen füllte, und dann zu ihrem Kind, das glücklich mit den Armen wedelte und gurgelnde Geräusche machte, und richtete mit einem zufriedenen Seufzer ihren Blick wieder auf den Herzog.

„Und da Vallentine und Madame und ihr Kind sich uns in Treat anschließen werden, kann auch der Rest der Familie an der Zeremonie teilnehmen. Du kannst also nicht widersprechen und sagen, dass du allein mit deinen nackten Füßen die Bohnen wirfst", argumentierte sie verschmitzt. Ihr Blick wanderte wieder über den Tisch. „Während M'sieur le Duc die Bohnen in die Räume wirft und seine Beschwörung wiederholt", erklärte sie, „werden wir ihm alle ebenso barfuß folgen, Bronzetöpfe zusammenschlagen und wiederholen – oh! Lasst es mich auf Französisch sagen, damit wir es alle verstehen – *Geister meiner Väter und Vorfahren, hebt euch hinfort!*"

Es gab ein Klappern von Metall auf Porzellan, als die Vallentines ihr Besteck fallen ließen und sie entsetzt anstarrten.

„Monseigneur, habe ich den Satz richtig übersetzt?"

Der Herzog nickte, die Serviette an den Mund gepresst, um sein Lachen zu verbergen, alle Selbstbeherrschung verloren bei dem Bild vor seinem inneren Auge, wie er und seine Familie barfuß die römischen Exorzismusriten durchführten, er Bohnen über seine Schulter warf und dabei versehentlich seine Familie traf.

„Siehst du, JuJu!", verkündete Antonia ihrem kleinen Sohn, küsste seine Faust und dann seine pausbäckige Wange. „Dein Papa und deine Familie, sie sind schon viel glücklicher bei der Aussicht, den Geist deines *arrière-grand-père* aus unserem Haus zu vertreiben!" Sie setzte sich auf und sah sich am Tisch um, bevor sie sich an den Herzog wandte. „Ich bin entschlossen, Treat zu einem glücklichen Zuhause für uns alle zu machen!"

Der Herzog, die Augen noch feucht vor Lachen, hob sein Glas in ihre Richtung – die anderen folgten seinem Beispiel – und sagte zärtlich: „Davon, *mignonne*, bin ich völlig überzeugt. Auf Mme la Duchesse!"

„Mme la Duchesse!"

# HINTER DEN KULISSEN